Seit er Angelika beim Neptunfest über den Strand tanzen sah, bedrängen ihren aufgewühlten Bewunderer völlig ungeahnte Regungen. Die Begegnung wirkt sich nicht nur bewusstseinserweiternd auf seine Wahrnehmung aus, ihn erfasst außerdem ein schwerwiegendes und allumfassendes Verlangen nach Wahrheit, Schönheit und Selbsterkenntnis, das weder das elterliche Pfarrhaus noch die zeitgenössischen Bildungsinstitutionen stillen können. Götter, Geister und Dämonen melden sich zu Wort, als der postmoderne Studienbetrieb entscheidende Fragen offenlässt. Kommen sie zu spät? Am Ende bleiben nur die Liebe, der Sprung und die Gelenke des Lichts.

EMANUEL MAESS geb. 1977 in Jena, Studium der Politologie und Literaturwissenschaft in Heidelberg, Wien und Oxford. »Gelenke des Lichts« ist sein literarisches Debüt. Ein Auszug wurde vorveröffentlicht in »Sinn und Form«.

Emanuel Maeß

Gelenke des Lichts

Roman

btb

Der Einen, dem Einen

Aber freilich, auf gar mannigfache Weise
opfern wir den abtrünnigen Engeln.

Augustinus, Bekenntnisse, I, 17

I

Vor einigen Jahren, als ich einen Abend lang vergeblich auf Dich wartete, ergab sich die Gelegenheit, wieder einmal einem Mond zuzusehen. Gelassen und ein wenig selbstgefällig ging er über meiner wachsenden Ungeduld und einer Reihenhaussiedlung auf der gegenüberliegenden Talseite auf und zog seine ewigen Bahnen. Wäre darin ein geheimer Zuspruch verborgen gewesen, hätte ich ihn vermutlich überhört. Schön war er trotzdem. Vielleicht schleppte er ein bisschen viel Biedermeier mit sich herum und für den Anlass zu grelles Silber (bei dieser Kraterlandschaft von Gesicht), aber der Talhang schien ihm zu stehen, auch die Baumkronen, die seinen Auftritt beschaulich umrahmten, erinnerten sich gerne an den Alten. Ich war nach einigen Stunden des Ausharrens und Herumlaufens in ausreichend pathetischer Verfassung, um dieser Stimmung weiter auf den Grund zu gehen, auch und vor allem um mir ein Beispiel an jemandem zu nehmen, den man nicht einfach so warten ließ. Der sich zudem noch aus bescheideneren Ursprüngen in diese erhabene Position hinaufgearbeitet und dabei so unverzichtbar gemacht hatte, dass keine Nacht mehr an ihm vorbeikam. So weit wollte ich es gar nicht bringen, mir hätte schon gereicht, ein paar Minuten mit Dir spazieren zu gehen. Schon erstaunlich, denn eigentlich hätte man Mitleid haben müssen mit diesem rotierenden Unfallschaden von vor viereinhalb Milliarden Jahren, dem weder Luft noch Leben, weder Götter noch Musik mitgegeben worden waren, jenem wüsten

Geröllhaufen, dessen kalter Starrsinn nur noch von gelegentlichen Seufzern von Mondbeben erschüttert wurde. Seine Kreise um unseren Heimatplaneten waren nicht sonderlich anspruchsvoller als meine Kreise um Dich, nur sah er dabei nicht nur besser aus, sondern besaß, anders als ich, neben seinen charismatischen und magischen auch magnetische Fähigkeiten, die hier unten die Gezeiten anschoben, die Erdachse in einer für alle Beteiligten günstigen Neigung, sogar die Menstruation in halbwegs verlässlichen Zyklen hielten. Ich wünschte, ich hätte einfach mehr aus mir gemacht. Selbst über dem Chaos der Stadt erweckte er den Eindruck, dass sich alles in fortdauernden Bezügen abspielte, und wenn schon nicht auf einen heiligen Willen, so doch auf eine kosmische Ordnung Verlass gewesen wäre, die dazu noch einen kleinen Überhang an Wunder und Geheimnis an den Himmel hängte.

Ich setzte mich auf eine Bank. Meine fortgeschrittene Entrückung war noch nicht ganz Herrin über meinen Ärger geworden, all diese hohen Gedanken nur dem Mond mitteilen zu können. Wenn man ihn länger ansah, begann er damit, alles in sich hineinzuziehen und auch mich allmählich auszusaugen. So lösten sich mit meiner schlechten Laune irgendwann auch allerlei Gedanken und Erinnerungen und stiegen wie die Glühwürmer auf. Was mir jetzt durch den Kopf rauschte, erschien auf einer solchen Bühne naturgemäß um einiges dramatischer, fesselnder und mysteriöser. Kein Wunder, dass es solche Nächte brauchte, um Dämonen zu beschwören, rauschende Feste oder Ostermessen zu feiern und eigentümlichen Menschen und Ideen zu verfallen. Ich schaute nochmal zum Mond hoch, hatte ihn jetzt ganz bequem vor mir. Die Julinacht war so klar, dass die Scheibe ganz blankgeputzt war, keine Schminke, keine Aura, heller offener Lichtkreis auf drängend dunklen Firmamenten. Alle Sterne und Stadtlichter waren weit in den Hintergrund gerückt, und es flimmerte nun so ausgiebig und verschwenderisch, dass die Baumkronen damit begannen, Schatten zu werfen. Ich hatte diesen Mond schon einmal so gesehen, hier, aus einem Fenster jenes Hauses, vor dessen geschlossener Tür ich gerade umgekehrt war, unter denkbar anderen Umständen. Damals hatte ich ihn mit einiger Ernüchterung zur Kenntnis genommen, weil ich dachte, wir beide wären es selbst gewesen, die bei dem, was wir taten, so viel Licht um uns herum verbreitet hatten. Und dann war es nur der Mond (nicht einmal er, wenn man es genau nahm, sondern jenes sich in unserem Rücken verstrahlende Zentralgestirn, dem nur der Mond so schutzlos ins Gesicht sehen konnte). Ich hatte wohl nicht so genau hingesehen, und er berührte mich nicht, dafür war er viel zu weit draußen. Nun war ich selbst zu weit draußen, und der Eindruck war ein anderer. Ein Wagen fuhr vorbei, dessen dunkelrote Rücklichter leuchtend verwehende Schlangen hinter sich herzogen. Dann lagen die Lande wieder still, nur die Stadt konnte das Raunen nicht lassen. Ich hatte Zeit. Noch wollte ich nicht aufstehen und unverrichteter Dinge heimkehren. Vielleicht hatte ich Dich auch an falscher Stelle gesucht, und Du warst mir näher, als ich dachte. Also wartete ich noch eine Weile und ließ mir nochmal unsere Geschichte durch den Kopf gehen, während der alte Blender das Licht anließ und Du Dich irgendwo mit den Nachtgeistern herumtriebst.

Ich hatte unseren alten Küstenort vor ein paar Jahren nochmal gesehen, auch das Lager, in dem man schon nichts mehr wiedererkannte. Die Waldwege zum Meer waren völlig überwachsen, andernorts gab es plötzlich weite Lichtungen, wo früher keine waren. Entfesselte Lokalpatrioten hatten die Hütten demoliert, ringsum vermoderten zersägte Baumstämme, Sportgeräte, Toilettenhäuschen und Matratzen, die Treppe, die zum Wasser hinabführte, war am Hang abgerutscht und durchgebrochen. Übrig blieben nur Strand, Himmel, Meer und ein paar Erinnerungen an Dich, also die wahren, ewigen Dinge ... Womit man jenes Jahr alles überfrachtet hatte; ich dachte bei Wende und Wiedervereinigung immer an Dich (und zwar nicht nur bei Mondschein). Wende, weil sich mit Deinem Auftauchen alles änderte, Wiedervereinigung, weil ich noch heute nicht glauben kann, dass wir uns damals wirklich zum ersten Mal begegnet sein sollen.

Solange ich denken konnte (und auch einige Jahre vorher), hatten wir unsere Sommer immer da oben verbracht. Meine Eltern packten mich mitten in der Nacht mit reichlich Proviant, warmen Decken und einem RFT Stern-Rekorder, der alles Motorengeheul mit Genesis übertönen sollte, auf die Rückbank eines himmelblauen Trabant Kombi, und dann ging es auf einer halben Tagesreise aus dem Werratal quer durchs ganze Land hoch nach Usedom. Als ich gegen fünf oder sechs den Kopf zum Fenster hob, durchzogen wir schon Gegenden, die anders als zu Hause flach in die Weite ausliefen. Fernab dampfte die Sonne hinter Feldern von ungeheuren Dimensionen auf. Wann würde sich endlich die See zeigen? Bevor die Heiserkeit des Wagens kritische Ausmaße annehmen konnte, stand dann irgendwann das erlösende Wasserzeichen am Horizont.

Meine Mutter hatte gute Beziehungen zum Rat des Kreises und war an eine Stelle als Ärztin in dieser Betriebsferienanlage gekommen, einem heruntergekommenen Waldhotel *Strandläufer*, das der Staat den Arbeitern des Meininger Lokomotivenwerks den Sommer über für wenig Geld überließ. Viel gab es da nicht zu tun, es war eher so eine Art Bereitschaft. Sie gab darauf acht, dass man die Hygiene-Vorschriften einhielt, versorgte Sonnenbrände und Wespenstiche, kümmerte sich um Flöhe, Fußpilz, Würmer und Bauchschmerzen, folgte meinem Vater aber meist schon früh an den Strand, ging ausgiebig baden und machte lange Waldläufe. Wir kamen in einem schlichten Bungalow in der Nähe des Hotels unter, das auf seine alten Tage ein wenig verwirrt schien und von dem keiner so recht wusste, wie es in diese Waldsenke im Rücken der Steilküste und zwischen all die Buchen geraten war, die hier seit Anbeginn der Zeit in gotische Höhen emporstrebten und mit dem Fächergewölbe ihrer Blätterkronen von Harzduft erfüllte Hallen errichtet hatten. Mir war dort immer, als habe ich zwei Himmel über mir, einen blauen, der bei leichtem Seewind tanzende Stroboskopeffekte auf den Waldboden warf, und einen blätternen, aus dem es mittags leuchtend grün über Äste und Stämme auf alles herabrann. Lange bevor man nach der Wende vom Ende der Geschichte sprach, hatte die Ewigkeit des Raums hier längst von der Zeit Besitz ergriffen. Hier änderte sich nichts; jedes Jahr derselbe Mischduft von Salz, Moos und Morcheln, der lichte Sog, der alles zur See hinauszog. Es waren auch immer dieselben Leute da. Die Unveränderlichkeit der Gegend brachte es mit sich, dass ich immer all das wiederfand, was ich im letzten Jahr dort hatte liegenlassen. Am schnellsten kam man zum Meer, wenn man die Anlage auf einem von wilden Himbeeren gesäumten Waldpfad verließ und eine Weile durch den hohen Säulengang einem offenen Stück Himmel zur Steilküste hinauf folgte.

Oben sah man dann in Glanz und Weite. In der ersten Emphase ließ sich der See kaum standhalten; ehe ich etwas denken oder sagen oder über das steile Treppengestell zum Strand hinabsteigen konnte, hatte mich die ganze Szene um jedes überflüssige Gewicht erleichtert. Beinahe schwerelos ließ ich mir zwischen Seggen und Strandhafer die Flut durchs Gemüt ziehen. Es ging mir damit ein wenig wie später mit Dir. Alle inneren Versammlungsräume wurden so geflutet, dass die letzten beweglichen Gedanken laut auffliegen mussten, um nicht nass zu werden, und dann die Abhänge hinab über Reste von Kiefern, abgerutschte Büsche und hellgelben Ton segelten, weiter unten in Seebrisen gerieten, sich an ein paar Strandkörben und Nacktbadegästen verfingen und irgendwann in der Brandung verlorengingen. Gegen Mittag beherrschte die See sämtliche Partituren, lief allen Gesichtskreisen über die Ränder und wälzte Wind- und Wassermassen so unbeirrbar um, dass sie dabei ebenso erhaben und bodenständig blieb wie mein Vater, wenn er im Pfarrgarten die Beete umgrub. In fernem Dunst trieben Tanker und Traumschiffe. Ich sah nochmal ins Blaue, alles war an seinem Ort.

Zwanzig Minuten vom Hotel entfernt lag ein Ferienlager für die Söhne und Töchter der Lokomotivbauer, eine Ansammlung von Baracken und Zelten um eine Lagerbühne, ein paar Waschräume und ein größeres Wirtschaftsgebäude, in dessen Schatten sich der Fahnenmast mit dem gehissten Jungpionieremblem ein wenig seltsam ausnahm; eine Fackel mit dem Aufruf *Seid bereit!* (doch bereit wofür?). Der Weg waldeinwärts führte in hohe und leere Räume. Obwohl neben Käferkolonien und Ameisen, die allerorten meterhohe Turmbauten ins Gehölz stellten, nur Echos hier umhertrieben und die offene und durchsichtige Architektur, die einen an Kiefernpflanzungen, aufgeforsteten Fichtenhainen und einigen mit Schilf, Binsen und Rohr überwachsenen Mooren und Sümpfen des Hinterlandes vorbeiführte, ganz übersichtlich wirkte, war es manchmal, als drehe jemand fortwährend die Perspektiven und rücke mal Meer, mal Himmel, mal ein düsteres Sträucherdickicht in den Vordergrund, ohne dass sich die Gegend grundlegend änderte. Die Pfeiler an Wegkreuzungen und die auf die Stämme geritzten oder mit Farbe aufgemalten Runen verwirrten die Lage noch zusätzlich, sodass Lichtungen, Teiche oder Blaubeerhaine nicht auf feste Orte angewiesen und hier nachts zu wandeln schienen. Neben diesem an sich schon eigenartigen Waldgehabe hatte ich den Eindruck, als bewege ich mich über einen Hohlraum aus Moos und Nadeln hinweg, auf dem nur die Krähenfüße der Buchenwurzeln Halt fanden. Irgendwann aber öffnete sich der Weg über die für Zulieferfahrzeuge in den Sand geworfenen Kies- und Betonplatten und führte zu den etwas kargen Anlagen hinab. Auch hier erwarteten einen seit Jahren derselbe staubige Bolzplatz, dieselben verdreckten Toiletten und eisigen Gemeinschaftsduschen, vor denen meine Mutter große Waschschüsseln mit Desinfektionsmitteln aufstellen ließ, wahrscheinlich sogar dieselben Wildschweine, die sich regelmäßig an den

Abenden über die im Wald deponierten Küchenabfälle hermachten. Trotzdem habe ich die Zeit lieber bei euch als bei meinen Eltern verbracht. Was immer man sonst von staatsgetragenen Freizeitprogrammen halten mochte: Sie hatten einen irgendwie eigenen, dramatischen Charme, all die Appelle, Ansprachen, Sportwettbewerbe und Tanzabende. Sozialismus und Sandburgenbauen … Außerdem kam man auf Ausflügen ins Inselinnere, an den Mümmelkensee, nach Heringsdorf oder auf lauschigen Nachtwanderungen viel herum.

Für den heidnischen Höhepunkt und Abschluss jedes Sommers, eine Eigenart des Ostens, deren Ursprünge wie bei jedem echten Mythos im Dunkel lagen, vergaßen im *Strandläufer* alle, was sie waren, und das ganze Personal, Betriebsleiter, Bademeister, Parteisekretäre, der Koch, der in vielem an eine Gelbbauchunke erinnerte, aber mit seinem Lied, wie man erzählen hörte, fortwährend ganze Scharen von Frauen überwältigt haben muss, alle bemalten sich mit grüner oder schwarzer Farbe, kleideten sich mit muschelbesetzten Netzhemden und fürchterlichen Masken, andere zogen als Sensenmänner, Häscher, barbusige oder halbverweste Seemannsbräute und Trommler los. Der ganze Tross entfernte sich dann heimlich, stieg am Strand in ein paar Boote, auf denen man ein wenig aufs Meer hinausfuhr, um für den Rest, Neptuns junge Ahnen und zugeeilte Strandurlauber, den Eindruck erwecken zu können, man nähere sich von fernen Grotten. Auch meine Freunde im Lager verkleideten und bemalten sich, schminkten ihre Gesichter, umgürteten sich mit Flechten, Rohr und Buchenreisig, steckten sich Heckenrosen ins Haar oder traten als zerfetzte Piraten auf. Unter einigem Getrommel und Gerassel tanzten sie später an den Strand, wo ihnen Neptun mit Krone und Dreizack schon entgegenfuhr, den Wassern entstieg und von den Getreuen auf seinen dürftigen Ersatzthron getragen wurde. Nachdem er dort die Namen derjenigen ausgerufen hatte, denen die Ehre zuteilwurde, von ihm getauft zu werden, rannten die Betroffenen davon, wurden aber bald von den Häschern wieder eingefangen, je nach Gegenwehr mehrere Bahnen im großen Kreis herumgeschleift und in den heißen Sand vor Neptuns Thron geworfen. Der sprach ein paar salbungsvolle Worte, dann wurden dem Täufling für gewöhnlich faule Eier auf dem Kopf zerschlagen, man begoss ihn mit großen Suppenkellen einer aus Essig, Senf und Mehl zusammengerührten Brühe, die er vorher meist zu kosten hatte, ließ ihn die Füße des Gottes küssen, gab ihm seinen neuen Namen und warf ihn ins Meer, dass er gereinigt und erhoben daraus zurückkehre. Nach den Taufen nahmen diese Entgrenzungen seltsame Formen an. Neptun und sein Gefolge veitstanzten, angefeuert von mehr und mehr Wermut, Klappern und Rasseln von dannen, erschreckten mit ihren trunkenen Gesängen noch eine Weile vorbeiziehende Urlauber und erreichten Zustände solch tiefer Einsicht in die Welt, dass mein Vater manchen davon abhalten musste, ins Meer zu gehen und sich in die Fluten zu stürzen. Nach einer halben Stunde klang das wilde Treiben ab, es kehrte wieder Ruhe ein, und alle lagen splitternackt mit Resten von Bemalung, Eier- und Brandungsschaum im Sand und ruhten erschöpft aus.

Passanten mochten den turbulenten Seeszenen mit Ratlosigkeit und amüsierter Neugierde begegnen, ließ sich hier doch manch kulturmorphologische Einsicht in die Seelenhaushalte eingeschlossener Gesellschaften gewinnen. Mir war das alles völlig gleich. In meiner lächerlichen Montur aus grünem Krepp, Seetang und Zapfen-Gebinden bedrängten mich Dinge, die mir sonderbarer vorkommen mussten als der kostümierte Ferienklamauk pflichtvergessener Lokomotivbauer, die hier ozeanisch-antike Taufriten an Ostseestränden nachstellten. Inmitten der Menge tanzte, die Arme erhoben und der wallenden Mädchenschar wie eine Membran folgend, ein Kind von seltener Anmut, taumelte und drehte sich hinter einem halben Lächeln zögerlich im Sonnenreigen, als traue es der eigenen Ausgelassenheit nicht ganz über den Weg und als gelte es, so unauffällig wie möglich inmitten der anderen auf- und niederzuwogen. Ein Netz von Blicken befreundeter Nixen barg Dich wie ein Schwarm, doch ich sah Dich deutlich, den braunen Haarschopf auf den schmalen Mädchenschultern, diese ruhelose, noch scheue Zerstreutheit, die Dir auch später manchmal eigen war, Frühling auf vielen Fährten, aber noch nirgends ein Ziel. Viel mehr als diese mit grünem Bast geschürzte Mänade, die ich damals jenseits von Musik und Tanz am Rande eines ganz neuartigen Befangenseins verfolgte, würde von Dir nicht bleiben; Wald und Meer im Jahr 89, Du neun, ich elf, ein paar Szenen und Bilder, alles andere holte sich bald die See.

Dabei hatte wenig darauf hingedeutet, dass mich in diesem Sommer etwas derart Außergewöhnliches erwarten würde. Von den vielen Blicken, die ich während der ersten Erkundungsgänge auf meine Umgebung warf, Hotelgästen und Ferienlagernden zu, die ich meist schon kannte und denen ich dann etwa vermeldete, dass das

Wasser noch zu kalt und voller Quallen sei, auf den Wald hin, den ich jedes Jahr erst wieder neu vermessen musste, von diesen zahllosen Blicken also ging einer verloren, verschwand ohne Widerhall und fiel mir nicht einmal sofort auf. Irgendetwas in mir muss aber früher oder später durchgezählt haben, und da fehlte eben einer. Die Verlustmeldungen häuften sich, schließlich sah ich Dich jeden Tag beim Essen, beim Baden, bei Deiner Rückkehr aus den Waschräumen oder in Begleitung einer Freundin, die in regelmäßigen Abständen wegen Bauchkrämpfen zu meiner Mutter kam. Noch eine Weile irrte ich zwischen Dir und jener anderen umher, die mit ihren langen schwarzen Haaren und klaren, dunklen Augen die eigentlich klassischere Schönheit war. Doch während ich von der Art, wie diese ihren Federbällen nachflog, die Haare zurückwarf oder sich nach dem Baden in ihr Handtuch rollte, einen stabilen Eindruck gewinnen konnte, ging an Dir erst einmal alles Schauen verloren, und ich geriet in Unruhe, als hätte ich irgendetwas zu Hause liegenlassen. Der ganze Wald flüsterte schon über uns, während ich mir über die Gründe meiner neuen Lebhaftigkeit noch immer keine klaren Vorstellungen machte.

In solchen Momenten merkt man, wie sehr unseren Sinnen in erster Linie daran gelegen sein muss, uns über die Welt zu beruhigen. In jenem nachgelagerten Abstraktionsvorgang jedoch, der alles Wahrgenommene zum Gegenstand und die Welt damit viel handhabbarer machte, als sie eigentlich war, brach jetzt die Unordnung aus. Zwar hätte ich Dich damals anderen zeigen und als die Person identifizieren können, die mir schräg gegenübersaß, ihre Tomate aufschnitt, sich Kamillentee aus einem der Armeekübel holte oder ihrer Freundin das blaue Halstuch band, doch um noch ein fest umrissener Gegenstand meiner Aufmerksamkeit zu sein, standest Du mir bald immer weniger klar gegenüber. Damit befand ich mich, jedenfalls was Dich betraf, in merkwürdiger Auflösung, Zuordnungen von innen und außen verschwammen, oder die Welt hörte auf, sich nach ihnen zu richten. Während mir die glanzlosen Mienen der Bademeister und des Hotelkochs, auch die reinen Kindergesichter meiner Freunde lange noch so genau vor Augen standen, dass ich immer mit ihnen fremdelte, wenn ich ihnen Jahre später wiederbegegnete, konnte ich mich an Deine genauen Züge nie lange erinnern. Sie entfielen mir täglich, und ich musste jedes Mal aufs Neue versuchen, einen bleibenden Eindruck von ihnen zu behalten. Ich räumte ganze Lagerhallen meines Gedächtnisses frei, richtete Dir eigene Gedenkstätten ein. Es blieben nicht mehr als ein paar unterbelichtete Schnappschüsse. Ich versuchte, Dir einen Rahmen zu geben, doch auch die Buchenriesen konnten Dich nicht fixieren, die Sandwege nicht aufhalten, und am Himmel konnte ich Dich nicht aufhängen.

Jedenfalls lag es weder allein an Dir und den tausend Attraktionen, die Dich begleiteten, noch an meinen mal hoffenden, mal fatalistischen Formen der Verzweiflung, dass ich mir von Dir kein ruhendes Bild machen konnte. Die vorübergehende Unschärfe hatte eher damit zu tun, dass ich echtes Neuland betreten hatte, eine Schattengegend, in der die gewöhnliche Zuordnung, ich bin ich, du bist du, hinfällig wurde und die sich mit sämtlichen Foto- und Memo-Techniken nicht einfangen ließ. *Muß in ihrem Zauberkreise / leben nun auf ihre Weise / Die Verändrung, ach, wie groß!*

Nach ein paar Tagen, in denen wir aneinander vorbeigegangen waren, ohne uns weiterer Blicke zu würdigen, verdichteten sich die Irritationen, die meine Waldwege immer deutlicher um Dich herumgebogen hatten, allmählich zum Großbegriff Liebe, der mir aber doch eine Nummer zu groß und offiziös schien. Sobald ich mir diesen Schuh anziehen würde, hätte etwas seinen Lauf genommen, das ich schon aus dem Fernsehen kannte, für das ich mich aber noch nicht gerüstet hielt. Küsse in kärglichen Kammern? Was hätte ich mit Dir anfangen sollen, vorausgesetzt, mir wären in Deiner Gegenwart sinnvolle Sätze, passende Gesten oder gar Handfesteres eingefallen? In meinem Alter war ich ja weniger für die sinnlichen Versprechen der Nacktheit als für die Magie der Kissen, Decken, Tassen und Türklinken empfänglich, die Dich mit einer beneidenswerten Selbstverständlichkeit berühren durften. Da gab es noch keine erotischen Hintergedanken, die Anlass für irgendwelche Eroberungsunternehmen hätten sein können. Also ging ich weiter so stolz wie mutlos an Dir vorbei, ohne mich dem Blendwerk Deiner niedergehaltenen Blicke ganz entziehen zu können.

Es war aufs Ganze gesehen keine sehr erfolgversprechende Strategie, was immer Erfolg in meinem Fall geheißen hätte. Ich hatte davon keinerlei Vorstellung und wäre heillos überfordert gewesen. Für die Stirb-und-Werde-Mentalität der Kiefernschwärmer und Eulenspinner, die sich nächtens in die Mastleuchten und in ihren sicheren Flammentod stürzten, mangelte es mir an Verständnis und Courage. Während kühler Tage, wenn es, wie oft in diesen Wochen, ununterbrochen regnete, wenn um Waldhotel und Waldlager herum Stille einkehrte, man sich zurückzog, Karten spielte, las oder das Meereskundemuseum in Stralsund besuchte, saß ich in meinem Bett und ließ mich vom Radio in Träumereien verwickeln, die mich auf längere Spaziergänge mit Dir hinaus an den Strand führten, wo es dann zu klärenden Aussprachen über das große Ganze kam, gemeinsame Hoffnungen und Traurigkeiten, Unterredungen, über denen ein heiliger Ernst lag und die Dir ein Höchstmaß an Verständnis gegenüber meiner früh erwachten Schwermut abverlangten. Wirklich nahe kam ich Dir nur auf solchen erträumten Streifzügen an Regentagen, als wir vor der gischtbehangenen Weite in den Abend liefen, halb im Dunst, Chimären unter Schirmen.

Vielleicht ging ich davon aus, dass in einem Zauberkreis dieser Größenordnung ein Gesetz herrschen musste, das von Natur aus Resonanzeffekte miteinschloss. Ansonsten wäre all das auch eine einseitige, grundlose Demütigung gewesen, die ich für schwer möglich gehalten hätte, eine Verschwendung inszenatorischer Raffinesse innerhalb eines Dramas, dessen Vollkommenheit für mich ganz evident und ohne Zweifel war. Wie sich später zeigte, hatte ich sogar Recht damit. Allerdings unterschätzte selbst ich damals um einiges die Weite des Klangraums, in den ich mein Verlangen hineinrief, denn der verzögerte Widerhall erreichte mich erst zu einer Zeit, als der Gang der Geschichte Lager, Waldhotel und DDR längst abgeräumt hatte. Als Du mir einige Jahre später aus jener Kastanienallee entgegenkamst, in der ich gerade auf den Schulbus wartete, erschienst Du wie eine Sagengestalt, Mythe vom Meer, eine Louise Brooks, die aus der *Büchse der Pandora* steigt, vor einem stehen bleibt und nach dem Weg fragt.

Als junge Nymphe, die damals noch munter Figuren in den Sand zog, hast Du wahrscheinlich kaum von mir Notiz genommen. Auch als sich die Bühne drehte und man abends unter Lichtorgeln und Spiegelkugeln weitertanzte, ging ich meist mit dem verängstigten Schwarzwild in Deckung. Elegischer Gesang in maschinenhaften Tonkostümen, der alles sammelte und auf den Punkt brachte, ohne dass man hätte sagen können, worum es ihm eigentlich ging, der aber ohne Zweifel auf etwas Großes hinauslaufen musste, hallte von Westen zu uns herüber, als wären die Mauern in akustischen Frequenzräumen längst gefallen. Was die tatsächlichen Grenzen betraf, so schienen sich diese gerade in solchen Momenten in einigem von dem verminten und stacheldrahteten Staatsgehege zu unterscheiden, das man später in die Geschichtsbücher aufnahm. Der Westen war mir, anders als meiner Großmutter, die ihn immer als das Wohnzimmer beschrieb, für das man ihr den Schlüssel entwendet hatte, eher so etwas wie ein platonisches Hinterland, aus dem mich nur ein audiovisueller Abglanz erreichte. Die Macht und Präsenz der schlichten Gegebenheiten, die nur unterschätzen kann, wer sich gerade an anderer Zeit und Stelle aufhält, nahm ich so bedenkenlos hin, dass sich vor dem Eisernen noch ein Vorhang aller Selbstverständlichkeiten zuzog, den überwinden zu wollen esoterisch erschienen wäre. Als ein Jahr später jener große Sturm über das Land fegte, der dann alle Fenster und Türen, darunter auch jene Wohnzimmertür meiner Großmutter aufschlug, war ich ganz erstaunt über die Wut und den Widerstand der Leute, die die natürliche Ordnung infolge einer übertriebenen religiösen Schwärmerei abschaffen wollten und nach Art der Mystiker oder Kartharer auf die andere Seite drängten.

Doch davon ahnte noch keiner, als wir uns der Musik hingaben, die, ohne dass man ganz zu ihr hätte hinüberreichen können, so viel versprach und in uns verrückte, dass wir jene *Madonna* wie eine zeitgenössische Marienerscheinung verehrten. Unseren abendlichen Überschwängen gingen wir dabei auf je eigene Weise nach, Du mittendrin, ich außen vor. Warum sich Neun- oder Zehnjährige plötzlich auf eine solche Bühne drängten, muss mir ein unergründliches Rätsel gewesen sein. Ich hätte nicht einmal sagen können, was mich trauriger machte; die erwachsene Ernsthaftigkeit, mit der diese Mädchen ihr Kindsein hinter sich ließen, nur weil sie dieser klangvollen Demagogie aufsaßen, oder meine altkluge Verklemmtheit, die mich daran hinderte, es ihnen gleichzutun. Schließlich zog ich mich zurück, sah dem Ganzen von einer fernen Bank aus Nacht und Waldvertraulichkeit zu (Du ganz Tanzzendenz und richtungsloses Sehnen; *just like a dream, you are not what you seem, just like a prayer, you know I'll take you there*).

Natürlich bedauerte ich, dass echte Gespräche während dieser Wochen ausschließlich mit der See zustande kamen. Aber auch ohne den Sonderfall einer solch epiphanen Verliebtheit war ich von jeher für längere Märsche ausgelegt und froh, wenn mir jemand währenddessen zuhörte. Meine ersten wirklichen Freiheitserfahrungen müssen sich auf solch stundenlangen Strandwanderungen ergeben haben. Nirgendwo sonst ließen mich die Eltern, die bei schönem Wetter ab den frühen Morgenstunden am Wasser lagen und dabei ihre Ruhe haben wollten, so sorglos und für ganze Tage meiner Wege gehen (anfangs noch mit größerem Rückenpflaster, das Namen, Adresse sowie die Bitte enthielt, von Fütterungen abzusehen).

Vom *Strandläufer* waren es nur ein paar Kilometer nach Bansin, wo ich Eis und Mohnschnecken kaufen und den Urlaubern beim Tennis zusehen konnte. Erreichte man die Stadt über einen neben dem Meer hinlaufenden Wald- und Steilküstenpfad, trat man irgendwann unter den Buchen hervor und sah den Ort leicht unter einem liegen. Durch die weißen Bergstraßen-Villen blaute es weit in Kobalttönen. Nur an einem Binnenmeer sind die Geräusche zur Mittagszeit so gedämpft, dass ich in diese Föhnstunden einlaufen konnte wie in meine stillste Bucht. Man hätte hier jederzeit Pan auf seiner Flöte hören können, wäre es eine Zeit der Hirten und nicht der Arbeiter und Bauern gewesen, die über zwei Urlaubswochen in den bröckelnden Strandvillen der Kaiserzeit unterkamen und ihrem nudistischen Badekommunismus nachgingen. Der große Mittag zog mich durch den Wind, durch Stunden abstandslosen Staunens, Strömungen und Unterströmungen der Straßen und Promenaden, die für Momente ein vergangenes Jahrhundert heraufholen konnten und dann voller Musik und Buden waren, während das Meer gelassen und ein bisschen träge im Hintergrund verrauschte. Ich verlor mich zwischen den alten Bädern und Seebrücken, lausigen Kurorchestern und Scharen von Möwen, blieb manchmal, bis die Badegäste am Nachmittag abzogen, wenn die Sonne nachließ und hinter dem Wald verschwand, der sich in Ufernähe mit seinen zerzausten Baumbücklingen vor der See krümmte. Die zeigte sich wieder bewegter und führte für ein paar letzte Schwärmer ihre gemurmelten Litaneien auf, in denen dann, soweit ich mitbekam, viel von ewiger Wiederkunft die Rede war. Selbst wenn ich mich dann schon beeilen musste, nach Hause zu kommen – denn man vergaß hier nicht nur die Zeit, sondern unterschätzte auch den Weg, da sich die Gegenden am Strand sehr ähnelten und man sein Vorankommen nur an den vorbeiziehenden größeren Rundfelsen erahnen konnte, die wie Findlinge auf den Sandbänken saßen –, hängte ich mich manchmal in das aufsteigende Gefunkel ein. Das Wasser kühlte mir die Zehen, während ich versuchte, dem Verhältnis der Elemente auf den Grund zu gehen. Zwar war eine Weile vergangen, seit der Alte die Wasser voneinander getrennt und das Himmelsgewölbe dazwischengeschoben hatte, noch immer aber wiesen Naturell und Habitus der beiden auf gewisse Verwandtschaftsverhältnisse hin, selbst wenn Vater Äther ab und zu ein wenig reserviert und bedeutungsvoll tat und auf die leicht Borderline-gestörte Seetochter herabzublicken schien. Solange ich das Geplauder der beiden verfolgte, um herauszuhorchen, ob sie sich schätzten, für den Abend verabredeten, über Licht und Luft miteinander korrespondierten: Bald musste ich erkennen, dass sie offenbar Besseres im Schilde führten, als sich auf meinen klappernden Satzgerüsten niederzulassen. Stattdessen verkehrten sie in einem fremden, seltsam fesselnden Idiom, das mich dem allgemeinen Tosen mit einer Reihe hilfloser Gestikulationen antworten ließ, die wohl die Frage umkreisten, was es zu bedeuten hatte, dass die beiden Unendlichkeiten an dieser Stelle so vielsagend aufeinandertrafen und nirgends sonst. Was es mit dem Horizont auf sich hatte, der diese unmögliche Geometrie zusammenheftete und, obgleich er deutlich vor mir lag, doch unerreichbar war und vor jeglichem Zugriff zurückwich (oder hätte man nicht doch, Mut und Jesuslatschen vorausgesetzt, den beglänzten Wasserweg sonnezu hinaufeilen und genauer nachsehen können)?

Was immer mir durch den Sinn ging, ich konnte es in keine Sprache fassen, über die die See nicht hinwegging und die sie so lange auswusch, bis nur noch harte runde Reste, Hühnergötter und Donnerkeile, von ihr übrigblieben. Am Ende solcher Spaziergänge hatte ich die Taschen voller Muscheln und gedanklicher Treibgüter, die dank der See gereinigt und von allen Schalen befreit worden waren und die ich nun zu einer endlosen Kette aneinanderreihen und mit nach Hause nehmen konnte, wo sie sukzessive von Schlaf und Traum wieder aufgezwickt wurden und ihre Glieder sich lösten, zu Boden gingen und sich in alle Richtungen der Nacht davonmachten.

Wären es eigene Gedanken gewesen, hätte ich sie vielleicht länger behalten, so aber kam ich mir ein bisschen wie jenes Waldhotel mit wechselnden Gästen vor. Jedenfalls gingen sie genauso wenig von mir aus wie das, was mich mit Dir verband, und das war ja weit mehr als meine Einbildung oder Projektion, wie heute oft behauptet wird. Um mir so etwas Großartiges ausdenken zu können, hätte meine Phantasie nie ausgereicht. Nachdem Du mich aus den Bezügen gelöst hattest, die mich außerhalb des Zauberkreises umgaben, veränderten sich die Belichtungsverhältnisse meiner Welt. Der Scheinwerfer, der, hinter die Sinne montiert, von innen heraus die Gegend belichtete, schien plötzlich ausgefallen und mich nun von dort aus der Requisite zu blenden, wo Du mir drei-, viermal am Tag über den Weg liefst. Die Sommer aus Meer und Licht, obwohl sie um uns herum noch eine Weile fortwehten, verwitterten und brachen ab. Aber jetzt greife ich vor ...

In den letzten Tagen unseres Aufenthalts da oben, ich weiß nicht, ob Du Dich erinnern kannst, fuhren wir mit Neptun, der sich im wahren Leben als Ahlbecker Zeichenlehrer und Rettungsschwimmer durchschlug und einen kleinen Kutter besaß, noch einmal frühmorgens hinaus, angeblich des Heringsleuchtens wegen. Du warst unerwartet zugestiegen, vermutlich, weil Dich Neptuns Sohn genauso anziehend fand wie ich. Die Heringssaison, die vor einigen Jahrzehnten noch um die Johannisnacht herum begann, nun aber der wärmeren Meere wegen um einen Monat vorgezogen wurde, war dann schon fast wieder vorbei. Aus dem Kapitän aber brach unentwegt Sagenhaftes, selbst wenn sich auf dem bleiernen, schwer durchschaubaren Morgenmeer nicht genau ermitteln ließ, ob sich seine schäumenden Reminiszenzen nur einem verwehten Küsten-Temperament oder seiner Begabung für Meer- und Monumentalmalerei verdankten. Hier brachte sich der Überfluss noch selbst hervor, ein Schauspiel gärender Fluten, in dem das Stromwesen der Heringe so etwas wie das leuchtende Band in den dunklen Wassern war, die wir da draußen in der fast windstillen Frühe durchfuhren. Die Ausbeute war dürftig, der Bestand weiträumig abgefischt. Ein paar traurige Exemplare hatten sich noch im Netz verfangen (immerhin wechselten wir ein paar Worte, und ich nannte Dich zum ersten Mal beim Namen – Angelika –, mehr als angemessen, wenn man den Fortgang der Handlung bedenkt, für »Schmidbauer« konntest Du ja nichts).

Irgendwann und viel zu zeitig kam dann doch die Abreise. Immerhin war ich in Deiner Umgebung inzwischen zu so etwas wie einer festen Größe geworden. Manchmal schienst Du sogar von ferne zu grüßen, auch wenn es wohl eher ein Akt der Höflichkeit war und Du öfter einen meiner Freunde meintest. Von diesen eher vagen Eindrücken ermuntert, kam ich auf die Idee, statt mit meinen Eltern mit euch im Zug nach Hause zu fahren, und schaffte es tatsächlich, Dich in einem der vielen Abteile wiederzufinden. Deine Freundinnen hatten Dich für einen Moment verlassen, und so muss es zu einer kurzen Unterredung gekommen sein, der ich dann ein paar Wagen weiter noch Stunden sinnend nachhing. Vor dem Fenster rauschte der Abend ins Dunkel, ich aber glaubte den Augenblick mit aller Gewalt in der Zeit befestigen zu müssen wie jemand, der in unzugänglichem Berggelände einen Karabiner in den Stein schlägt. Die Zeit hielt kurz inne, und mir war tatsächlich ein wenig, als führe ich jahrelang durch diese Nacht. Dann jedoch sprang die rostige Türverriegelung des Reichsbahnwaggons auf, und ich war zurück in Ursprung an der Werra. Draußen stand der Spätsommer. Alles war beim Alten geblieben; derselbe Landgeruch aus Tau, Harz und Sägemehl ging durch die Luft, in der Ferne, abwechselnd mit Alabasterwolken, festliche Schwünge Buchenwälder auf den Talhängen.

2

Tatsächlich wollte zunächst niemandem auffallen, dass ich nun quasi zu zweit war. Selbst der Heilige Geist, der es ja nun wissen musste, wehte noch eine Weile über das Pfarrhaus meiner Eltern, als wolle er jenen Riss, der mit Dir in die Welt gekommen war, vorübergehend mit Schlaf zudecken. Gegen Tagesende kam er über dem Werratal wie ein größerer Ernst in Bewegung, verteilte das letzte Licht und bauschte ein paar Pappeln, die auf dem Dorffriedhof ihre Ruhe suchten und etwas aufbrausend raunten, wenn man sie von hinten überraschte. Schienen mich die strömischen Sammlungsbewegungen am offenen Fenster geflissentlich zu überwehen, legten sie mir doch in ziemlich windigen Exegesen das Vaterunser aus, das man mir eben, wohl der nötigen Tröstung und Bettschwere wegen, wie jeden Abend vorgetragen hatte. Für gewöhnlich ließen sie dabei nicht viel von sich sehen oder hören. Hinter ihrer Beiläufigkeit verbarg sich etwas, dem man nicht leicht auf die Spur kam und das auf eine zweifelhafte Herkunft hätte deuten können, dunkle Motive oder eine Scheu und Vornehmheit, die die offenen Schauplätze lieber anderen überließ. Offenbar lag ihnen an einer gewissen, vielleicht auch witterungsbedingten Unberechenbarkeit. Westfronten hatten die Gegend sonst fest im Griff, Lastenträger des Wetters, die solche Höhenwinde oft unterliefen, abdrängten oder gar nicht erst aufkommen ließen. Enttauchten sie dann doch dem Nichts, gingen sie so diskret und unscheinbar über mich hin, als blieben sie immer ein Stück hinter sich selbst zurück, flüchtig und relativ einsilbig, zumindest aber so verlässlich, meiner Müdigkeit ein wenig auf die Sprünge zu helfen.

Da es auch die Nacht nicht eilig hatte, drehte ich mich oft noch Stunden vergeblich nach dem Schlaf um. Hellwach und in bester Tagesform lag ich dann in der »Bucht« einer Mansarde unter dem Dach (im Arbeitszimmer meines Vaters, in das ich umziehen durfte, wenn ich glaubhaft machen konnte, dort besser einzuschlafen als im Kinderzimmer) und trieb nun mit dem übrigen Inventar durch das Halbdunkel der letzten Stunden. Zu meiner Linken hing ein Schreibtisch seiner Schwere nach. Eine Menge loser Blätter und Zettel, Ordner, Blöcke und Schreibgeräte lag dort ineinandergeschoben, eine Briefwaage, Briefbeschwerer und ein kleiner Messingengel, der hier als eine Art Ordnungshüter und Verkehrspolizist aufgestellt war. An der Wand darüber, neben ein paar Zeichnungen und einem vergilbten Druck, auf dem zwei Männer mit großen Hüten auf Meer und Abendsonne schauten, sahen die Familie, Freunde und Großeltern aus blassen Fotos zu mir herüber, ein Onkel, abseits, ganz bei sich und seiner Flöte. Rechts daneben, bis an die Tür, eine Bücherwand, schwarz und schweigend, Bibelkommentare, Dogmengeschichte, Karl Barth. Auf meiner Seite, neben einem weiteren Bücherregal, ein großer Kleiderschrank, an dessen Seitenwand über dem Fußende des Bettes ein Chagall'sches Kathedralenfenster verglühte. Darunter, unscheinbarer, Rossettis *Beata Beatrix* im Postkartenformat (ich blieb oft daran hängen, sie hatte etwas von Dir). Doch das ganze auf freundlich-dunkle Grundtöne gestimmte Interieur kehrte sich ab, sobald es stiller wurde. Ich lag noch eine Weile und streckte mich, strich die Laken glatt und schaute einem nervösen Wecker auf der Kommode hinterher, der schon weiter in die Nacht vorausgelaufen war. Selbst wenn sich nicht daran zweifeln ließ, dass man mich hier in kindgerechter Frühe meiner Matratzenbehaglichkeit überlassen hatte, musste ich bald einsehen, dass an Schlaf einfach nicht zu denken war. Ein paar abgebrochene, noch im Zimmer hängende Verse und lose Tonfolgen gingen über mir nieder. Ich dachte nochmal an die dunklen, fast italienischen Hände meines Vaters, in die ich meinen Geist mit weit größerem Optimismus befahl, als auf jenen wankelmütigen Herrn zu bauen, der, folgte man dem Abendlied nach Jakobus, über meine Erweckung am nächsten Morgen erst noch zu befinden hatte. Die Ergriffenheit, mit der man für derlei schon im Voraus dankte, blieb mir so fremd wie die Strenge der kurzen Fürbitte, die mein Vater nie ohne einen Anflug von Schmerz vortrug, die Stirn in Falten innigster Versenkung, als habe er von einem Moment auf den anderen sämtliche Außenposten seiner selbst geräumt. In alle frühe Bewunderung für meine Eltern drängten wohl auch deshalb Ratlosigkeit und Zweifel, weil mir für ein solches Gottvertrauen die äußeren Gründe fehlten und die biblischen Figuren nicht ohne weiteres aus ihrem Buch heraus in meines fanden. Sie verblassten schließlich wie die anderen Dämmerdinge, deren ich zunehmend überdrüssig wurde, weil sie in ihrer Bedeutungslosigkeit bald eine eigentümlich aufdringliche Langeweile hervorriefen. In Momenten wie diesen schien die Zeit ähnlich umstellt wie ich und konnte aus dem engen Zimmer nicht mehr abfließen. Sie wurde immer zäher, so als zöge etwas jede Vergangenheit und Zukunft von ihr ab, bis man mit ihr in der reinen Gegenwart festhing.

Wenn es aus meiner Lage einen Ausweg gab, dann nur über das kleine Schrägfenster über mir, das den Blick in das dunkelnde Blau freigab, in das sich draußen auch die Winde aufgeschwungen hatten. Ich schlug die Decke zur Seite, stellte mich aufs Bett, öffnete die Dachluke und sah hinaus. Gründlich abgefegt trat der Himmel aus der Verborgenheit, in der ihn die Sonne den Tag über gehalten hatte und zeigte sich in einer solchen Klarheit, dass man darin Türen und Fenster zu finden glaubte und sich umgehend durch die Räumlichkeiten führen ließ. Warmes Licht wies weit hinüber; das Werratal und der noch rötlich beschienene Gipfel des Krayenberges, nach Süden hin die ersten Ausläufer des Dorfes und unten, schattenhaft, der Pfarrgarten, in den nun meine Mutter getreten war, Wasser aus der Regentonne holte und das Rosenbeet goss. Über die Jahre hatte sie es zu einer Blumengarten-Apotheose kommen lassen, die den paradiesischen Engel mit dem feurigen Schwert nervös gemacht hätte. Die gelbe Mauer einer Forsythienhecke schloss den Garten an seiner Ostseite gegen die Straße ab. Am gegenüberliegenden Zaun, hinter dem der Brandplatz des Friedhofs lag, warfen sich Flieder und Holunder die Schmetterlinge zu. Blausterne, Krokusse und Osterglocken dekorierten frühlings Grün und Gründe. Der Sommer zog mit tieferen Farben nach und beschien einen Obstgarten, in dem man bis spät in den Herbst neben Birnen, Nüssen und Pflaumen auch weiße Pfirsiche einsammeln konnte, die es sonst nirgends zu kaufen gab. Selbst das Kircheninnere von St. Trinitatis konnte es nur schwer mit der barocken Spielfreude eines Gartens aufnehmen, der das ganze Jahr lang Erntedank feierte. Das Petrihaus selbst trat dagegen fast zurück, verzichtete zugunsten eines schweren dunkelgrauen Anstrichs auf jedes falsche Gehabe. Zwar konnte es damit seine Fremdheit nicht ganz überspielen, und es verleugnete seinen Herrn ja keineswegs, wie es sein Namensgeber einst getan hatte, doch mag seine Nüchternheit und Zurückhaltung erste Begegnungen sicher erleichtert haben. Haus und Garten lagen ungewöhnlich weit draußen, und so nahmen auch die Rehe, die in den späten Sommermonaten regelmäßig den Zaun durchbrachen, um auf das Beet und an die Rosenknospen zu gelangen, und die Meisen, Kleiber und Dompfaffen, die sich am Küchenfenster niederließen, immer wieder gerne unsere Gastfreundschaft in Anspruch.

Das Leben ging erst einmal ohne Dich weiter, auch wenn Du als Angelika abscondita kaum weniger in mir bewegt hast. Es hätte, das konntest Du nicht wissen, auch meiner Herkunft und Familie nicht entsprochen, die mit verborgenen Göttern lange Erfahrung gesammelt hatte. Die Sterngassens waren ein schon sehr altes Pfarrgeschlecht, das sich über meinen Vater Christian, dessen Vater Heinrich und Großvater Karolus angeblich bis zu Johannes Korngin von Sterngassen, einem thomistisch geprägten, spätmittelalterlichen Mystiker, zurückverfolgen ließ (das hätte mein Vater jedenfalls gerne geglaubt, nachweisen ließ es sich nicht). Nun war der zwar nur fragmentarisch überliefert, doch sollte etwa dessen Aufforderung, »zuweilen zu sein, wie unserm Herrgott allewege ist«, auch noch meinen Weg und Wandel nachhaltig bestimmen. Mit derlei herausfordernden Lebensprojekten muss man früh beginnen, und wer weit abspringen will, muss auf hartem Grund stehen. Vieles, was in den Neigungen des jungen Angelikaners auf Dich hinauslaufen würde, nahm hier seinen Anfang. Es lässt sich schwer verstehen, wenn man es nicht selbst erlebt hat.

Meine Eltern waren nach dem Studium kurz vor der innerdeutschen Grenze liegengeblieben, am Rand der kleinen Republik, die, jedenfalls bevor der Atem der Geschichte auch hier irgendwann die Seiten umblätterte, für alles, was sich jenseits aller von der Luftwaffe erreichbaren Höhen abspielte, wenig Verständnis aufbrachte. Am Ende waren es der Zufall und die Planwirtschaft, die die beiden in ein abgelegenes Dorf ins Werratal versetzten. So ganz ab vom Schuss konnte die Gegend früher nicht gewesen sein; ein paar Orte weiter, am Rande eines Wanderwegs, wies noch ein größerer Steinquader darauf hin, dass sich hier einmal der geographische Mittelpunkt Deutschlands befunden hatte. Irgendwer musste das ausgerechnet haben, zu einer Zeit, als Deutschland noch die Mitte Europas und Europa die Mitte der Welt gewesen war. Davon war nicht mehr viel zu sehen. Meine Mutter übernahm hier die Dienststelle eines alten Landarztes, der sich gerade ein paar Täler weiter zur Ruhe setzen wollte. Eine Pfarrstelle für meinen Vater und ein schon etwas marodes Pfarrhaus waren auch frei, das bot sich also an.

Die Gegend hatte uns freundlich empfangen. Aus dem Mittelgebirge rutschte man hinab in eine flache Kalksteinwanne; zu beiden Seiten des Flusses stiegen sanfte Wiesen und von hohem Korn überwogte Hänge auf, über denen der Wald mit seinen Mufflons stand. Kirchtürme hoben sich hinter Hügeln, Dorfeichen tratschten über Dorflinden, Hähne krähten Hunde nieder. Das Tal gehörte noch zur Rhön, die jedoch weniger als weiter im Westen und Südwesten an die Hochflächen Skandinaviens erinnerte, sondern hier eher als lieblich-altfränkische Ablenkung von sich selbst gedacht war. Immerhin ließ sich noch erkennen, warum griechische und römische Gelehrte einst von der Undurchdringlichkeit der *orkynia drymos* gesprochen hatten, als deren Mitte sie die Rhön ansahen, ein Vulkangebirge, dessen Pyramiden, Säulen und Throne inzwischen mit Buchenwäldern überwachsen waren und das ihnen völlig unzugänglich erscheinen musste. Ein Gebiet allerdings auch, das für sie nicht weiter von Bedeutung gewesen sein dürfte, war Buchonien eine Gegend der Waldhüter und Wildmeister, die außer Wasser, Holz und Damhirschen nicht viel zu bieten hatte. An den mächtigen Krayenberg gelehnt, der mit seiner Krone aus Saatkrähen die Gegend beherrschte, weggeduckt unter dem aufgerissenen und von der Werra ausgespülten Felsplateau wie unter einer großen Kapuze, lag Ursprung mit dem Rücken zum Land zwischen Läutendorf und Lindenrieth.

Unser für heutige Verhältnisse recht ausgedehntes Anwesen begann auf halber Höhe eines Talhangs, der zur Werra hin steil abfiel, und zog sich bis zum Dorfende hinauf, an dem wieder der Acker begann. Im unteren Teil fand sich ein Bauerngarten mit allerlei Gemüse und Beerensträuchern, auf der anderen Hausseite nach oben zu umringten Apfel- und Kirschbäume eine Veranda, erstreckten sich mehrere durch Hecken abgetrennte Wiesen, die nach hinten weitgehend sich selbst überlassen waren und mit ihren hohen Halmen fast nahtlos in den Weizen des Feldes übergingen. Mein Vater hatte alle Hände voll zu tun, dem um sich greifenden Wildwuchs zu begegnen, er beseitigte die meisten Hecken, pflanzte Flieder, riss zwei Holzschuppen ab, in denen die Gartengeräte seines Vorgängers und nasses Brennholz vermoderten, zimmerte einen neuen Zaun zur Straße und befestigte den alten, der das Grundstück gegen den Abhang schützte. Unterhalb des Kalkbruchs, in den die Bauern zur Lagerung ihrer Zuckerrüben und Kartoffeln höhlenartige Felskeller geschlagen hatten, lag eingefasst von zwei Seitenarmen des Flusses eine weite Feucht-wiese, die man im Sommer als Pferdekoppel nutzte. Mit Hilfe unseres mitunter etwas aufdringlichen Freundes, Nachbarn und ehemaligen LPG-Traktoristen Berger, der sich seit seiner Frühverrentung für derlei Belange im Dorf bereithielt, obwohl er der Fürsorge, die er Bauern und Handwerkern oft ebenso rührend wie ungefragt ent-gegenbrachte, weit bedürftiger schien als jene, gelang es bald, einen dieser Nebenflüsse mithilfe einer Pumpe in die Pflicht zu nehmen und dem dehydrierten Garten über einen befestigten Schlauch einen Tropf zu legen. Vier oder fünf Jahre lang hatte ich das Gefühl, jemand schüt-tele ununterbrochen die Blüten der ewigen Apfelbäume, unter denen ich im Gras lag und *Die unendliche Ge-schichte* las. Ein Teil meines grünen Glücks ging darauf zurück, dass Ursprung, seit Karl dem Großen ein fränki-sches Fischerdorf mit süddeutschem Dialekt und Tempe-rament, das durch eine unglückliche Grenzziehung nach dem Krieg Thüringen zugefallen war, damals aus Trotz, Trübsinn oder Altersschwäche das Wachstum eingestellt und sich, sah man von ein paar Wartburgs, Simsons und Erntemaschinen ab, jedweder Veränderung widersetzt hatte. Solange nur die Sonne über dem Steinernen Kreuz die Tage heraufholte und über tiefblaue Transitstrecken zum Michelsberg zog, um hinter diesem im Rot-Orange solarer Bremsleuchten nach unten abzudrehen, würden auf Ursprings Straßen krummgebuckelte Alte ihre Hühner, Gänse und Enten in die Hut treiben, Rinderherden von ihren Weideplätzen über die Dorfstraßen zu den Ställen heimziehen und alles über dem Markt in muntere Landvieh-Polyphonien zusammenflattern. So jedenfalls erlebte es jeder, der hier ein paar Jahre stillstehen und ein halbes Jahrhundert hinter der Welt zurückbleiben durfte.

Der angemessenste, wenn auch flüchtigste Eindruck der Gegend ergab sich vielleicht nur in jenen ersten Jahren, in denen ich dort eine Art juvenilen Pantheismus und Elementarbedürfnisse nach Muttererde und Muschelkalk entwickelte, nach Wiesen mit Himmelsschlüsseln, Maisfelddschungeln, die jede städtische Geisterbahn zur läppischen Attrappe machten, nach den Flüstertürmen der Pappeln und Salweiden, die meine Kinderkompanie an den Werra-Ufern flussabwärts führten. Oft forderte und zog uns das Land so in sich hinein, dass wir am Ende des Tages nicht mehr wussten, wie wir so weit aus uns hinausgeraten waren. Noch kam uns die Welt entgegen, lief uns alles zu. Generationen von Hauskatzen gaben ihren Nachwuchs vertrauensvoll in unsere Hände, bevor er von den Bauern mit Säcken voller Steine in der Werra versenkt werden konnte. Feld und Flur wanderten Wochen mit uns hinaus. Wir mussten gar nicht selber los, wurden überall schon abgeholt; nahe Waldbänder rollten sich aus und führten über Gebirgsrücken hin, in deren Trockenschatten sich Marone, Steinpilz und Pfifferling mit überzeugenden Referenzen um die Aufnahme in die hauseigenen Butterpfannen und Bratensoßen bewarben. Schon gingen die Spätsommer über die Äcker und türmten die Heuberge zu scheunenhohen Hüpfburgen.

Auch das Dorf verlieh uns weitreichende Privilegien, immerhin verteidigten wir es gegen einen jungen Läutendorfer Landsturm, eine Rasselbande etwa in unserer Größenordnung, der wir mit einer Strategie gegenseitiger Abschreckung, insbesondere durch konventionelle Rüstungsbestände an Eiern und Feldfrüchten, keinen Spielraum ließen. Abends glockte St. Trinitatis wieder heim, ganz gleich, wie weit wir draußen waren, über dem Ort bei Bergers Bienenhäuschen, der dort manchmal noch ganze Schulklassen in die Geheimnisse seines Wildblütenhonigs einweihte, oder wenn wir auf dem Reifelshügel Drachen steigen oder am Werrawehr papierne Segler Richtung Nordsee auslaufen ließen.

Von entfernten Waldlehnen aus erinnerte die Kirche ihres Schiffs und Turmzackens wegen an eine in der Krayenbucht vor Anker liegende schwarzbeflaggte Fregatte, was durchaus dem Piratenstatus entsprach, der ihr in jenen Zeiten zukam. Ihr Sechs-Uhr-Geläut war gar nicht so selbstverständlich, wie es den Anschein hatte. Zwar konnte man das Zifferblatt der Turmuhr von allen Seiten und noch weit außerhalb des Dorfes erkennen, sodass die Bauern über die Zeit im Bilde waren und wussten, wann sie von ihren Feldern heimkehren konnten, doch musste ihr Gehwerk noch täglich aufgezogen und gerichtet werden. Hier nun war man für Bergers Hilfe allseits dankbar, der das eher profane Hochamt seit Jahrzehnten pflichtbewusst versah und jeden Tag zur selben Stunde die hundert ausgetretenen Stufen in dem schlanken, schiefergedeckten Turm zur Uhr hinaufstieg, um die von drei zentnerschweren Steinen angetriebenen Zeiger und das Glockenwerk für den nächsten Tag einzurichten. Da er der Zeit dort oben für gewöhnlich zwischen eins und zwei am Nachmittag auf die Sprünge half, konnte man manchmal, wenn die Schule aus war, draußen die Zeiger sich bewegen sehen. Dann wusste jeder: Dort, wo die Schwalben und Dohlen ihre hohe Runde machen, steigt er gerade wieder unter der Glocke hinab. Es wird mir nicht immer bewusst gewesen sein, doch sobald wieder der Frühling in die Gänge kam und ich mich manchmal, auf den Hängen liegend, nach oben hin in Cumulus-Gewölbe verflog, in jene noch unbezeichneten Höhenneigungen geriet, hinaufschaute und dachte: So will ich auch sein!, muss ich geahnt haben, dass nicht mein Vater, sondern Berger Gott am nächsten war. Und nicht nur weil dieser, wo sich der schwarze Zinken in die Bläue bohrte, näher als alle anderen an ihn heranreichte. Berger war Mitglied der Einheitspartei und keineswegs ein Christ. Als Bauerngewächs seines kargen Bodens, den Jahre dumpfer Arbeit und Verbissenheit darüber belehrt hatten, dass Kartoffeln nicht von alleine wachsen, kam er allen, die es nicht besser wussten, mit der Maxime »Da hilft kein Beten, da muss Mist hin ...«, die nicht nur seine Lebenserfahrung resümierte, sondern auch ein vage poetisches, weitgehend ungenutztes Talent erkennen ließ (seine auf den Putz gemalte Hausinschrift musste alle lyrisch aufgeschlossenen Autofahrer, die durch Ursprung kamen, zum Nachdenken anregen: *Das Haus ist mein und doch nicht mein, / der vor mir war, dacht' auch, 's wär sein; / er ging hinaus und ich hinein, / nach meinem Tod wird's auch so sein*). Weit mehr als Gott trieb ihn wohl etwas anderes unter den Turm. Als er, wenn Himmel und Dorf so taten, als ruhten sie aus und warteten, in der Überzeugung nach oben stieg, dass auf niemand anderen Verlass gewesen wäre, die aus Zeit und Takt geratenen Zeiger zu richten (schlimm genug, dass man überhaupt noch so ein Gehwerk hatte und sich keine staatliche Behörde einsichtig zeigte), muss es ihm vorgekommen sein, als bringe er etwas wieder in Ordnung, ohne das der Ort in seiner Landschaft nicht vollständig gewesen wäre, so als rücke er ein Bild wieder gerade, ja als werde er damit sogar zu einem Teil dieses Bildes.

Das Innere der Kirche hatte man barockisiert und auch danach mehrfach bunt restauriert, sie hatte trotzdem etwas Massives und dörflich Robustes behalten und wirkte so wie eine schwer beleibte Bäuerin, die sich zur Kirmes ein bisschen zu sehr geschminkt hatte. Ich fand es dort meistens sehr kalt, besonders in den Herbst- und Wintermonaten, auch wenn es zu Weihnachten und während des Krippenspiels kaum jemand bemerkte, weil das Licht der Kerzen alles überstrahlte. Fast jedes Jahr musste ich einen der Hirten spielen, und es war dann wirklich, als leuchte die Klarheit des Herrn nochmal um uns. Warum man sich vor dem Engel, der so große Freude verkündete, fürchten sollte, konnte ich noch nicht verstehen. Dafür war Sabrina, die Tochter des Kirchenvorstehers, die ihre Rolle sehr ernst nahm, in ihrem weißen Gewand und mit den großen Goldschleifen im Haar einfach viel zu niedlich.

Aber ich sah die Kirche auch oft, wenn nicht gefeiert wurde und ich meinen Vater für ein paar Handgriffe vor oder nach Gottesdiensten hineinbegleitete. Dann war sie kühl und dunkel, weil die Fenster nicht genug Licht hineinließen. Licht gab es in diesem Raum nur von innen, womit die Kirche auch ein wenig der protestantischen Seele glich. Neben dunklen Wandbehängen (es gab im Kirchenbestand auch noch zwei Kaseln und eine

Monstranz aus vorreformatorischer Zeit, Opferkerzen, ein paar Altargeräte und Vasa Sacra) verbargen sich etwas abseits hinter Altar und Kanzel zwei alte Totenkronen, die immer mal wieder Kunsthistoriker, Museumsleute und sogar den Mitteldeutschen Rundfunk anlockten, eine echte sepulkralkulturelle Besonderheit, weil sie die einzigen ihrer Art in der weiteren Umgebung waren. Ich bin jahrelang unter ihnen vorbeigelaufen, ohne zu wissen, worum es sich dabei handelte, sie hingen für Kinderaugen auch zu weit oben. Mein Vater hat sie mir später einmal gezeigt. Jede Krone lag in einem Holzkasten, den man an der Wand befestigt hatte, darunter war je eine Epitaphientafel angebracht. Sie selber waren kaum mehr als kunstvoll verschlungene Drahtgestelle mit eingearbeiteten dunklen Glasperlen und vergoldeten Wacholderbeeren, die man beide auf ein Kissen mit Seidenschleifen gebettet hatte. In einem der Kästen stand dahinter ein verziertes Eisenkreuz, im anderen hatte man über die Krone noch eine Art Immortellenkranz gehängt. Außer den ins Kissen gestickten Initialen wies nichts auf die Verstorbenen hin. Es waren wohl Grabbeigaben für Unverheiratete, denen man solche Kronen bei Ledigenbegräbnissen mit auf den Sarg legte und für die ein Tischler jene Holzkästen fertigte, die man dann in der Kirche aufhängte; ein etwas morbider Brauch, der mit der Aufklärung, abgesehen von ein paar Nachzüglern im 19. Jahrhundert wie den beiden Kronen in Ursprung, überall verschwunden war. Mein Vater hatte eine Weile versucht herauszufinden, wer die beiden waren, schließlich gab es im Kirchenarchiv relativ vollständige Geburts- und Sterberegister, die bis ins 15. Jahrhundert zurückreichten. Aber die Kronen mussten auf einem anderen Weg in die Kirche gelangt sein, jedenfalls waren die zwei weder hier geboren noch begraben, obwohl mein Vater anfangs hinter dem einen den Sohn eines zugezogenen Dorfschulzen namens Erik Meinecke vermutet hatte, der 1866 an einem Entzündungsfieber gestorben war und in Lindenrieth begraben lag. Aber warum hätte man dem eine Totenkrone stellen sollen? Mein Vater liebte solche Geheimnisse, Geschichten, die sich nicht auflösen ließen und es darauf angelegt hatten, uns wieder und wieder zu zeigen, dass es immer einen kleinen, aber entscheidenden Rest gab, an den man mit keinem Mittel der Vernunft herankam. Für so vieles gebe es doch einfach keinen Grund, nicht weil man ihn noch nicht entdeckt habe, sondern weil er von Anfang an nicht vorgesehen sei und das eine immer auf ein anderes und wieder anderes verweise, eine Kette von Halb-Gründen und Abgründen, die in die Ewigkeit hinauslaufe. Mit dem Verstand allein komme man nie weiter als ein paar Haltestellen, so musste man das als Landpfarrer wahrscheinlich sehen. Unter dem anderen Epitaph hing noch der Kopf eines Engels mit leeren Augen, dessen Flügel die Tafel berührten. Der wusste von der Sache sicher mehr als wir, behielt sein Geheimnis aber vorerst für sich.

Unser Freund Berger richtete im Übrigen nicht nur die Zeit. Alle paar Wochen fiel in Urspring der Strom aus. Meist fanden dann Reparaturen an den Überlandleitungen statt, die in der Gegend offenbar sehr anfällig waren. Wenn sich die großen Lautsprecher an den Telefonmasten geräuspert und freigehustet hatten und, die Meldungen des Gemeinderates anzukündigen, über allen Straßen »Rosamunde, schenk mir Dein Herz und sag' ja!« anstimmten, wusste jeder, was kommen würde, und sorgte dafür, dass genug Kerzen im Haus waren. Immer wieder jedoch brach die Stromversorgung auch ohne Vorwarnung zusammen, wenn ein Landsturm Bäume abgeknickt und auf die Hochspannungskabel geworfen hatte oder Blitze in das nahe Umspannwerk eingeschlagen waren. Während besonders heftiger Gewitter stürzte Berger ohne Zögern zum Transformatorenhaus und riss den Schalthebel aus seinem Bügel, sodass das ganze Dorf plötzlich im Halbdunkel lag. Man war daran inzwischen so gewöhnt, dass er deshalb keinen Ärger mehr bekam, verteilte Teelichter in den Zimmern, wartete eine Weile und ging früher zu Bett. Oder nach draußen; als sei mit der Spannung, die uns über Kabel und Steckdosen an ferne Netze band, so etwas wie ein Seil gerissen, fielen wir glücklich Entbundenen noch einmal aus dem Haus. Ursprung lag dann still. In der Ferne heulten Trabanten noch einsam Hügel hoch, vor den Eichentüren gingen erste Nachtschatten über die Feldsteinstufen, die Fachwerkbutzen um den Markt hüllten sich in Grau. In den Fensternischen wachten Großmütter, die den ganzen Tag auf ihre Ellenbogen gestützt und nun kerzenbeschienen auf der Lauer lagen und Straßen und Passanten observierten. Außerhalb des Dorfes hielt sich das Licht länger und fasste die Ruhe noch sachter an. Die Gewitter waren weitergezogen, das Land schwieg und duckte sich. Für einen Moment verharrten alle verspäteten Schmetterlinge reglos auf ihren Blüten, Sperber und Schwebfliegen parkten in der Stille, uneins darüber, ob ihr Flügellärm sie nun auffallen ließ. Allein durch uns kam dann noch ein wenig Bewegung in den Abend. Während Fluss und Föhren eine ansonsten allumfassende Lautlosigkeit durchrauschten, jagten wir letzten Gerste-Geistern über den Wellen der Felder nach, schauten weit hinüber zu den aufgebrochenen, sich rötenden Kalkwänden am anderen Ufer, wo sich aufgestörte Vogelwolken in immer neuen Formationen Richtung Wald hoben. Doch was immer da in den Hügeln um uns das Auge aufschlug; wir wehrten uns ein bisschen gegen diese pastorale Stille und Sonderhuld des Augenblicks, und manch müder Wolkenstreif ärgerte sich schwarz darüber, wie viel Krach ein paar lärmende Halbwüchsige da unter ihm veranstalteten.

Blieb uns nur noch wenig Zeit und zog dem Westen schon die Nacht den Rücken hoch, folgten wir den Hügelwegen am Werrahang, bis die Turmspitze der Läutendorfer Kirche mit jener großen Messingkugel über den Horizont stieg, in der man, vor Brand, Krieg und Diebstahl geschützt, allerlei historische Dokumente, Urkunden, Münzen und Briefe verwahrte, mit denen die Pfarrhäuser über die Generationen im Gespräch blieben. (Man öffnete sie alle halbe Jahrhunderte. Auch meiner Mutter ging auf diesem unüblichen Postweg einmal die Nachricht eines längst verblichenen Kollegen zu, eine in einer Kräuterschnapsflasche verkorkte Mitteilung *An den Collega* von 1823, in der sie jener in schönster Kurrentschrift davor warnte, dem verfluchten Fortschritt anheimzufallen, und ansonsten ausgiebig Äther- und Ährenfluren rühmte.) Läutendorf hatte sich seinen *Tanzberg* hinaufgelegt und ruhte sich dort noch immer von den Zeiten aus, in denen es als heidnische Kultstätte seine Jugend verlebt hatte. Nur die Kirche, die man später daraufgesetzt hatte, gab keine Ruhe. Selbst wenn wir uns wieder entfernt, den Rückweg am Werra-Ufer entlang eingeschlagen hatten und auf den Kalkfelsen des

Steinernen Kreuzes über dem Tal standen, hörten wir sie unermüdlich in unserem Rücken schlagen, als wollte sie das unter uns hinträumende Dorf aus dem Schlaf holen. Alle Mühe aber schien vergebens, nur ein Läutendorfer Mädchen wachte schon und wartete.

Sie erinnerte mich an Dich, alles Schöne erinnerte an Dich. Blondes Zopf- und Flechtwerk über einer hinreißend hasenzähnigen Jubelmiene, Augen klar wie Werrawasser. Sie ging mit mir zur Schule, und ich hatte sie dort immer übersehen, aber beim Tanzen schien das Licht auf einmal eine besondere Vorliebe für sie zu entwickeln. Nachdem sie mich ein paarmal zur Blasmusik über die Holzdielen der Kirmesscheune geschleift hatte, strichen wir während der Frühlingsferien immer öfter zusammen um die Dörfer, badeten im nahe gelegenen Stausee der Ratzenbacher Talsperre, spielten Sternhalma oder Schach, bedienten uns beim Johannisfest im Pfarrgarten an üppigen Apfel- und Holunderkuchenblechen (ihre Oma hatte mir aufgetragen, auf sie achtzugeben, weil die Flüsse an jenem Tag, wie es Dorflegenden wollten, alljährlich ein Opfer forderten).

Ein paar Mal nahm ich sie nach Stromausfällen auf Spaziergänge mit. Vielleicht zwanzig Fußminuten von Lindenrieth entfernt lag der unscheinbare Weiler Grimmenthal, nicht viel mehr als ein Bahnhof am Hang. Ich habe später einmal darüber gelesen, dass der Ort, seiner Lage in einem idyllischen, von der Hasel durchflossenen Seitental wegen, einmal Grünthal geheißen hat und nach einem Marienwunder Ende des 15. Jahrhunderts eine der größten Wallfahrtsstätten des Landes geworden war. Vor dem Bild der Muttergottes Heilung zu erbitten, pilgerten selbst aus Äthiopien und Mauretanien solche Menschenmassen in den Ort, dass man hier eine prachtvolle Kirche mit vierzehn Altären errichtete. Die hochbewegliche neue Frömmigkeit sprach sich bald so weit herum, dass Luther persönlich glaubte, dem Treiben Einhalt gebieten zu müssen. »Daher ist kommen der große Betrug des Teufels mit dem Wallfahrten, da die Leute verblendet, als wären sie toll und thöricht, Knechte und Mägde, Hirten, Weiber, ihren Beruf ließen anstehen und liefen dahin. Ist recht Grimmenthal, vallis furoris.« Und so nahm die Wallfahrt mit der Reformation ein Ende. Die Leute blieben zu Hause, warfen sich mit neuem Ernst auf die Arbeit, und Grünthal wurde zu Grimmenthal. Von der Anlage war kaum noch etwas übrig, als wir daran vorbeikamen, selbst der Teufel hatte längst die Lust an seiner Kirche verloren und sie wenig später abbrennen lassen. An ihrer Stelle stand nun ein Feierabendheim für die ortsansässigen Arbeiter und Bauern. Damals wusste ich zwar nichts von der Wallfahrt, aber ich hatte gehört, dass sich im vallis furoris die besseren Fische fangen ließen. Anders als in den gestauten Werraabschnitten und Teichen um Ursprung rauschte die Hasel flink unter meiner Angel und den großen blauen Augen meiner Begleiterin dahin.

Weil die Böden der Umgebung wenig hergaben, hatten auch die ersten Siedler Ursprings lange vom Fischfang leben müssen und dazu den Fluss gestaut und in Fächer geteilt. Wenn der Strom zum Stehen kam, konnte man klare Abgrenzungen vornehmen und die Fischgründe besser ihren Besitzern zuordnen. Die frühe Kulturtechnik hatte sich hier und da noch erhalten, und meiner Mutter, die Dank und Zuneigung ihrer Patienten oft in Form von Naturalien erhielt, Wurstbüchsen, Rehrücken,

Zwiebelkuchen, Eier, Honig, Kirschen und Mieze-Schindler-Erdbeeren, wurden häufig fetteste Karpfen und Regenbogenforellen aus den Teichen mitgebracht, die dann in keine Pfanne passten. Mir jedoch sagte eigene Angel-Expertise, dass träge Fische und Gewässer selten festes Fleisch hervorbrachten, Forellen aus Ursprung also oft wie Brei zerfielen, wenn man ihre Haut nach dem Braten abtrennte, und Haselfisch eben eine ganz andere Konsistenz hatte.

Man staute die Werra nicht allein der Fische wegen. Hatte sich der Frühling woanders ausgeregnet, richtete man nach der ersten Wiesenmahd ein größeres Bohlen- und Balkengerüst am Wasserwehr auf und zwang den Fluss, sich an der Staumauer entlang über ein verzweigtes Gräbensystem in die Wiesengründe zu verlaufen, wo er ein paar Tage die Bauerngärten flutete. Mit dem Wasser lief auch das Dorf zusammen, und die Läutendorferin und ich sahen der Werra beim Steigen zu und kamen auf den alten Hutrasen, der, von Bach und Fluss umströmt, eine von Erlen und Weiden gesäumte und nur über einen Holzsteg erreichbare Insel bildete. Wenn das Blaue schwer und düster wurde und man am Räderhäuschen warte-te, bis das Schaufelrad der Mühle weiter unten endgültig schwieg und nur noch die Bachstelze zu hören war, gingen dann allerlei lokale Überlieferungen über jene in Strudeln und Untiefen Ertrunkenen umher, die ohne das Wehr ein wenig unglaubhaft klangen und den Nebeln ähnelten, die hier sonst über die Feuchtwiese zogen.

Das Wehr fügte sich Ursprung auf eigentümliche Weise ein. Die Geschichte hatte den Ort nicht verwöhnt; Pest, Bauernaufstand, Dreißigjähriger Krieg und Hexenwahn hatten sich hier ebenso ausgetobt wie das von Dorf zu Dorf ziehende, plündernde und brandschatzende Gesindel des Spätmittelalters, das dafür keine besonderen Anlässe brauchte. Neben all den schon naturgegebenen Landplagen, Ernteausfällen und Überschwemmungen machte das die Lage bald so unhaltbar, dass man übereinkam, die Mauern besser ein bisschen höher zu ziehen. Mitte des 14. Jahrhunderts ließ man Würzburger Baumeister kommen und um St. Trinitatis herum eine wahrhaft kolossale, für die Umgebung eher befremdliche Kirchenburg mit Wassergraben, doppeltem Mauerring, Brustwehr und Pechnase errichten, die von Gaden, Hut- und Tortürmen sowie einigen vorgelagerten Bastionen umgeben und nur über eine Zugbrücke zu erreichen war. Zwar wurde die Anlage dann Ende des Dreißigjährigen Krieges von Kroaten überrannt, und auch den Wassergraben gab es längst nicht mehr, doch noch immer reckten sich zwei der ehemals vier Wehrtürme wie ein Geweih dem Durchgangsverkehr entgegen und trugen über zwanzig Familien den Namen Werner (»wehrhafter Krieger«). Mit den Verwerfungen des zwanzigsten Jahrhunderts aus seinem südlicheren Sprach- und Kulturraum gerissen, rückte das Dorf dann am Krayenberg zusammen, der vor Wind und Geschichte ebenso schützte wie der noch mächtigere Klimaquerbalken und Wetterscheider des Thüringer Waldes, der ihm nicht nur den von Norden herüberziehenden Regen und Hagel, sondern auch allerlei weltanschaulichen Niederschlag aus den Wolken zog.

In Richtung Lindenrieth kamen wir manchmal an Hofteich, einem versunkenen Gut, vorbei, auf dem der Dichter Friedrich Rückert hundertfünfzig Jahre vor uns hin und wieder seine Sommer verbracht hatte. Weder Rückert noch sein Werk waren uns damals geläufig, aber als ich später einmal eines seiner Gedichte in einem Mahler-Lied wiederfand, fragte ich mich, ob er vielleicht sogar hier oben, auf diesem ja nicht besonders bemerkenswerten, einsamen Acker *der Welt abhanden gekommen* war. Von den Gutsgebäuden aber stand nur noch eine Scheune, den Rest des Hofes hatte man der Nationalen Volksarmee für Schießübungen überlassen, bis man ein paar Jahre später dann alles abtrug. Im Herbst breiteten sich hier unter Sternrenetten und Zwetschgen die Zeitlosen in ähnliche Weiten wie die Felder, und um die Osterzeit pflückten wir an den Wegen die unscheinbar blau-violetten *Tagschläfer*, die man wahrscheinlich ihrer wenig dynamischen Erscheinung wegen so nannte. Eingepackt in einen Wollflausch mit Schillerhärchen, waren sie unter den Ersten, denen es in der Frühlingssonne warm wurde. Sie erinnerten ein wenig an Kuhschellen, aber so recht wusste keiner, wer sie waren. Man nahm sie mit, um sie in die mit Holzwolle oder Moos gepolsterten Nester zu stecken, wo sie einen Tag lang aufblühten und dann schnell verblichen.

Mit meiner Begleitung ging es mir ähnlich, auch wenn es ihr nicht gerecht wird, allein diese Nebenrolle zu spielen, während Du mir damals nur noch von den Sandbänken der Erinnerung gewinkt hast. Das Mädchen vom Tanzberg war ganz und gar vom wiedererstandenen Geist ihres Dorfes besessen, der ihr in Kinderzeiten einen abgründigen Glanz verlieh, zehn Jahre später aber dabei zusehen musste, wie sie sich von ihren langen blonden Haaren trennte, mit raspelkurzen und gefärbten Stoppeln auftrat, sich schwere Stiefel schnürte und in jugendliche

Stahlgewitter geriet. Sie kam mit einigen Ringen in Nase, Lippen und Augenbrauen davon, hatte wohl auch sonst manches durchgemacht. Nur ihre Hasenzähne schimmerten wie ehedem, als ich sie das letzte Mal sah. Eine widersprüchliche Epoche zog auf; auch dem frommen Tal, das seine Apfelhänge noch nach Westen hin zum Abendmahl ausstreckte, als wollte es die Sonne wie eine Hostie empfangen, setzte man nach der Wende die zeitgemäßere A71 als Brückenkamm ins Haar. Es war nicht der erste Schmuck dieser Art. Im Süden um Kaltenbrunn steckten ihm zwei Sendemasten in den Schläfen, die örtliche Telefongespräche fortwährend mit russischen Radioprogrammen störten, Überlandleitungen wirkten graue Strähnen in den Scheitel, und die gewaltige Anlage des Oberzollfelder Wärmekraftwerks versah es während der Nächte mit blinkenden roten Accessoires.

Meine Mutter fuhr hin und wieder am Rand der Welt entlang, wenn sie Dienst hatte und mit Sondererlaubnis die verstreuten Dörfer im Sperrgebiet passierte. Es muss seltsam angemutet haben; Kuhdörfer in Talsenken, dampfende Rüben- und Kartoffeläcker, Hochsitze am Waldrand, Feldwege, dann aber plötzlich die Grenztürme bei Behrungen, Berkach oder Unterharles, Bauten einer ganz anderen Zeit und Kultur. Den Germanen wird der Limes ähnlich erschienen sein; mitten im Wald oder auf einem unscheinbaren Hügel ging es nicht mehr weiter. Alle verfügbaren Karten gaben für das Gebiet dahinter nur ein Einheitsgrau ohne Straßen, Dörfer und Flüsse wieder, das farblose Jenseits fiel aus Raum und Zeit. Kein Wunder, dass es allmählich zur Projektionsfläche für Mythen und Mutmaßungen wurde, die das Westfernsehen ähnlich befeuerte wie die schulische Gegenaufklärung. In jedem Fall war es ratsam, skeptisch zu bleiben. Zwar hörte man von Leuten, die angeblich drüben gewesen und wiedergekehrt waren, jedes Dorf aber kannte seine klagenden Mütter, und auch den Jüngsten war klar, dass niemand von der anderen Seite so leicht ins Diesseits zurückfand. Es musste gute Gründe gegeben haben, das Landesende, das uns nach Süden, Südwesten und Westen in einen weiten Halbkreis einschloss, gleich mit mehreren Zäunen zu befestigen. Hörte ich mich um, galten im Großen und Ganzen zwei weltanschauliche Lesarten. Die eine, die im Haus meiner Eltern und Großeltern einiges Gewicht hatte, drückte in etwa die Überzeugung aus, dass uns die Grenze davon abhalten sollte, frei zu werden, ins Offene zu geraten. Demnach befanden wir uns im ständigen Zustand eines widerrechtlichen Eingesperrtseins, in den wir schuldlos geraten waren, und die uns zugefallene Weltseite schien minderwertig, zweitrangig, eigentlich unannehmbar. Noch dazu glaubte man sich von Anfang an fremdbestimmt und hielt unser Land für kaum mehr als eine kommunistische Kolonie. Unsere wahre Heimat dagegen sei ein Land, das nur noch in zwei Teilen vorliege, ein ursprünglich Ganzes (und ein Zauberkreis wie unserer, nur größer), das man nach einem Sündenfall von historischer Tragweite auseinandergebrochen hatte. Dieser Trennung musste von Anfang an etwas Abstraktes und Künstliches angehaftet haben, sosehr man auch versuchte, sie über die Jahrzehnte festzuklopfen. So gab es nun eine Welt und eine uns unzugängliche Hinterwelt, der ältere Dorfbewohner lange noch nachtrauerten.

Die offiziellere Version widersprach jener nicht völlig, und meine Lehrer etwa gingen davon aus, dass man den

Wall aus einer Art gemeinschaftlicher Sorge um uns, als Schutz und Warnung errichtet hatte. Das leuchtete mir ein, ja schien die Auffassung meiner Eltern sogar zu berücksichtigen. Man setzte sich unnötigen Gefahren aus, wenn man, erfüllt von Unendlichkeitsdrang, Blendungen und falschen Versprechen auf ewig in ein jenseitiges Sehnsuchtsland aufbrechen wollte. Derlei Einsichten beförderten dann auch bald meine Wahl zum »Agitator« der 5b. Einmal wöchentlich fand ich mich bei der Pionierleiterin meiner Dorfschule ein, einer Nichte jenes Berger, der die Turmuhr stellte, lernte die jüngste Geschichte mit anderen Augen sehen und reichte sie gereinigt weiter. Das blieb banal, solange ich nur die Ergebnisse von Olympiaden referierte, Gedenktage ins Gedächtnis rief. Nur gegen Ende spitzte sich die Lage zu, weil sich die Meinungen ähnlich unübersichtlich entwickelten wie die Pekinger Proteste. Wie es dazu gekommen war, wusste keiner mehr klar zu sagen. Ich selbst wäre nie auf die Idee gekommen, auf Plätzen des Himmlischen Friedens einen solchen Krawall zu machen.

Der himmlische Frieden bei uns zu Hause wurde nur von einem schwingenden Kunstgewerbeobjekt mit drei Glöckchen gestört, einer sogenannten Unruhe, die meine Mutter an einen einzelnen Fliederbusch gehängt hatte und die von dort immer eine silberne Klangkulisse über den Garten warf. Sie war inzwischen so weit in dessen sinnlichen Rahmen eingegangen, dass sie nur noch Gästen und unserer Hauskatze Euterpe auffiel. Ihre Ohren zuckten dann dem hellen Dreiklang nach, wenn sie gerade nach Vögeln auf der Lauer lag. Im Sommer war es noch am Abend so warm, dass man mein Fenster zum

Schlafen halb ankippte, sodass ich nicht nur Stimmen aus dem Garten, sondern auch, viel deutlicher als tagsüber, die Unruhe hören konnte. Je müder ich wurde, desto lauter schien sie zu werden. Ich wunderte mich immer mal wieder, was da so klingelte, erinnerte mich, drehte mich um, aber der Klang war bald überall. Dann geschah etwas Seltsames. Zwar kamen die Glöckchen nicht zur Ruhe, dafür beruhigten sie nun alles andere, das mir im Vorschlaf noch durch den Kopf ging, Schule, Fernsehen, Fußball, hin und wieder sogar Dich und ein paar undeutliche Sequenzen unserer Begegnungen am Meer, die ich mir dann gerne vorspielte. Und weil ich zu träge war, jetzt nochmal aufzustehen und das Fenster zu schließen, hörte ich weiter zu, fand sogar einen eigentümlichen Gefallen daran, diesen Dreiklang zu begleiten oder ihm sogar zuvorzukommen. Abhängig von der Windstärke ergaben sich bestimmte Klangintervalle und auch eine gewisse Rhythmik der Glöckchen untereinander, in der ich mich bald angenehm gelöst fühlte. Wie Blasen aus einem Tümpel stiegen noch einmal fremdgewordene Bilder auf, jemand rief meinen Namen, Du kamst auf dem Weg in die Waschräume vorbei, ein umfallendes Fahrrad. Dann wieder klingelte es leise. Ein paarmal schlief ich einfach ein, doch dann wurde ich wach, als es schon dunkel war, und dachte, ich hätte schon geschlafen. Manchmal aber blieb ich lange in der Unruhe, jener mehrfach potenzierten Ruhe; auch die Glöckchen verschwanden langsam hinter ihrem Klang. Es hatte etwas ungewohnt Angenehmes, vor allem, weil sich, nachdem ich mich ganz darin verloren hatte, von irgendwoher eine Wärme losmachte, die wellenhaft bei mir anbrandete, als wollte die Sonne, die längst untergegangen war, sich noch einmal zu mir durchkämpfen. Es mochte vielleicht noch nicht das Taborlicht gewesen sein, aber im Nachhinein hatte ich die kleinen Glöckchen lieber als die größeren von St. Trinitatis.

Es lag eine raffinierte, vieldeutige Bescheidenheit in ihrem Geläut, während die großen Schwestern nur an Gottesdienst und Gebet erinnerten, zu denen ich, obwohl ich meinen Vater sehr liebte, ein noch ungeklärtes, schon etwas widersprüchliches Verhältnis hatte. Meine Gebete etwa waren einfach nicht besonders ergiebig. Dass sich im Himmel jemand um mich kümmerte, mochte wohl sein, wenn es die Eltern sagten. Dennoch hatte ich das Gefühl, dass von oben zu wenig Rückmeldung und klare Ansagen kamen. Da Gott, weit entrückt, eine Vorliebe für gutes Benehmen zu haben schien, dankte ich pflicht-schuldig, wie es sich gehörte, weil man sich auch bei der Tante für das Buch zum Geburtstag bedankte, selbst wenn man wenig damit anfangen konnte. Ich bat um Mut und Kraft und gute Noten (mal kam er mir entgegen, mal wollte er mir etwas beweisen), auch dafür, Dir ir-gendwann wiederzubegegnen, und versuchte dabei mög-lichst selbstlos vorzugehen, immerhin sei es für höhere Zwecke und auch er würde etwas davon haben. Ob er dafür in aller Überforderung noch Ohren haben würde, wusste ich nicht, aber die Welt meines Dorfes war so wohlgeordnet und der Himmel manchmal so leer, dass ich dachte, heute sei ja Zeit für ihn, das mal in Angriff zu nehmen. Er gehörte eher zu den geduldigeren Zeit-genossen und schien sich das Ganze erst genau ansehen zu wollen, um dann eine Weile zu schweigen und wie mein Vater »Hmmm!« zu sagen und in sich zu gehen. Dass alles nur zu meinem Besten geschah, konnte ich nicht immer gleich nachvollziehen. Nachdem man mich bei »Traktor Urspring« zum vierten Mal nach der Halbzeit ausgewechselt hatte (ich spielte zwei Jahre Fußball für die Kindermannschaft, im ersten schoss ich 27 Tore, dann folgte ein Formtief aufs andere), kam es zwischen uns zu einer handfesten Krise. Seine Bilanz war doch sehr fraglich, wenn man sich umsah, auch wenn er gerade andernorts die große Wende in allen Dingen vorbereiten mochte. Er war kaum zu durchschauen. Hat er mir je geantwortet? Immerhin hat er öfter mal Nein! gesagt zu gewissen Anliegen und Überzeugungen, später auch mal Ja!, selbst wenn das eher wie ein »Du willst nicht? Und ob!« wirkte. Jesus liebte alle, nur mich schien er manchmal zu übersehen. Dabei hieß es: »Wenn ihr nicht werdet wie die Kinder, so werdet ihr nicht ins Himmelreich kommen.« Aber Kinder wollen Wunder sehen, und Moral kann man nicht anfassen. Das hochheilige Paar mit dem eingeborenen Sohn, Maria, die durch einen Dornwald ging, die Ros' aus einer Wurzel zart, das klang so sonderbar, dass etwas Größeres dahinterstecken musste. Dass Gott so weit entfernt blieb, fand ich erst später interessant, so musste ich mit dem vorliebnehmen, was ich vor Augen hatte: einem unbegreiflichen Ritus, einem alten, rührend schiefen Kirchenchor, und einer großen, leeren, kalten Kirche. Aber ich will mich nicht beschweren; wo hätte man mich schließlich besser auf Dich vorbereiten können als in einem Pfarrhaus?

Du warst so etwas wie das erste echte Pfingstwunder meines Lebens. Sicher gab es, wenn man länger darüber nachdachte, allerhand Wunderbares auf der Welt, das man ständig überging. Dich konnte ich nicht übergehen. Jetzt erst ergab auch der Glaube meiner Eltern Sinn. Hätte man Dir Kirchen gebaut, hätte ich das besser nachvollziehen können. Ich musste nicht an Dich glauben, weil ja auf der Hand lag, dass Du der Weg, die Wahrheit und das Leben warst. Dagegen blieb alle anerzogene Christlichkeit so hölzern wie das Kruzifix über dem Schreibtisch meines Vaters. Was ging mich ein wundertätiger Wüstenwanderer an, der vor 2000 Jahren Kreise in den Staub Palästinas zog, wenn an Dir viel anschaulicher wurde, wie ich mir Verklärung und Transfiguration vorzustellen hatte? Ich gebe zu, dass diesem Gefühl kaum eine reale Grundlage zukam, ich wusste ja nichts von Dir, aber das Wunder würde sich seine Wirklichkeit schon schaffen. Bis dahin warst Du nicht mehr als ein ausdehnungsloser Punkt mit hoher Gravitation, in den alles Sehnen hineinzog. Ich hätte nicht mal sagen können, ob es etwas Erotisches hatte, ein »Frühlings Erwachen« oder Ähnliches, aber ich war alt genug, um zu wissen, was Lust ist, und das war es eigentlich nicht. Trotzdem oder gerade deshalb war ich damit ziemlich überfordert. Manche Menschen erleben so etwas nie, andere haben Glück, und es trifft sie auf dem Höhepunkt ihrer Reife. Mir dagegen fehlte jede Erfahrung, jede Handhabe, meine Welt hatte zu wenig Gewicht, dagegenzuhalten, zu wenig Raum, um das irgendwo unterzubringen. Ich weiß im Nachhinein nicht, ob ich mir so etwas gewünscht hätte. Andererseits, das war vielleicht der Vorteil, ließ ich das Alte leichter hinter mir, weil es mit dem Neuen einfach nicht übereinzubringen war. Noch war unklar, wie lange ich in diesem Zwischenzustand verharren würde, aber aus der Ferne sah ich Dich schon wie einen Übergang, eine Brücke zu neuen Ufern.

3

Bis es so weit war, sah ich mich nach dem Heiligen noch ein wenig bei Eltern und Großeltern um. Der Gott meiner Kindheit wusste eine gewisse Disziplin zu schätzen, und so begann der Tag hier so früh, wie er endete. War es abends noch zu hell zum Einschlafen, blieb es morgens so dunkel, dass ich in die ersten Stunden, die noch ganz in Dunst und Gartentau lagen, wie in ein feuchtes Handtuch griff. Mein Vater aber lief wie ein Uhrwerk, als ob der *Herr* auf Pünktlichkeit bestehe (und der *Herr* bestand auf Pünktlichkeit: »Er selbst ist ja der Pünktlichste«). Jeden Morgen vor dem Frühstück wurden, würdevoll begleitet von Weihrauchersatzwolken herben Kaffees, aufgebackener Dinkelbrötchen, Rührei- und Schinkendunst, die Losungen für den Tag, ein Spruch aus dem Alten, einer aus dem Neuen Testament und ein Liedvers gelesen. Die gemessenen Worte meines Vaters unterschieden sich in einigem vom schwungvolleren Erzählduktus meiner Mutter; während sie vom Gang der Handlung und deren dramatischer Inszenierung lebte, wurde bei ihm alles vom Ton des Textes bestimmt. Die Worte liefen dann über seinen sandigen Stimmgrund hin, als sei jedes einzelne von ihnen schon aller Herrlichkeiten Anfang (Joh. 1, 1) und ja schließlich bei Gott bzw. Gott das Wort. Es war unmöglich, sich ihnen zu entziehen. Selbst die Landesliteraten von Becker bis Plenzdorf, deren Bücherrücken im Regal neben dem Esstisch eine Ablenkung hätten bieten können, hielten sich bedeckt, verwiesen schweigend auf ihre Publikationen und machten nicht den Eindruck, dem Ganzen etwas entgegensetzen zu wollen. *Der geteilte Himmel* blieb fürs Erste also in unerreichbarer Ferne, anders als der echte, ungeteilte, blaue, in dem ich mich bisweilen schon damals zu oft aufhielt, um noch Zeit fürs Beten zu finden.

Lange Treppen, weite Flure, dunkles schweres Holz. Ein Gemeinderaum für Andachten und Gottesdienste im Erdgeschoss, eine Küche, deren Gasherd in den Morgenstunden die oberen Räume mit Wärme flutete, und ein großzügiges Wohnzimmer mit Kachelofen (einer von dreien, die im Herbst und Winter noch täglich beheizt werden mussten). Durch eine Flügeltür trat man in einen weiteren, kleineren, mit Büchern gefüllten Raum. Ein einzelner Lesesessel, ein Sofa, ein Tisch, darauf eine Vase mit Osterglocken. Ein Fenster ließ auf den Garten in Richtung Dorf blicken, manchmal sah ich meine Mutter weiter unten die Wäsche aufhängen. Der hellsichtige Vorgänger hatte dieses Biedermeierzimmer nach dem Krieg vor dem Heizofen bewahrt, und nun war es für mich die eigentliche Mitte von allem, weil es sich, wenn Vater vorlas, nach allen Seiten hin weit öffnen konnte. Dann glaubten wir in der Ferne das rettende Ufer zu erkennen, dem wir auf John Maynards brennendem Dampfer entgegenhielten. Hinter Nebelbänken stiegen die fernen Soprane von Erlkönigs Töchtern auf, und über uns zogen die Kraniche des Ibykus ihre blaue Bahn. Über dem Generationengraben gingen uns immer wieder Himmel auf, die sich wie eine Leinwand mit dem vergilbten Ton alter Bücherseiten, biblischem Ocker und der Frische des Havellandes aus den Jugenderinnerungen meines Vaters füllen ließen, Raumfarben, die sie auch dann noch abstrahlten, wenn man in den nächsten Tagen unter ihnen vorbeikam. Dass ich darüber hinaus nur wenig mit meinem Land und seinen Problemen behelligt wurde, gehörte vielleicht zu den Vorzügen jener bestens abgedichteten, vergangenheitsgesättigten Parallelgesellschaft.

Erlkönig selbst saß noch immer in Jena, und ich sah ihn oft, wenn ich meine Großeltern besuchte. Gerade bei diesem Gedicht (sehr viel später sogar, eigenartigerweise und damit in Zusammenhang, auch nach Begegnungen mit Dir, denn solche Orte nehmen uns immer ein Stück vorweg) dachte ich oft an die Jahre zurück, in denen ich mit Großmutter weite Ausflüge ins Land und in Richtung Kunitz machte. Wenn das Wetter mitspielte, verlegte man die Christenlehre oft nach draußen. Dann schloss ich mich der jungen Hörerschar an, die sich am Dienstagnachmittag bei Großmutter im Gemeindehaus St. Bartholomäus einfand und bis zum Abend blieb. Zusammengehalten von ihren packenden Erzählqualitäten trug es uns mühelos durch die vorstädtische Miets- und Russenkasernentristesse, über Bahngleise und Saalebrücke, bis wir an jener sich ins Endlose verlaufenden Kleingartenanlage vorbeikamen, die sich etwa an jenem Ort befand, wo der Vater in Goethes »Erlkönig« noch graue Weiden wähnte. Zu Ehren der berühmten Verse hatte man am Rande des Weges, der sich bald mit dem Grün hoher Kastanienbäume deckte, an ein paar Kalkfelsen und vor ein kleines Wasser eine überlebensgroße Erlkönigstatue aufgestellt, die wohl in der Dämmerung recht bedrohlich wirken sollte. Der Legende nach war Goethe hier einmal auf einem abendlichen Ritt nach Dornburg in jene Nebel geraten, die dann später auch in seinem Gedicht aufstiegen; tatsächlich war das Stadtklima der vielen Muschelkalkhänge wegen oft feucht und schwül, und der Dunst hing in der Aue. Die steinerne Gestalt mit Krone und Schweif, die am Wegesrand so pathetisch ihr Zepter hob, ließ mich damals jedoch mit einiger Ernüchterung zurück, da ich annahm, das Gedicht gehe auf nichts weiter als ebenjenen bärtigen Steinkoloss zurück. Das stellte meinem Empfinden nach Wert und Wahrheit dieser Verse doch erheblich in Frage.

Manchmal konnte Unsichtbarkeit von Vorteil sein, wie an den Engeln deutlich wurde, die, während wir weitergingen, hin und wieder vom Jabbok oder vom Teich von Bethesda zu uns herübergeflogen kamen. Großmutter hatte zu ihnen ein wesentlich näheres Verhältnis als mein Vater, der Geflügel nur auf dem Esstisch tolerierte und alles andere für Kinderglauben hielt. Bei Großmutter aber konnte man sie sogar bestellen, wenn man eine Klassenarbeit, eine Reise oder einen Zahnarztbesuch vor sich hatte und dafür Unterstützung brauchte. Sie schickte allerdings nur dann welche los, wenn man ihr früh genug Bescheid gab, denn die Flugzeit müsse man natürlich mit einrechnen. Diese fast schon bodenständigen Angelophanien hatten etwas für sich, was immer mein Vater dagegen einwenden mochte, denn zum einen verringerten sie den Abstand zum Himmel ganz beträchtlich (und brachten auch Dich später in Reichweite). Zum anderen war dieser Methode der Erfolg kaum abzusprechen, sodass ich auch viel später und zu Zeiten, als ich mit dem Christentum schon nichts mehr anzufangen wusste, noch immer Bestellungen bei meiner Großmutter aufgab und die himmlischen Streitkräfte ihren Aufgaben auch ganz gut nachkamen, sofern die Luftstraßen gegen Feierabend nicht gerade überfüllt waren.

Nach einem unmerklichen Anstieg fanden wir bald auf eine Anhöhe. Hier war man dann wirklich draußen; freie Flächen nach allen Seiten, nach unten sanken die Felder zu der von Bäumen gesäumten Saale, nach oben hin wölbten sich breite Mattenbäuche, denen man lange zu einer der vielen Burgen folgen konnte, die das Tal einmal umstellt hatten. Ganz hinauf zog es uns nie, und wir blieben auf halber Höhe sitzen, wo tagsüber Kühe geweidet hatten und eine größere hölzerne Bauernbank letzte Blicke ins Abendrot und auf den Kirchturm von Kunitz erlaubte. Großmutters Frohe Botschaft hatte uns schon während des Spaziergangs in eine Art Zwischenreich entrückt; die Gegend hatte sich geweitet und so in die Sandsteinfarben des Bibeltextes gehüllt, dass der staubige Kiesweg uns geradewegs nach Ninive zu führen schien. Kaum aber waren wir ohne die Propheten aus Wüsten und Walfischbäuchen zurück, kam uns die Umgebung nur noch blass vor. Es war dann, als könne die Landschaft unsere Blicke nicht mehr halten und werfe sie wieder zu uns zurück, wo sie nach glühenderen Gegenständen weitersuchten. Einmal hatte man da oben ohne Genehmigung der Behörden ein Johannisfeuer entzündet, das Werk eines eigentümlichen Jugendpfarrers, den meine Großeltern theologisch etwas leichtgewichtig fanden. Ihre Vorbehalte galten vor allem den ausufernden gemeinschaftsstiftenden Ideen, die er in seinem Amt zu verwirklichen suchte. Großvater, der mit unnötigen Kollektivierungen selten gute Erfahrungen gemacht hatte, sah ungern dabei zu, wenn es in den Gemeinden zu gefühlig wurde. An jenem Abend hatte der Jugendpfarrer unter anderem damit für Aufsehen gesorgt, dass er, wie man es von Sonnenwendfeiern kennt, Feuerräder von den steil abfallenden Matten der Nordhänge des Jenzig in Richtung Saale zu Tal schicken wollte. Die Gemeinde war dann doch zu nüchtern und die Zeit gerade für die Kirche zu heikel, als dass man ihn hier hätte gewähren lassen können. Immerhin erlaubte man, einen großen Holzstoß aufzustellen und diesen dann, getragen vom hölderlinschen Pathos seiner Reden (»Jetzt komme Feuer! Begierig sind wir zu schauen den Tag ...«) im Laufe des späten Abends jubelnd anzufachen. Wenn es dann kühler über die Felder wehte und der Heimweg immer länger wurde, konnte uns das Kommende, das uns so flammend versprochen worden war, schon einmal ein wenig wärmen.

Noch lieber stiegen wir zum *Landgrafen* hinauf, einem leerstehenden Gründerzeithotel im Südwesten, von dessen Lichtung ein Stadt-Kaleidoskop bis zum Horizont hin auslief. Blickte man weit genug hinaus, schaute die Zukunft schon zurück. Als mein Großvater in Rente ging, zog er mit Großmutter aus Jena-Nord in die Trabantenstadt Neu-Lobeda um. Immerhin bot die Plattenbauzelle dort eine Zentralheizung und imposante Ausblicke auf Herrengrund und Helenenstein. Der neunte Stock der »Chinesischen Mauer« war dem Himmel sogar noch ein Stück näher. Stil und Einrichtung des Pfarrhauses folgten nach; das Dunkle, Gediegene, Holzige, die Fruchtkörbe und Trockenblumen, die zimmerhohen Bücherregale schmückten nun eine unzeitgemäße, würdevolle Wohnwabe. Und Lobeda, im 10. Jahrhundert tatsächlich einmal eine wichtige Zelle der Christianisierung der Gebiete östlich der Saale, musste, so meinte Großmutter, schließlich etwas mit Loben zu tun haben. Die Betonblöcke, aus denen die Neubau-Nacht mit tausend Augen sah, waren jedoch offenbar, wie die verblassten, von Großvater in ganzen Alben gesammelten Postkarten und Zigaretten- bilder zeigten, erst vor kurzem eingetroffen und standen hier wie die Riesen, die Wotan mit dem Bau Walhalls beauftragt hatte. Sie forderten nun ihren Tribut, das vor- läufige Ende des landschaftlichen Taltraums, in dem die Romantiker einst ihre erste Hauptstadt gegründet hatten.

Zum *Landgrafen* brauchte man nur eine halbe Stunde, sodass man in Ausnahmefällen auch nach dem Abend- brot noch manchmal in diese Richtung aufbrach. Entlang an Wald- und Karsthängen ging es einen gewundenen Hangweg hinauf. Nicht weit davon entfernt, man musste nur den Landgrafenberg hoch und dann ein Stück nach Westen, fand sich das Schlachtfeld, auf dem Frankreich einst die Preußen besiegt hatte. Ich muss das gehört und schnell wieder vergessen haben, weil sich die unbelebte Historie in keine Ordnung fügte, die ich begriffen hätte (mit ein wenig Phantasie hätte es mir zu denken geben müssen, dass Napoleon, der gerade die Französische Revolution vollendet und das Heilige Römische Reich zerschlagen hatte, zu anderen Zeiten und unter anderen Umständen vielleicht fünfzehn Minuten zügigen Rittes gebraucht hätte, um meine hilflose Großmutter in ihrem Gemüsegarten zu überraschen).

Von alldem war längst nichts mehr übrig, stattdessen lagerten dort oben nun Leberblümchen, Maiglöckchen und Winterlinge sowie eine ganze Reihe von seltenen Orchideen, die, abhängig von Licht und Jahreszeit, am Wegrand ihre Posten bezogen. Ein paar der karminroten Karthäuser-Nelken nahmen wir oft mit nach Hause und stellten sie ins Glas, wo sie noch eine ganze Weile weiterblühten. Eleganter schienen Großmutter nur noch die schlichten Buschwindröschen, die sich im Frühling oft ganze Wälder zu eigen machten und die ich deshalb kaum außergewöhnlich fand. Sie pflückte dann eins und hielt es in die Runde, worauf diesem bald die Schamesröte in die Spitzen der Blütenblätter stieg. Schon an der Bezeichnung des kleinen Krauts musste man Gefallen finden; Anemonen trugen Wind und Seele in ihrem Namen und legten damit einen Zusammenhang offen, auf den schon griechische Philosophen gestoßen waren. Was auch immer es mit diesen Windseelen auf sich gehabt haben mag; Großmutter waren sie, die so unbeirrt und kunstlos das verfaulte Laub des letzten Winters belächelten, die Reinheit und Frische selbst. Hatte sie ein später Schneefall überrascht, senkten sie die Köpfe unter ihren Mützen und bissen sich stoisch auf die Blüten. Es gehörte viel Mut dazu, der Welt mit solcher Zartheit zu begegnen, aber vielleicht gehören die wirklich Mutigen ja oft zu den Zartesten.

Meinen Großeltern schien überhaupt das Leichte lieber. Haydnischer Barock und Bach fluteten vor allem vor dem Frühstück durch alle Räume, als wollte man die Morgensonne bis in die letzten Schatten tragen und obendrein alle Seelen und Holzfußböden mit ihnen reinigen. Im Schöngeistigen ging man dem Pathos aus dem Weg, auch wenn es hin und wieder und wohl tageszeitlich bedingt zu auffälligen Ausnahmen kam. Denn während den beiden tagsüber alle Sentimentalität fremd war, konnte abends, während ich mich schon durch erste wirre Halbschlafszenarien schlug, manchmal noch ein mächtiger Schubert die Runde machen, der *heilig, heilig, heilig* über den Flur und die Treppe hinauf an mein Bett wogte und den sie, wie man schweren Wein erst in den Abendstunden trinkt, ebenso oft auflegten wie sonst vielleicht nur noch den Schlusschor der Matthäuspassion, der – *Höchst vergnügt schlummern da die Augen ein* – ganz nebenbei, wenn auch anders verstanden, allen Nachtgebeten noch einmal Nachdruck verlieh.

Wenn wir die Lichtung erreichten, hatten sich die Hänge im Westen und Osten ins Dunkel zurückgestellt, trat die Stadt und mit ihr das ganze Tal vor uns hin. Herrschte gute Sicht, ließ sich selbst die Leuchtenburg noch am Horizont erkennen und erinnerte damit an Zeiten, als das Licht noch in den Höhen zu Hause war. Jena war von Burgen umstellt, die auf den Bergen der Umgebung saßen, wo sie sich strategisch sicher gefühlt haben müssen. Auf dem Hausberg hatten die Wintberg-, Kirchberg- und Greifberg-Burgen Platz genommen, etwas dahinter, bei Lobeda, die Lobdeburg. Die Leuchtenburg, die noch weiter im Süden bei Kahla auf dem Lichtenberg lag und bei Nacht wirklich etwas von einem Leuchtturm hatte, schimmerte in der Ferne, auch die Gleißburg muß die Gegend einmal sehr beleuchtet haben. Die Lichtenhainer Wehrkirche St. Nikolai schließlich, etwas weiter westlich hoch über dem Flusstal gelegen, rundete das strahlende Bild ab. Von den meisten dieser Burgen, Türme und Kirchen standen nur noch Ruinen. Das Licht war längst ins Tal gewandert, und es ließ sich unschwer erkennen, welcher neuzeitliche Prometheus das Feuer von den Bergen entführt hatte. Die Stadtsilhouette wurde von der gläsernen, kühl glimmenden Keksrolle der universitätseigenen Wissenschaftsverwaltung überragt, die alles Übrige in ihren Nachtschatten stellte. Auch die Laute traten zurück. Man konnte, abgesehen von einem leisen Grundrauschen, nicht so viel hören, wie man sehen konnte, selbst der Wind schien zu verwehen. Doch der Eindruck täuschte, denn während wir uns, Stadt und Tal im Rücken, dem Mond über den Kernbergen entgegen auf den Heimweg machten, erwachte der Nordost von neuem, sammelte sich von Morgen her und zog längst schon wieder über seine stratosphärischen Dämmerbahnen.

Es hatte mit ihm etwas Sonderbares auf sich. Wenn die Buchenkronen über uns aneinandergerieten und deren astene Pranken dann Scharen von Sperlingen um den Schlaf brachten, schienen sie in ihren Bewegungen nur sich selbst zu folgen. Auch die Unruhe der Zitterpappeln ließ sich eher auf ein altersbedingtes *restless legs syndrome* als irgendeinen Wind zurückführen. Ähnlich aber dem Dunkel, das während unseres Nachhausewegs allmählich Hangwege, Wald und Garten neben uns verschluckte, von dem sich nicht sagen ließ, ob es nur ein großer Schatten, die Abwesenheit des Tages oder doch eine eigene Wesenheit war, die erst vom Lichtgetröpfel einer über dem Eingang des Petrihauses hängenden Bogenlampe zurückgehalten wurde, war auch er auf seine Weise gleichsam da und nicht da. Und kaum hatte man es sich versehen, gab es plötzlich nichts als ihn. Dann entwickelte der hohe Strom, der sich sonst, wo er sich nicht leugnen ließ, allenfalls meteorologische Namen gab und der auf seinen Bahnen seit längerem nur noch die Schwalben und Mauersegler duldete, einen ungeheuren Schub. So war es wohl auch mehr als das sanfte Säuseln und verschwebende Schweigen, dem der Prophet Elia auf dem Berg Horeb begegnet war, was mich bald wieder über die Stadt, die Drei Gleichen und den Thüringer Wald in den Südwesten zurückwarf. Es hätte mich noch länger bei sich gehalten, wäre nicht ein Eiserner Vorhang im Weg gewesen, der sich weniger für den windischen Werfer als für meine Eltern als unüberwindliches Hindernis erwies.

Ich war kein großer Freund dieser luftigen Metaphysik, sondern schon damals ziemlich wetterfühlig und eher ein Windflüchter. Sobald ich zu Hause mit nassen Haaren auf die Straße trat oder zu lange mit dem Fahrrad von Läutendorf über freies Feld und gegen bissige Westböen anfuhr, fielen mörderische Kopfschmerzen über mich her. Selbst wenn kein Hauch die Luft bewegte, hätte ich schwören können, dass es nicht nur aus halbgeöffneten Fenstern und Türen oder unter Brücken, sondern auch zwischen den Dingen meiner Umgebung, in Bücherwänden, Kühlschränken, über heißen Suppenschüsseln und unter meinem Bett fortwährend zog.

Und 89 zog es ja gewaltig, wie Du weißt, auch Ursprung kam damit nicht klar. Die Geschichte ließ sich nicht wie die Werra stauen. Als sich das Land nach Bayern und Hessen hin öffnete und man vom innerdeutschen Rand plötzlich in die Mittellage rückte, fühlte man sich hier allenthalben auf dem falschen Fuß erwischt. Die Gefahren, die Ursprung nun an seiner offenen Südwestflanke drohten, waren nicht gleich zu erkennen und gaben Anlass zu verheerenden Fehleinschätzungen. Als eines Tages ein schwarzer Postbote den Ort betrat und bald wegen der vielen Werners auf den Briefköpfen nicht mehr weiterwusste, reagierte man, fassungslos darüber, wie weit die Welt inzwischen in den Ort hineinragte, mit einer ausgefuchsten Bauernlist, indem man den hilflosen Fremden mit falschen Angaben so lange von Haus zu Haus schickte, bis er unverrichteter Dinge und völlig erschöpft den Rückzug antrat. Eine Weile glaubte man, ihn ausreichend entmutigt zu haben. Wenig später jedoch tauchte er wieder auf, und diesmal war er nicht allein. Gegen die tagelange Belagerung Ursprings durch überregionale Pressevertreter und Fernsehteams von Phoenix und RTL, für die sich in der Dorfgeschichte wenig Vergleichbares fand, halfen keine Bauernschläue und keine Kirchenveste mehr. Wehrlos lag es unter den Scheinwerfern einer Welt, die man für größer gehalten und allgemein weiter draußen vermutet hatte. Darüber hinaus drohten gleich mehrere linke Splittergruppen aus dem Westen damit, das Dorf anzuzünden und ein Fanal der Völkerverständigung zu setzen. Urspring fiel erst einmal in Schockstarre. So lag es nahe und entsprach zudem den folkloristischen Vorlieben und touristischen Interessen des Heimatvereins, dass man ein paar Jahre später (und mit Bergers tatkräftiger Hilfe bei Planung und Projektierung) die letzten über die Jahrhunderte weitgehend abgetragenen Reste der Kirchenburg wieder ausgrub und restaurativ befestigte.

Doch vielleicht blieb das Werra-Wehr nicht ganz ohne verborgenen Einfluss. Das flirrende, um moosbewachsene Inseln und Kiesbänke wirbelnde Element, das Dorf, Tal und auch mich in Bewegung gehalten hatte, war unmerklich ins Stocken geraten und hatte sich während der letzten Jahre eingetrübt. Du warst fast vergessen. Irgendwann muss ich aus einem letzten großen Sommer gelangweilt ins Fernsehzimmer meiner Eltern getreten sein und die Tür vor dem Oktober geschlossen haben, während draußen die Schwebstoffe meiner Kindergegenden wie die Muscheln, Ammoniten und Seelilien auf den Boden der Tatsachen sanken und sich auf den hiesigen Kalksteinhängen anlagerten. Neben unserem Gemüsegarten wuchs nach manchem Hin und Her das stattliche Eigenheim einer zugezogenen Anwaltsfamilie in die Höhe. Zur anderen Seite hinaus hatte man eine Anlage für altersgerechtes Wohnen in das Maisfeld gesetzt. Mein Vater musste eine ganze Reihe Apfel- und Birnbäume fällen, in denen der Wurm steckte. Einige meiner Freunde fanden aus den Vorhöllen der Dorfdiskotheken nicht wieder heim, auch die alten Gänsemütter blieben jetzt öfter aus. Während der Rest der freien Welt mit allerlei noch leicht verhangenen Großperspektiven lockte, zog sich das Land zusammen. Nun kamen Leute, um Ferien beim Bio-Bauern zu machen. Die renovierten Dorfkulissen lagen da wie jene mir aus Schulstunden bekannten Abdrücke prähistorischer Nummuliten und Brachiopoden, als Verweis auf ein bewegtes Einst, in dem diese Steine noch sehen und fühlen konnten. All das fiel mir erst nach Deiner Rückkehr auf, denn für gewöhnlich gehen die eigenen Weltalter in Echtzeit so allmählich ineinander über, dass wir wenig davon mitbekommen. Wahre Wenden bemerkt erst, wer außer sich gerät.

4

Das mag nun alles etwas weltfremd klingen, aber vielleicht kam ich nur von weiter her. Fremd ist mir die Welt erst später geworden, wahrscheinlich in jenem Jahr, das mit meinem Schulwechsel aufs Gymnasium zusammenfiel. Der Tag begann noch früher, nur dass ich Dörferdunkel und Gewerbeparks nun jeden Morgen hinter den beschlagenen Scheiben eines Regionalbusses erwachen sah. Meiningen, eben noch eine verschlafene Provinzstadt, war chronisch verstopft und verdaute die zunehmende Verkehrsbelastung mit starken Flatulenzen und einer Unzahl von Ampeln. Ich machte Hausaufgaben oder schlief, während der Bus stockte und die himmlischen Wäscherinnen der Gegend ihre Wolkentücher bis tief in die Stadt hinein zum Trocknen aufhängten. Vor allem in Frühlings- und Herbstmonaten sank aus Dreißigacker und Helba schwerer Dunst ins Tal und verband sich dort mit den Abgasen endloser Autoschlangen. Nach einer knappen Stunde stieg ich vor einem größeren gläsernen Kasten aus, der von oben betrachtet an einen Speicherchip auf einer Prozessorplatine erinnerte und den selbst die Nebel zu meiden schienen.

Aus Mangel an Alternativen verschwendete ich meine Oberschuljahre mit richtungslosem Ernst und Ehrgeiz. Dabei war der Stoff so lebensfeindlich wie die ganze Gegend. Zwar hätte ich, auf eine Wiese gestellt, Busch, Baum und Blume kaum einmal mit Vornamen ansprechen können, Schwalben nicht von Schwalbenstößern oder Schwalbenschwänzen unterscheiden können. Dafür entwirrte ich routiniert die verschlungenen, sich über alle Seitenränder windenden Formelkreisläufe von Photo- und Chemosynthese, häufte Schrankwände voller Ordner über Integralrechnung, Thermodynamik und Programmiersprachen an. Selbst der Musikunterricht bekam etwas Schematisches. Wir unterbrachen die Notenlehre eigentlich nur in den Momenten, in denen jeder Einzelne von uns, begleitet von den Stoßwinden, die draußen über die Freiflächen zwischen den Plattenbauten zogen, vor der Klasse Schuberts *Forelle* oder Beethovens *Freude schöner Götterfunken* vortragen musste. Wir gehörten dem ersten Jahrgang an, dem sich die jüngere Geschichte mithilfe bayrischer Lehrbücher und Lesarten völlig neu erschloss, während auf dem Bücherbasar auf dem Schulhof noch der verbrauchte historische Materialismus als das Gespenst umging, für das er sich immer gehalten hatte, und die Lehrer dieselben geblieben waren. Vielleicht legte sich auch deshalb eine fast postmoderne Heiterkeit über diese Stunden. In unserer Umgebung aber schien keine Historie stattgefunden zu haben. Die tiefer gelegenen Kali-Landschaften waren allemal wesentlicher als alles, was zum Verweilen oberhalb der Erdkrume hätte einladen können, worüber die Werra ein wenig weiter nördlich seit einigen Jahrzehnten zum eutrophierten Tränengewässer geworden war. In der Stadt unten, auf der Rückseite des Schlosses im Garten der barocken Elisabethenburg, trug man zweimal jährlich die schulischen Laufwettbewerbe aus. Wenn ich später im Park saß und Briefe an Dich schrieb, stand gegenüber meiner Bank ein längerer steinerner Sockel, der offenbar den Kopf eines Franzosen trug, den man hier vielleicht verehrt hatte wie vieles andere, das mit der französischen Mode des 18. Jahrhunderts nach Meiningen gelangt war. Wenigstens hätte man, dachte ich, auch seinen Nachnamen in den Stein meißeln können. (Weder war Jean Paul natürlich Franzose noch ein Gipskopf der Vergangenheit, vielmehr hatte er meine Zukunft längst vorweggenommen: *Anfangs will der Mensch in die nächste Stadt – dann auf die Universität – dann in eine Residenz von Belang – dann (falls er nur vier und zwanzig Zeilen geschrieben) nach Weimar – und endlich nach Italien oder in den Himmel.*)

Begegnete ich dann doch einmal dem verhärmten Stadtgeist, der noch hin und wieder die Enten am Theaterteich im Englischen Garten fütterte, gab mir dieser abwinkend zu verstehen, seine besten Jahre trotz der jüngsten Wendeaufregung schon seit Ende des 19. Jahrhunderts hinter sich zu haben. Da residierte er, nachdem er lange am Nonnenplan in Kirchnähe und später in der Schlundgasse am Markt gewohnt hatte, dann für ein, zwei Jahrhunderte an den Schlossplatz vor der Elisabethenburg gezogen war, endlich am Theater in der Bernhardstraße, das einer dieser liebenswürdig verrückten Provinzherzöge gerade zum großen Haus emporgestemmt hatte. Alle seien dagewesen, Brahms, von Bülow, Strauss, Reger. Bechstein sei hier in seine Märchen geraten, Schiller habe in einem der Nachbardörfer *Don Carlos* und *Kabale und Liebe* niedergeschrieben, der größte deutsche Roman, der *Titan*, hier fliegen gelernt ... Dann aber seien die Zeiten schnell zugiger geworden, und er hatte in den Bahnhof ausweichen müssen, wo er noch immer wohne und die Mieten erschwinglich seien. Dort beherbergte die Stadt bald das Reichsbahnausbesserungswerk für Dampflokomotiven, den ganzen Stolz der neuen Landesherren. Er habe ein paar Mal überlegt, sich in einen der Züge zu setzen und wegzufahren, dann aber davon abgelassen, da er sich andernorts wohl ähnlich gelangweilt hätte wie in der Harfenstadt Meiningen (die man ihres mittelalterlichen Grundschnitts wegen so nannte), einer Harfe ohne Klang, auf der zu spielen er längst aufgegeben hatte. Mir blieb die Stadt, in der ich jeden Tag nur ein paar Schulstunden verbrachte und in der ich kaum jemanden kannte, lange fremd, unübersichtlich und uferlos, eine Sammlung von Straßen um einen Bahnhof, die als Harfe zu bezeichnen mir nie eingefallen wäre.

Wenig später aber begriff ich, dass das verklungene Instrument den Stadtgeist nicht mehr brauchte. In einer frostigen Aprilwoche ging über Meiningen ein letzter Winterausläufer samt Sturmfront hin, die damals die Dächer ganzer Ortschaften fortfegte, Wälder verheerte und Alleen umwarf, was dem Stadtbauamt endlich Gelegenheit gab, die Straßen zu verbreitern. Dass mich der Klimawandel mit seinen massiven Tiefdruckfeldern auch persönlich anging, bemerkte ich an einem jener umtosten Abende im Theaterfoyer, als ich im Getümmel mehrerer Schulklassen nicht weit von mir ein Mädchen wiedererkannte, das gerade 600 Luftkilometer und sieben Jahre offenbar nur mithilfe guter Winde und eines stabilen Flug- und Regenschirms zurückgelegt hatte und nun ihre Garderobe abgab, sich die Nässe aus dem Gesicht wischte, nach ihrer Klasse sah und verschwand. Vermutlich war es eine der Vorstellungen, die das Theater jedes Jahr nur für die Schulen der Umgebung aufführte, die *Zauberflöte* wahrscheinlich. Mozart aber blieb vollkommen blass gegen den gewaltigen äolischen Akkord, der nun aus der Stadtharfe bis hinein ins Theater tönte und der, während ich noch nach Dir suchte, vorübergehend die verwelkten Ranken alten Blattgolds an den Saalwänden wieder zum Blühen und alle Lüster zum Blinken brachte. Du aber warst verschwunden; Tamino und Pamina bestanden Feuer- und Wasserproben, mir dagegen war nur heiß und Schweiß.

Erst im Juni sah ich Dich wieder, eines Nachmittags auf der Heimfahrt, noch halb im Schulbusschlummer. Durch die zerkratzte Scheibe konnte ich undeutlich erkennen, wie Du die Bahnhofsallee heraufkamst, an der Haltestelle vorbei und dann im Englischen Garten verlorengingst. Dein zu großes und auch etwas großmütterliches Kleid umflatterte Dich so zeitlos mit Kobalt und Malachit, dass es mich in ebenso altmodische Stimmungen warf. Fast wollte sich die bogenhaft überlaubte Passage, auf der Du so schicklich geschlendert kamst, wieder in jenen Durchgang zwischen Heckengestrüpp und jungen Buchen verwandeln, auf dem Wacholder, Salz und Sanddorn damals von der nahen See gekündet hatten. Warst Du also wieder zum Strand unterwegs! Nachdem ich ein paar Nächte über die tiefe Sinnhaftigkeit des Weltenlaufs wachgelegen hatte, der wohl meist verdeckt, letztlich aber doch auf ewigen Bahnen und Zauberkreisen eingerichtet schien, verlebte ich Monate seliger Unruhe und wissenden Glücks. Alle Wiesen lachten und zeigten ihre Löwenzähne; abendliches Dämmerdunkel überbot sich an mächtigen Verheißungen. Meine zuweilen fast eschatologische Erregung mag dabei der vorpaulinischen Emphase jener christlichen Urgemeinden geähnelt haben, die der unmittelbar bevorstehenden Rückkehr ihres Herrn mit bewundernswerter Gewissheit entgegensahen. Wie sie stand ich in einer über mich hinausreichenden

Fügung, der ich mich nicht etwa deshalb hingab, weil die Geschichte glücklich auszugehen versprach (denn davon konnte ja keine Rede sein, und es war auch nicht weiter entscheidend), sondern weil ich mich mit diesen privilegierten Vorahnungen über das nun zweifellos bevorstehende Drama ganz neu in alles eingebunden und ausgerichtet fand.

Als Du wie erwartet mit Beginn des neuen Schuljahres ganz in meiner Nähe auftauchtest, betraf das nicht nur mich allein, der darüber längst im Bilde war; die größten Veränderungen gingen mit der Gegend vor sich. Der Bauhaus-Container unserer Lehranstalt musste sich mit einer Art Retro-Design abfinden, erfuhr als Wandelhalle aber eine ganz erhebliche Aufwertung. Nicht nur flutete eine neue Wärme über die Linoleumgänge, die einmal nicht auf seine Treibhaus-Verglasung zurückging; wie sich etwa Atacama-Wüsten plötzlich mit Wiesen überziehen, trat mit Dir und Deinem Gefolge vor dem Hintergrund des trostlosen Schulbrutkastens mit einem Mal alles Lebendige in einer unverstellten Frische vor mich hin. Wenn Du Dir Deinen Kaffee an einem der versifften Automaten holtest, als sei es eine Selbstverständlichkeit, Speis und Trank mit den umstehenden Sterblichen zu teilen, wohnte ich geradezu einem Akt der Versöhnung aller Kultur- und Standesschranken bei. Ich sah Dich heiter und froh die Flure hinabziehen, Aushänge anbringen, Palmen im feuchtwarmen Atrium pflanzen, eine achtbare Entwicklungshelferin in jenen von mir längst aufgegebenen Trockengebieten der Sekundarstufe II.

Deine Rückkehr hatte sich bald in der ganzen Stadt herumgesprochen, die nun, Deiner würdig zu begegnen, einige ältere Gehalte von sich freilegte und dabei auch mich im Auge hatte. Es hätte mich damals kaum interessiert, wie Meiningen zu seinem Namen gekommen war; *meinen* aber kommt von *Minne*. Ich wusste das nicht, wähnte mich auch nicht in der Nähe von Troubadouren und Minnesängern, als ich diesem Gebot so traulich wie treulich entsprach. Ohne mich wirklich damit auszukennen, folgte ich den Regeln und sittlichen Anforderungen der Hohen Minne – Überwindung in Hingabe, Genuss in Entsagung, Erhöhung in dienender Erniedrigung –, womit ich Außenstehenden wohl als die rührende Einfalt selbst erschien. Wir haben darüber nie geredet, weder damals noch später, aber Du musst dieses Dienstverhältnis, wenngleich wohl nicht von Anfang an, durchaus geteilt haben und ließest mich gerne und oft in den Vorhof Deiner Aufmerksamkeit gelangen. Auch Deine Hofgesellschaft blieb mir nach der üblichen Neugier und dem offiziellen Spott, ob aus Mitgefühl oder Bewunderung, bemerkenswert gewogen. All meine Gesänge wurden zwecks besserer Verständlichkeit unter der Woche über dutzende Briefseiten ausgebreitet und entweder mit doppeltem Porto verschickt oder Deiner Mutter mitgegeben, an deren Reisebüro in der Anton-Ulrich-Straße ich oft vorbeikam und die mich ungeheuer nett fand. Sie strahlte dabei so dankbar und gefällig, als seien die Briefe an sie selbst gerichtet, und ich gab mich vorübergehend und ein wenig voreilig der Überzeugung hin, dass sich diese Tatsache früher oder später zu meinen Gunsten auswirken musste.

Nachdem Du mir zweimal in knappen Antworten die Sinnlosigkeit meiner Avancen vor Augen geführt hattest, ich Dir aber weiterhin schrieb, da ich nach reiflicher Überlegung keine Rücksicht darauf nehmen konnte, nahmst Du meine Zeilen einfach hin. Hast Du sie überhaupt gelesen? Unter Freundinnen verteilt? Vielleicht hast Du geglaubt, mich vom Schreiben abzuhalten, indem Du Dich weitgehend unbeeindruckt zeigtest, aber so ganz gleichgültig kann es Dir nicht gewesen sein. Dafür sorgten die Briefe ihres inhaltlichen (und ja auch tatsächlichen) Gewichts wegen für zu viel Aufsehen. Auch in Deiner Nähe konnte niemand auf vergleichbare Erfahrungen mit jungen Verehrern zurückblicken. Was immer jene überlangen Konvolute bedeuten mochten, sie verfolgten allem Anschein nach nicht das Ziel, Dich zu erobern, sosehr Du (und auch ich) das für eine Weile geglaubt hatten. Nach einem halben Jahr hörte ich, dass Du inzwischen etwas genervt seist. Aber auch nachdem Du andere zum Küssen vorgelassen hattest und mir nichts übrigblieb, als deren leeres Lächeln mit weiteren Episteln und Herzergießungen zu umranken, was den Jungs wohl anfangs so viel nutzte, wie es ihnen auf Dauer schaden musste, schmeichelte Dir meine unverzagte Impertinenz wahrscheinlich mehr, als Du Dir eingestehen wolltest. Ein paar Mal glaubte ich sogar einen Anflug von Enttäuschung wahrzunehmen, wenn Dich ein Brief nicht pünktlich erreicht hatte; Du zwinkertest dann immerhin, wenn auch nicht besonders freundlich, zu mir herüber.

Etliche Liebediener- und Mitläuferschaften kamen und gingen, meine wöchentlichen Sendschreiben aber trafen weiter jeden Mittwoch bei Dir ein. Neben allerlei Erlebtem flocht ich Fremd- und Selbstgereimtes, Essais, Zeitkritik und Visionäres ein und legte Dir auf hermeneutisch bedenkliche Weise *Take That* aus. Fragten Deine Freundinnen, ob ich, wie sie sagten, noch immer etwas von Dir wolle (was aber hätte ich wollen sollen?), wirst

Du aus Verlegenheit und wachsendem Verdruss kaum etwas erwidert haben. Mein Anliegen war Dir wahrscheinlich durchweg unbegreiflich. Ich ließ die Briefe nie den Charakter einer Bitte oder gar eines Werbens annehmen, es ergab sich aus ihnen kein Wunsch nach Nähe; *die Sterne, die begehrt man nicht, man freut sich ihrer Pracht.* Du hättest das für einen großen Ulk, eine fremde und ungesunde Fixierung halten können; nach zwei Jahren, meiner steten Gewogenheit um einiges gelassener begegnend, nahmst Du es hin wie eine Art Psychose, für die Du Dich im Ganzen weder verantwortlich noch zuständig hieltest.

Ganz falsch war das nicht. Längst ging ich nicht mehr davon aus, von Dir noch irgendwelche Antworten zu erhalten. Dafür war unser Abstand einfach zu groß, es war ja fast ein Sphärenunterschied. Dein Nimbus hatte mittlerweile etwas derart Sagenhaftes, dass ich ebenso Kate Winslet hätte anschreiben können. Dir dagegen schien ich gar nicht so ungewöhnlich. Unter anderen Umständen hätte man vielleicht ganz gut miteinander auskommen können, vielleicht gar mehr als das. Aber es war ein wenig wie bei Rilke mit seinem Engel; mein Anruf war immer voll Hinweg, wider so starke Strömung konnte Angelika Schmidbauer nicht schreiten. Was hat Dich wirklich bewegt? An Deinen Spielgefährten litt ich mehr als Du, so schien es, meist etwas protzigen Pennälern, denen ich, was Prestige und Schick betraf, das Wasser nicht reichen konnte, die Du jedoch nach kurzer Zeit und, soweit ich das beurteilen konnte, ohne größeres Bedauern wieder in die Wüste schicktest. Unser Verhältnis war an sich schon verrückt genug, um die Lage etwa noch durch auffällige Nachstellungen zu verkomplizieren. Wir grüßten uns kurz auf den Gängen, gingen ansonsten unserer Wege und legten dabei einen ebenso unaufgeregten Umgang an den Tag, wie es Sitte und Anstand etwa auch unter rivalisierenden Geschäftsleuten, Sportlern und Politikern verlangten. Es gab auch keinen Grund, nervös zu werden, schließlich wohnte ich mehr als zehn Klage-Kilometer von Dir entfernt, und auch die Zeit ging uns langsam aus.

Dann kam das Abitur, und über die verkürzten, in Prüfungspausen hingeworfenen Zeilen ging schon so etwas wie Abschied, eine Leichtigkeit und Schwebe, wie sie sich manchmal vor der Abreise einstellt. Im sicheren Gefühl, mich bald loszuhaben, kamst Du jetzt hin und wieder auf mich zu, und wir wechselten ein paar Worte, wenn wir auf den Stadtbus warteten, alles andere wäre uns auch kindisch vorgekommen. Es ging keine Gefahr von mir aus, und Du hattest, warum auch immer, mit größeren Auseinandersetzungen nicht mehr zu rechnen. Wäre das Ganze noch ein paar Jahre gegangen, und das wäre es, wenn mein Schulabschluss nicht alldem vorschnell ein Ende gemacht hätte, wäre ich gar, wer weiß, Dein bester Freund geworden. Und tatsächlich stellte sich bald eine seltsam anrührende Zwischenform her; immer wieder fordertest Du mich mit halb flapsigen, halb zärtlichen Beleidigungen heraus, obwohl Du Dich wahrscheinlich eher dem Hausmeister als mir hingegeben hättest. Ich dagegen liebte Dich so keusch und bedingungslos, dass mir nicht eingefallen wäre, mit Dir auch nur Händchen zu halten. Manchmal fuhr ich Dich von der Tanzstunde nach Hause, weniger aus romantischen als praktischen Gründen (so kamst Du schneller heim, und für mich war es kein Umweg). Meist tanzten wir weitab voneinander, Du mit Deinem neuen Freund, einem aufgeschossenen dunklen Hünen, der, wie man erzählte, Ähnlichkeit mit dem Hauptdarsteller aus *The Crow* hatte, ich mit einer kleinen, nach Nivea riechenden, rundlichen Blonden von hoher Musikalität. Zum Ball dann drehten wir sogar ein paar Walzerrunden miteinander, wohl zur Auszeichnung für die erwiesenen Fahrdienste, vielleicht aber auch, weil Du hofftest, durch eine solch selbstverständliche Nähe den mythologischen Abstand zueinander auf eine für mich heilsame Weise zu verkürzen. Ein seltsamer Gedanke; um uns kreiste noch die kümmerliche Mehrzweckhalle samt Elternpaaren, Luftballons und Schlagerschrecknissen – *Lotusblume hab' ich dich genannt, als die rote Sonne in Japan versank …! –*, als es unsere leichten Seelen längst auf die See hinaushob und Neptun aus vergnügten Gischtbärten dabei zusehen konnte, wie uns rosenbeladene Wolkentanker ins Land des Lächelns verschifften. Die Schlussschnulze gehörte dann wieder der großen Krähe.

Wir trafen uns auf meiner Abifeier wieder, einem steifleinenen Zeremoniell mit langen Reden und Auszeichnungen. Du im Schulchor, abermals mit *Freude schöner Götterfunken*. Eine junge Cellistin aus der Parallelklasse spielte die Suite BWV 1007, mich drückte Schwermut oder Ehrfurcht nieder. Hinzu kam, dass ich den Eindruck hatte, dass Du mir währenddessen die ganze Zeit in die Augen sahst, aus sicherer Entfernung. Du hattest mir irgendein Stofftier mitgebracht und einen lieben, versöhnlichen Brief geschrieben, in dem Du mir und meiner Zukunft alles Gute wünschtest (die jedenfalls nahm es dankbar auf). Als wir uns, dem Trubel zu entkommen, für eine Weile in die nächtliche Stadt abseilten, erschienst

Du mir herzlicher, zugeneigter als sonst, ja geradezu gelöst. Du hast mir damals zum ersten Mal länger von Dir erzählt, zunächst noch zögerlich, dann aber immer bestimmter, als wolltest Du, auch wenn es dafür reichlich spät war, einige falsche Vorstellungen geraderücken, die ich mir von Dir machte. Ich erfuhr alles Mögliche aus Deiner Kindheit, die ganz anders ausgesehen haben muss als meine. Dass Du gar nicht wissest, wer Deine richtigen Eltern seien. Die netten älteren Leute, die sich seit frühen Jahren um Dich bemühten, seien es jedenfalls nicht. Kein Wunder, dass sie keinerlei Ahnung von Dir hätten (ob es Deine echten Eltern damit wirklich leichter gehabt hätten, fragte ich, und siehe, ein erstes Lächeln). Der Vaterersatz Postbeamter, die Mutter Reisebüroangestellte, Ferien an der Costa Brava, Grillfeste, der *Bergdoktor*. Was solle da aus Dir werden? Dein Bruder, ebenfalls adoptiert, sei längst nach Leipzig abgehauen und melde sich kaum noch, sei in irgendeinem politischen Untergrund aktiv und mache düstere Musik. Nicht jeder könne sich immer in eine so heile Welt zurückziehen. Dass die Welt abseits meines Dorfs etwas anders aussehen würde, war mir schon klar, das hatte ich oft genug im Fernsehen gesehen. Aber welchen Unterschied sollte es für mich machen, von Deinen Essstörungen zu hören, oder dass Du schon mal auf einem Konzert der Kastelruther Spatzen warst, die CDU wählen würdest, sobald Du dürftest? Dass Du über gar nicht so viel Erfahrung mit Jungs verfügtest, wie es den Anschein hatte, dass Du Deinen Hintern *voll schrecklich* fändest. Dass Du zu viel rauchtest, eine faule Socke seist und so weiter. Das mochte ja alles sein, nur was hätte das ändern sollen, und was hatte das mit uns zu tun? Wie dem auch sei, wir hätten darüber auch noch länger diskutieren können, aber die Hoffnung auf ein weiteres Jahr in Deiner Nähe hatte sich früh zerschlagen, da mich der zuständige Bundeswehr-Stabsarzt in Meiningen aus Gründen, die man mir nicht näher mitteilte, für jeden Dienst an der Waffe für untauglich befand.

Der erste Kummer war dann so schnell vergessen, dass es mich fast beunruhigte. In die Stadt würde ich nur in Träumen zurückkehren, auf den verregneten Gemüsemarkt, den das Kirchenschiff von St. Marien kreuzte, unter die Säulen des Theaterportals, an den Teich im Englischen Garten oder auf jenen Brückenbogen der Landsberger Straße, hinter dem ich Dich hatte verschwinden sehen. Um einiges schmerzhafter dagegen schien die wiederholte Lektüre jenes vorsorglich kopierten und abgehefteten Briefromans, den ich mir im Sommer noch einmal vornahm. Zehn Jahre später, und alles wäre sentimentaler E-Müll gewesen, so aber war's ein Berg pathetisches Papier. Bald bedauerte ich die gesamte in die Irre gehende Strategie der letzten Jahre, was nur wieder beweist, dass ein Autor den Sinn seines Werks nur selten vollkommen begreift. Aus Kalkül heraus hatte ich nämlich zu keinem Zeitpunkt gehandelt. Nach erster Bestandsaufnahme ergab sich eher der Eindruck eines abgewehrten Angriffs, und die beklagenswerten Fragmente meines Liebestorentums lagen vor mir wie eine ins Leben verlängerte Variante einer halb abgetragenen, halb in Flammen stehenden Urspringer Kirchenburg.

Du würdest noch ein Jahr bleiben, ich zog als Student nach Heidelberg. Während es die meisten meiner Klassenkameraden auf Ingenieurschulen und technische Universitäten nach München, in die Schweiz oder nach

Übersee verschlug, um dort als Bauingenieure, Architekten und Industrieprogrammierer die Zukunft zu bestellen, setzte ich bei meiner Studienwahl noch immer auf die luftigen Auftriebe, die schon über das Pfarrhaus gefahren waren, inzwischen aber einiges ihrer einstigen Kraft verloren hatten, den Geist und seine Wissenschaft. Meine Eltern, die das anstehende studentische Himmelfahrtsunternehmen mit liebevoller Sorge verfolgt, letztlich jedoch wie vieles in den Jahren vorher schon mit zunehmender Ratlosigkeit quittiert hatten, winkten noch einmal gerührt vom anderen Ufer, als mich der stürmische Alte schon über Mainfranken und den Odenwald der ehrwürdigen Alma Mater Heidelbergensis entgegentrug.

5

Ich rechnete nicht mehr mit Dir und musste wohl wieder von anderen lernen. Andererseits und im Nachhinein bin ich mir ganz sicher, dass Du mich, ohne es zu wollen, auf eine Spur gesetzt hattest, auf die ich selber nie geraten wäre. Ich konnte mich jedenfalls nicht erinnern, je ein gesteigertes Bedürfnis nach abstrakter, theorielastiger Erkenntnis gehabt zu haben, und hätte wohl etwas Vernünftiges studiert, wenn Du mir nicht über den Weg gelaufen wärst. So aber ergab sich plötzlich ein unbestimmter Klärungsbedarf nach dem Großen und Ganzen. Schon als ich all diese Briefe schrieb, las ich mehr als je zuvor. Jetzt warst Du zwar nicht mehr da, aber irgendetwas sagte mir, und ich weiß, es klingt eigenartig: Gehe schon mal voraus und sieh dich um. Wenn ich wiederkomme, werde ich mich mit nichts weniger als der Wahrheit zufriedengeben. Selten brach ich so erwartungsvoll auf wie damals. Ein anderer Stadthimmel, der nahezu vollständige Personalwechsel; hier konnte es ganz neu losgehen. Zur Universität gab es auch keine Alternative. Sie war der einzige Ort, der sich mit der Hoffnung verbinden ließ, die Dinge wieder freizuräumen, die in den letzten Jahren verschüttet worden waren, ja vielleicht erst jetzt zur wirklichen Welt vorgelassen zu werden. Auch von der »Romantikerstadt« hatte ich zum ersten Mal aus dem Fernsehen erfahren, glaubte nach allem, dass sie mir sehr entspräche, und hoffte ein bisschen auf den Glanz von einst.

Der wollte sich zunächst jedoch nur langsam einstellen. Ohne feste Bleibe, da alle Wohnheime und die

Altstadt überfüllt waren, verbrachte ich einige Nächte in einer abgelegenen Jugendherberge, fand dann ein Zimmer in Kirchheim, ziemlich dunkel und parterre. Alles roch nach feuchtem Keller. Dort teilte ich mir die Wohnung mit einem sächsischen Tiefbauingenieur, der aus der Gegend um Grimma kam und hier schon länger zur Miete wohnte, ein kurzer draller Mann Ende vierzig. Nach ein paar Wortwechseln in der Küche achteten wir bald darauf, uns aus dem Weg zu gehen. Der Sachse blieb immer weit hinter seiner Brille verborgen. Sobald er am späten Nachmittag von der Arbeit kam und sich zurückzog, hörte ich ihn stundenlang zetern und allerlei Dinge zu Boden gehen. Was ich zunächst für lautes Privatfernsehen gehalten hatte, erwies sich bei genauerem Hinhören als das Maschinengewehr eines Computerspiels, dem er nach Feierabend seinen ganzen Eifer widmete und von dem er erst mehrere Stunden später erschöpft und verbittert abließ, um Nachtruhe zu halten. Man musste sich erst daran gewöhnen, dass er keinen Überfall abwehrte, dass man überhaupt alles Schnaufen, Knurren und Murmeln, auch jedes Telefonat mit seiner stets klagenden Frau mitbekam, die er alle vier Wochen besuchen fuhr.

Ich hielt es dort selten lange aus und ging stattdessen in der Gegend spazieren. Von Kirchheim schien nach seiner Eingemeindung nur noch das verlassene Schneckengehäuse des ehemaligen Dorfes übrig. Fünf Buslinien und eine Bahntrasse durchzogen den Ort, Intercitys flogen alle halbe Stunde wie Geschosse hindurch. Ansonsten herrschte große Stille, aber eine Sparkasse, mehrere Bäcker, ein Friseur, Aldi und zwei Apotheken waren wohl nicht umsonst am Platz. Alte Opel lehnten an den

Häusermauern, hin und wieder wies ein einzelner Blumentopf auf dem Fenstersims auf verbliebene Bewohner hin. Kirchheim hatte allem Anschein nach nicht früh genug fliehen können, sich im falschen Moment nach der Stadt umgedreht und stand nun in Beton gegossen im Durchgangsverkehr. Odenwaldstraße, Seewiesenweg, Schäfergasse, obere und untere Seegasse, seltsame Straßennamen in diesem Totenort. Ich lief dann, vor allem in den Frühlings- und Sommermonaten, den Hangäckerhöfen zu, einem von Feldwegen und Autobahnen zerschnittenen Ackerland ganz in der Nähe, das sich oft noch aparte Dämmerungen übergeworfen hatte, um mir auf Abendpromenaden durch Weizen- und Maisfelder Gesellschaft zu leisten. Aus der Ferne summten einzelne Motorenstimmen aus der sanften Verkehrsharmonika, während auf den Betonburgen im Emmertsgrund und auf dem Boxberg langsam die Lichter angingen. Begegnete ich jemandem, hoffte ich, dass er die Hunde an der Leine ließ. Apfelbäume suchten meine Nähe, weil sie hier genauso wenig hingehörten wie ich. Unter ihrem Geäst hielten sie mir einen Himmel hin, der den ganzen Tag über da gewesen, aber erst durch das schaukelnde Fruchtrot zu einer leuchtenden Tiefe fand, die sich um Autobahnkreuze, Strommasten und streunende Hunde nicht scherte, ein unbeschreibliches Versprechen, das selbst da oben niemand würde halten können. Auch die Schrebergärten blühten wild, Rosengirlanden an Metallgestängen, Sonnenhüte, Tränende Herzen und Pampasgras zwischen Maschendraht, darüber Deutschland- und Ferrarifahnen.

Eine halbe Stunde dauerte die Fahrt an die Universität. In immer dichteren Vorstadtringen kreiste man mit dem Bus an Sportanlagen, Rummelplätzen, Tankstellen,

Armeegeländen und Bürolandschaften vorbei um das historische Zentrum, bis man über Bergheimer Straße und Bismarckplatz wieder in Raum und Zeit eintrat. Getünchter Barock zu beiden Seiten der Fußgängerzone, die blankgeputzt und rundsaniert allerlei Boutiquen, Reisebüros, Fotoläden und Drogerien in Stellung brachte und den Duft eines süßlichen Frauenparfüms verströmte. Ansonsten war das charmante Arrangement von Plätzen, Kirchen, Gässchen und Passagen der Altstadt, die sich wie ein Keil auf den Schwemmsand zwischen Königstuhl und Neckar geschoben hatte, weitgehend unangetastet geblieben. Die Mauern mussten abgeschminkt, Brüche und Lücken phantasievoll überbaut, Busse, Zulieferfahrzeuge, McDonald's und Starbucks, Japaner und Schulklassen übersehen und der fette Beton aufgepflügt werden, und schon fing die Stadt wieder zu atmen an und hörte man Schumann aus seinen geöffneten Fenstern in der Hauptstraße 160.

Als ich mich damals für Philosophie, Philologie und Geschichte einschrieb, ahnte ich noch nicht, wie gut diese Kombination zu einem Freilichtmuseum wie Heidelberg passte. Jene Vergangenheit, die nirgends mehr existierte und nur für nostalgische Erstsemester noch einmal aus den Büchern aufstieg, brachte es fertig, für kurze Zeit wie meine Zukunft auszusehen. Die ersten Wochen schweifte ich um Stadt und Hügel, ohne Studienordnungen oder Seminaranmeldungen allzu große Bedeutung beizumessen. Auf Heiligen- und Gaisberg loderte das Laub. Der Herbst flammte nochmal kurz auf, zog sich dann, während noch die Semesteranfangspartys liefen, mitsamt der ganzen Natur völlig zurück und hielt studienhalber zu allgemeiner Einkehr an. Daraufhin blieb Heidelberg ein halbes Jahr lang ungemütlich, und jeder abgegriffene Bücherrücken wirkte einladender als die Umgebung. Nur wenn die warmen Winter eine Ausnahme machten und ein wenig Schnee abwarfen, fanden auch fernöstliche Reisegruppen wieder in die Postkarten, für die sie den weiten Weg auf sich genommen hatten.

Der herbstliche Frieden jedenfalls währte nicht lange. Ein bundesweit ausgerufener Unistreik legte auch hier die meisten Fachbereiche lahm, sodass viele der Veranstaltungen, die mich von ferne interessiert hatten, zum vorzeitigen Erliegen kamen. Bald war ich mittendrin, hielt vorübergehend sogar ein Transparent gegen *Leistungsterror* hoch und sprang damit für eine begeisterte junge Ethnologin ein, die einmal austreten musste. Weder sie noch die Bewegung wollten auf Dauer etwas mit mir anfangen, vielleicht weil sie mich verdächtigten, im Geheimen längst an langen Leselisten zu arbeiten und hier nur aufgeregte Schürzen zu jagen.

Obwohl die Erzählungen meiner Eltern in mir die Vorstellung aufgebracht hatten, fortan an den Lippen charismatischer Koryphäen zu hängen und säckeweise Weisheit heimzutragen, ging, nachdem der Streik langsam abebbte, nach dem ersten auch das zweite Semester über mich hin, ohne dass ich auf den hintersten Bankreihen je das Gefühl bekam, Fuß zu fassen. Wahllos durchirrte ich Vorlesungen zum *Nibelungenlied*, über Zigeunerliteratur, den Schelmenroman, Metternich, die EU-Osterweiterung, das *Unbehagen der Geschlechter*, *Das Kapital* oder Schellings Weltalterlehre. Erste Seminare wollten nicht recht erwecken, schoben in allerlei methodische und menschliche Gedränge; fortwährendes

Kommen und Gehen, Strömungsdynamiken, die sich schwer einschätzen ließen. Ständig öffneten sich Schleusen, die den Durchzug und Abfluss der Menge beschleunigten, Schilder schienen manches zu kanalisieren, das vor den Ausgängen stockte. Springfluten von Erstsemestern erfassten mich auf den Treppen des Hörsaalgebäudes und spülten mich wie einen trägen Kiesel in die beruhigten Weiten der unteren Flure. Markt der Meinungen wie der abgelebten Bücher und Schreibutensilien, Flugblätter, Thesen-Geflatter, das sich an Wänden und Tafeln verfing und das speckige Linoleum bis in die Toiletten hinein bedeckte. Von Anfang an außerhalb studentischer Ballungsräume um Orientierung ringend, versuchte ich verzweifelt, in den Höhen der letzten Bänke des Audimax Luft zu holen. Auch nebenher belauschte Erstis hatten sich im Betriebsdickicht verfangen, schienen aber einer stillen Übereinkunft zu folgen, die mir nicht mitgeteilt worden war. Schwarmintelligenz kam nicht zum Zuge; wer sich hier unter hunderten Teilnehmern einfand, ging sicher, von allzu akademischen Spitzfindigkeiten verschont zu bleiben. Sobald es mehr als zwanzig waren, löste sich die Sprache von den Gegenständen und schlug sich allein durch. In einem überlaufenen Totalitarismus-Kolloquium half man sich mit Mikros. Aus Referaten stiegen Reden, aus Rednern studentische Volkstribunen auf, deren rauschhafte Selbsterfahrung damals manche politische Karriere begründet haben mag. Dasselbe bei den Schöngeistern: Um sich für den zauberhaften Irrsinn all dieser Dinge offenzuhalten, sollte ich doch hoffen dürfen, mich wenigstens hier unter anderen Irrsinnigen wiederzufinden. Das germanistische Großgewühl der ersten Wochen war jedoch nicht der erweiterte Club der toten

Dichter, dem ich gerne beigetreten wäre. Niemand wurde selbst im Epizentrum großer Vorlesungen wirklich erschüttert. Und warum blieb von allem, was hier gesagt wurde, so wenig übrig, wenn man wieder daheim war? Ich machte das ein paar Monate in der Überzeugung mit, so sei es nun und vielleicht komme später anderes und es werde schon alles irgendwann sein nötiges Gewicht bekommen.

Ich schrieb ein paar Gedichte, aber es gelang nur noch wenig ohne die nötige Obsession, wenn Du weißt, was ich meine. Um diese Zeit ging ein Brief von Dir ein, viereinhalb Seiten ohne echten Grund und Anlass, auf denen Du mir vom Prüfungsjahr daheim erzähltest und in einem nachdenklichen Schlusswort auf unsere Geschichte zurückkamst. Du habest schwer mit Dir gekämpft, es habe halt einfach nicht gereicht ... Ich fand das rührend, antwortete kurz und herzlich, wünschte für die anstehenden Monate viel Erfolg und wendete mich wieder dem Streik zu. Mitte Dezember kam dann ein größeres Paket mit lieben Grüßen und Gebäck. »Alles eigene Produktion ...«, wieder lag ein Brief bei. Du liefertest gerade ganze Ladungen Naschwerk an Freunde und Familie aus und also auch an mich, nur um neuerlich zu unterstreichen, wie viel Dir meine Zuneigung bedeutet habe, wie sehr Du mich als Freund (und »Vertrauten«?) schätzest und dass Du Dir nichts sehnlicher wünschtest, als dass ich Dir wegen der ganzen Sache nicht böse sei, habe es doch nicht sollen sein. Mir fiel angesichts dieser Leckereien wirklich kein Grund ein, böse zu sein, vielmehr versöhnte mich diese nachgereichte Aufmerksamkeit nun so weit, dass ich glaubte, studienhalber endlich zum Wesentlichen übergehen zu können.

Über einen Aushang in der Soziologie stieß ich bald auf eine kleine Schar Unverzagter, die trotz neuerlicher Streikwellen ihre Arbeit fortsetzten, eine Studiengruppe zum Thema *Ökonomie und Weltordnung*. Allwöchentlich sammelte sich das sozio-politische Dutzend um einen älteren Professor, las in sperrigen Schriften, schwieg vielsagend über die Weltlage und lockte Neuankömmlinge mit Lektüre, Kaffee und Kuchen. Schnell wurde man Zeuge eines Scharfsinns, der ganz ortsuntypisch, wenn auch ein bisschen spröde schien. Inmitten des sie umgebenden, stets etwas verlotterten linksalternativen Milieus scheitelte sich Bravheit hinter Brillengläsern, doch hinter dem Abstraktionsgrad der geäußerten Thesen, der Empfindsamkeit und Härte der Überzeugungen, die dann doch von einer bemerkenswerten Besonnenheit für die volle Lebenskomplexität, von Nachsicht für die Anfechtungen begleitet waren, denen man außerhalb ihres Kreises ausgesetzt war, steckte eine fast jesuitische Leidenschaft. Tatsächlich erinnerte der Professor an einen alten Benediktiner, der in dogmatischen Stürmen und Ausbrüchen zu seiner Jugend und Elastizität zurückfand, in endlosen Gedankenketten ein überlegenes Bild reifster männlicher Geistigkeit abgab, sich dann aber immer wieder sanft und voller Selbstironie zurückzog.

Es sollte eine Weile dauern, bis mir dämmerte, welcher Art die Überzeugungen waren, die jene Exzellenzinitiative in eigener Sache in immer neuen Höhen reflektierte. Zwar wurde hier, verstärkt durch die terminologischen Streben feststehender, intern markierter Phrasen für Eingeweihte unverkennbar deutsch gesprochen. Klang dieser semantische Schwurbel auch irgendwie bekannt, verstand ich erst einmal rein gar nichts. Muttersprache verhieß nur wenig Hilfe; ein Clan-Idiom schützte das esoterische Wissen der politisch-subkulturellen Geheimloge vor unbedarftem Zugriff. Da hier selbst Nuancen größte Turbulenzen und Irritationen in der Runde auslösen konnten, schwieg ich lange aus Scham. Mit großer gedanklicher Anstrengung warf ich sämtliche Netze der Empathie über der wogenden Debatte aus, doch alles, was ich heraufholen konnte, waren zerbeulte Konservendosen und ein paar alte Hüte. Erst einige Sitzungen später war nicht mehr länger zu leugnen, dass ich mich der marxistischen Avantgarde von Heidelberg angeschlossen hatte.

Die Einsicht war nicht leichtgefallen, Marx und Engels wurden nie erwähnt, selbst über den ideologischen Weitsinn Habermas' und Honneths war längst der Bann gesprochen. Auch *Attac* war ihre Sache nicht (man dachte mit Ehrfurcht von den Massen, ging ihnen, wenn möglich, aber aus dem Weg). Nur unter Gleichen lebte man fortwährend ideenbefeuerten, frommen Bedürfnissen, die erheben und erlösen konnten, den Alltag des Denkens gelassen überwinden halfen und Wege aus der Epochenkrise wiesen, für die es nach Einschätzung der Zeit und der geltenden neoliberalen Hegemonie keinen rechten Anlass mehr gab. All das war, seiner begrifflichen Rüstung einmal entkleidet, ganz der nackte alte Wahnsinn, und die Welt wollte sich nur noch selten nach ihnen umdrehen. Innerhalb der Sprachgemäuer und Theorie-Türme mit ihren atemberaubenden Verstrebungen aber saß man einig und erbaut wie in Kathedralen der politischen Hochscholastik, in denen ich mir vorkommen musste wie eine schlichte Elsässer Bauernintelligenz, die zum ersten Mal im Straßburger Münster steht.

Das brillante kleine Grüppchen nahm auch deshalb für sich ein, weil sie wie alle tief Gläubigen hin und wieder Zweifel und Gewissensbisse bekamen, während man die versammelte 68er-Gemeinde sonst unbeirrt die alten Kirchenlieder absingen hörte. Gnadenlos desavouierten Frankfurter Schüler noch immer meine kleinbürgerlichen Verblendungszusammenhänge, erinnerten zehn Jahre nach der Wende an die Lage der Arbeiterklasse, den amerikanischen Neo-Kolonialismus und Kryptofaschismus, was mir fast Proust'sche Momente einer mémoire involontaire bescherte. Meine Benommenheit ergab sich dann etwa durch den Klang des Wortes *Dollarimperialismus*, das meine Pionierleiterin damals oft gebrauchte, wenn sie uns junge Staatsbürger über den Westen aufklärte und damit unserer Heimatverbundenheit gut zusprechen wollte. Sobald ich wiedererkannte, was mich in diesen Zustand der Allgegenwart versetzt hatte, trat der L-förmige Langbau meiner Schule in Urspring mit der weißgetünchten Front, seinen mit Friedenstauben und roten Nelken beklebten Fenstern wie ein Stück Theaterdekoration vor mich hin, und mit dem Gebäude das Dorf, der Vorplatz mit dem tiefen Kies, die Straßen, die ich am frühen Morgen auf meinen Schulwegen durchmessen hatte, und es stiegen nun auch die Fluren des Werratals mit den ewigen Frühlingen, den Scheunengeheimnissen, Sträucherdickichten und Flussauen meiner Kindheit auf, die Leutchen aus dem Dorf, ihre kleinen Häuser und Gärten und die Kirche, alles kam mir ganz deutlich und greifbar nahe.

Doch sosehr ich mich für Marx zu erwärmen suchte, sosehr mir der kleine Zirkel auch den im Studientrubel verlorenen Ernst zurückgab, so wenig wollte sich meine

Befangenheit ganz legen. Mir kam das alles zu abseitig vor, und ich bestaunte diese Hochbegabten mit demselben widersprüchlichen Respekt, den man gegenüber Frauen empfindet, die sich zum Dienst bei der Bundeswehr melden. Doch es lag nicht nur an meiner fehlenden Übersicht oder dem sprachlich forcierten Territorialverhalten der Gruppe. Ich ahnte, dass es in diesen Debatten weniger um richtig oder falsch, sondern um gut und böse ging, und fürchtete, solchen moralischen Maßstäben auf Dauer nicht genügen zu können. Schließlich zog ich mich ein bisschen wie Parsifal aus der Gralsgemeinschaft zurück, da ich, reiner Tor wie jener, deren Anliegen und weltweites Mitgefühl noch nicht ganz nachvollziehen konnte.

Vielleicht lag meinem Aufenthalt hier von Anfang an ein Missverständnis zugrunde. Andererseits gewöhnte ich mich langsam an die neue Freiheit und Losgelassenheit, und weder meine Zweifel, die fragwürdigen, eilig aus zwei, drei Buchartikeln zusammengeleimten Hausarbeiten, noch die ganze umständliche Studienbürokratie um Klausurtermine, Module und Credit Points konnten daran etwas ändern. Ein Großteil des Semesters fiel in die Ferien. Während es meine Kommilitonen in die großen Städte trieb, wo sie sich der freien Wirtschaft praktikumshalber zur Verfügung hielten, hatte ich keine anderen Ambitionen, als den Sommer in Büchern und Flusslandschaften zu verbringen, und nahm in Winkel und Beschaulichkeit immer wieder vergnügt zur Kenntnis, wie lebenserfrischend der bloße Austausch der Berge gewesen war. Jetzt fehltest eigentlich nur noch Du.

Stattdessen fand ich mein Glück – Wolfgang Glück (kein Witz, er hieß wirklich so) – in Hörsaal 23. Professor für

Neuere deutsche Literatur, ein schrulliger Büchner- und Heinespezialist mit Spitzbart und wildem weißen Haar, trat Glück seine Vorlesungen immer mit Rucksack und Spazierstock an. Streng und unerbittlich, mangelnde Vorbereitung und Unpünktlichkeit mit fassungslos-schweigender Bestürzung quittierend, schien er direkt *aus einem kühlen Grunde* und den Wäldern Heidelbergs zu treten. Seine Hermeneutik-Vorlesung fand in einem der Hörsäle statt, deren Fensterfront zur Grabengasse ging. Ich sah ihn dort eingangs über Sebastian Brants *Narrenschiff* referieren, während draußen immer wieder Rentner und Koreaner in Reisebussen vorbeitrieben und im stockenden Verkehr neugierig in den Hörsaal sahen. Trotz seiner wankenden Konstitution und der dünnen, in der Höhe brüchigen Stimme hatte Glück eine seltsam bezwingende Ausstrahlung. Hermeneutik, deren technoide Resonanzen mich zunächst an so etwas wie Hydraulik denken ließen, bekam bei ihm fast etwas Hermetisches. Dazu kam ein niederbayrischer Dialekt, der seine Worte vertrauenerweckend kolorierte und ihnen eine ungewöhnliche Wahrhaftigkeit verlieh. Glücks kühler Charme umgab dabei einen heißen Kern innerer Überzeugungen, sowohl was das große Ganze als auch was die Literaturtheorie betraf. Als später Anhänger der Kritischen Theorie und erbitterter Gegner der Postmoderne hatte er sich vorgenommen, soweit ich verstand, Gadamers *Wahrheit und Methode* mithilfe Adornos und Lukács' als unzureichendes, rückständiges Werk der Heidegger-Schule zu entlarven. Ich kannte weder die Namen noch die Schulen, was bei der ergreifenden Didaktik aber nicht weiter ins Gewicht fiel. Anders als die gelehrten Literaturverwaltungsfachangestellten an seiner

Fakultät ließ Glück die Verse Rilkes, Hölderlins oder Brechts nicht unbedarft befingern, sondern langsam aus sich selbst herauskommen. So etwas hob weit über das allgegenwärtige Rauschen studentischer Ströme. Ich hatte bis dahin nie jemanden so über Literatur reden hören.

Zu Beginn jeder Vorlesung hielt sich Glück nicht mit Grußworten und Ankündigungen auf, sondern las, die Luft zu reinigen, Hölderlins *Andenken*, sah ins Auditorium, gab kurz Gelegenheit, mit Deutungen hervorzutreten, klappte, wenn sich wie meist kein Finger rührte, sein Buch wieder zu und setzte ungerührt seine Vorlesung fort. Kein Wunder, konnten die üblichen Trivialitäten das Gehörte kaum einmal erreichen. Wenn ältere Semester dann doch den Vorstoß wagten, zogen auch die jungen nach; wo lag nun die *luftige Spiz* oder das *scharfe Ufer*, was füllte den *duftenden Becher*, warum *nehmet und giebt Gedächtnis die See*? So luden sich die Gespräche mit etwas auf, das der zeitgenössischen Literaturwissenschaft irgendwie unangenehm geworden war. Dieser nämlich schien es eher darum zu gehen, Vers- und Textgewebe wieder in ihre Bestandteile aufzulösen, um dann eigensinnig weiter daran herumzuflicken. Ähnlich wie die Theologie zum Stahlbad des Glaubens werden konnte, gingen solche Exegesen nicht ohne Risiko vonstatten, und manche mieden daher Seminare, die den eigenen Lieblingen zu Leibe rückten. Wenn Glück außer sich geriet, dann über solche Selbstüberhebung, mit der man vielstimmige Meister zu Tode etikettierte und in literarischen Leichenschauhäusern zum Schweigen brachte. *Noch denket das mir wohl und wie* – das Melos mancher Verse erweckte den Eindruck, als spräche aus ihnen mehr als die verklärte Künstlichkeit, der ich sonst begegnete, als versprächen sie gar die Fortsetzung väterlicher Frühstückspsalmen mit dichterisch-metrischen Mitteln.

Nun hatte Glück zwar alle Verse heil gelassen, mich aber hatten seine Frühlingsvorlesungen nachhaltig zerlegt. Bevor ich dieser dubiosen Dekonstruktion endlich auf den Grund gehen konnte, hatte etwas ganz Ähnliches längst von mir Besitz ergriffen. Heine, Eichendorff und Stifter ließen mich, wenngleich nur halbverstanden, so weit über mich hinausgeraten, dass ich mir auf dem Nachhauseweg sukzessive selbst abhandenkam. Mein altes Selbst zerflatterte in tausend Armseligkeiten, sodass ich die Möglichkeit ins Auge fasste, fortan und bis auf weiteres ganz aus mir auszusteigen und in die wohnlichen Gesamtausgaben toter Dichter umzuziehen. Nach Vorlesungsende verlor ich mich noch ein paar SchwebeStunden in den Neckarauen oder setzte mich mit ein paar Büchern im Schlossgarten unter einen der großen Bögen der Schlossterrasse, sah den Schafen zu, die mir zu Füßen in die bukolische Szene blökten, und blickte nach Westen ins Neckartal bis zur Rheinebene hinab, wo hinter Dunst und städtischen Abgasen die Sonne sank. Auch der Himmel, mit dem ich noch eine Weile hermeneutische Folgeprobleme erörterte, stand im Stau des Berufsverkehrs und zog dem großen Gestirn in langen Rotphasen nach. Unter mir das Sinnbild aller Erstsemesterhoffnungen; DeutschAthen, der Strom, der in die Ebene ausfloss, über der die Wolkenschatten miteinander rangen, Waldgewell über Bergrücken und Nebentälern, die geborstene Pfalzburg, Kitsch und Gartenlaube des Neubeginns. Trotz allem sah das alte Deutschland hier eher undeutsch aus. Schon die Romantiker, die sich meist in den Süden wegsehnten, hatten hier nur deshalb eine Ausnahme gemacht, weil sie alles so raffiniert und spielerisch an italienische Gegenden und provençalische Akkorde erinnerte. Während ich ihre Reiseberichte durchging, sirrten Jasmin und Nachtigallen aus den Seiten, floss Nektar statt Neckar durch das blütenverschneite Tal zwischen den Rebhügeln, weiße Segel und Badende darin, hoch darüber die verwitterte efeubartene Burg. Die Stadt, an die Hänge geschmiegt, mit ihren treuherzigen Schieferdächern, dem Turm von Heiliggeist. Das Glockenspiel am Rathaus schwang sich leis hinein, auf der Jesuitenkirche machte der goldene Hahn dem Wind geheime Zeichen ... Kein Heidelberger Brückenbogen führte in diese Zeit zurück.

Anders nach Sonnenuntergang; dann fand ich mich mitunter auf dem Wolfsbrunnenweg nach Neckarsteinach, im Geiste noch mit Glück fachsimpelnd, inmitten dunkler Waldflanken wieder. Einmal stieg es am anderen Ufer drüben schon schwarz die Hügelsäume hoch, als ich mich oberhalb einer in den Berg gebauten Tiefgarage nahe der Villa Bosch auf einer Streuobstwiese voller Margeriten verlief. Je weiter ich nach oben kam, desto mehr verlor ich die Übersicht; mancherorts kann allumfassendes Licht ähnlich wie die tiefste Dunkelheit verwirren, vor allem wenn ein hoher Mond auf hunderte Blüten übergreift. Als ich auf die verschattete Waldwand zuging, um mich niederzusetzen, wurden von ferne einige Schüsse abgegeben. Unschlüssig, ob es sich dabei um betrunkene Burschenschaftler handelte, die nachts auf Jagd gingen und mich für Großwild hielten, eilte ich über das nächtliche Flimmern davon, ohne die ungewohnten Blendungseffekte weiter würdigen zu können. Aber auch Glück wäre überrascht gewesen; sentimentalische Sensibilität erschloss sich hier manchmal noch erstaunlich romantische Restvalenzen.

Nach einer Weile gewann mein Aufenthalt dann endlich akademische Konturen. Mit neuem Ernst häufte ich Schein auf Schein und blieb nicht lange unbemerkt. Ein paar Semester segelte ich im Windschatten Wolfgang Glücks durchs unübersichtliche Curriculum. Der wiederum war darüber dankbar, dass noch jemand Nutzen aus seiner Hermeneutik zog, für die er wohl wenig Rückmeldung bekommen hatte. Wenn wir zu zweit waren, verlor sich ein wenig seine beherrschende Aura. Manchmal begleitete ich ihn bis zum Bismarckplatz, wo er in seine Tram nach Handschuhsheim stieg, oder ins Café *Schillers*, wohin er nach Seminarende oft einlud und wo dann auch ein Herr in sportivem Dress neben ihm auftauchte, der vielleicht zehn Jahre jünger war (sein Pfleger, wie er sagte) und sich alles lächelnd anhörte.

Wenn seine Studenten ihn dort nach Ricœur, Henrich oder Nancy fragten, winkte er ab. Er komme ja kaum noch dazu, seine eigenen Sachen zu lesen. Kollegenarbeit, Forschungsstand, Mitherausgeberschaft der *Neuen Horen*! Dann der neue Sammelband über Büchners *Rede zur Verteidigung des Kato von Utica*. Seminare, Konferenzen, Drittmittel … Als Student habe er auch noch nächtelang über Freud, Marx und Marcuse debattieren können. Aber jetzt? Dabei habe er wahrscheinlich ebenso viele Zettelkästen wie Luhmann, komme nur nicht dazu. Verglichen mit dem Sphärenprojekt, das ihm vorschwebte, habe Sloterdijk nur Blasen produziert. Frank, Elias, Blumenberg, alle in seiner Reichweite, aber einfach besser organisiert. Stattdessen diese zwei mageren Bändchen über Büchner und Kleist, die sich immerhin durchgesetzt hätten und die er in Magisterarbeiten noch heute hin und wieder zitiert finde. Der Mann im Trainingsanzug kratzte sich am Kinn. Für den Büchner brauchte er dann Unterstützung und fragte mich nach ein paar Wochen, ob ich einen Blick darauf werfen und auch den anderen Autoren ein bisschen Feuer machen könnte. Darüber hinaus blieb mir als HiWi freie Hand; Seminarordner und Sitzungsprotokolle befüttern, Literaturrecherche, hin und wieder niveauvolle Divertimenti, um ihn bei Laune zu halten.

Ja, und dann tauchtest Du plötzlich wieder auf. Ich verstehe noch heute nicht ganz, wie es dazu kam, warum es jetzt so schnell ging und was aus uns nun hätte werden sollen. Ich hatte nichts dagegen, dass Du hier übernachtetest. Ein wenig überforderte es mich wohl schon, mein Zimmer war ja keine Engelszell. Auch was dann folgte, ließ sich nicht gleich ordnen. Jene Angelika der Nacht unterschied sich so wesentlich von jener anderen, vordem unberührbaren, dass ich Euch beide fortan sauber voneinander trennte, was Euch jedoch nichts auszumachen schien. Wenn es nun zwei von Deiner Sorte gab, begegnete mir die neue, nachts Hinzugetretene weitaus ehrlicher, überhaupt viel gesprächiger. Sobald es hell wurde, spann sich die andere wieder in ihr Rätsel ein.

Immerhin wurde mir langsam klar, warum ich einigen der Seminare über Sozialgesetzgebung, Minderheitenschutz und Geschlechterverhältnis nur halbe Ohren geliehen hatte. Wer seine ganze Energie in Diskussionen um Gerechtigkeitsfragen steckte, überging die größte Ungerechtigkeit, die sich zwischen Menschen ergeben konnte. Herkunft, Geschlecht und Religion mochten sie äußerlich trennen, viel entscheidender aber fielen sie in solche auseinander, die sich innerhalb, und solche, die sich außerhalb von Zauberkreisen bewegten. Für die wenigen Insider musste der Unterschied frappierend sein und wie ein Gattungswechsel anmuten. Es musste sie erschrecken, mit wie wenig man draußen auskommen, wie vernachlässigt und ungestreichelt man dahinleben konnte, ohne die eigene Lieblosigkeit zu bemerken. Vielleicht war die ganze Universität nur noch Hort solcher Scheinproblematiker, Nebensächler und Ersatzhandelnden. Wo dagegen blieben die Akademien für Zauberlehrlinge und Harry Potters, Faszinosums-Fakultäten, Hochschulen für Hingabe?

Die Tage vergingen wie im Flug, aber vieles sah ich mit Dir wie zum ersten Mal. Die Neckarwiesen, auf denen wir ständig vor Frisbees und Fußbällen in Deckung gehen mussten, die breiten Lastschiffe und den Passierdampfer *Neckarsonne*, die den Strom hinabschoben, all die von hübschen Juristen und Ausflüglern belagerten Cafés, Bistros und Kneipen, die ich vorher nie betreten hatte. Den Fluss, dem man die formende Kraft noch ansah, mit der er hier von Osten, Burgen und Berge um sich gefaltet, in sein Tal trat, auch wenn er sich längst wie mit künstlichen Hüft- und Kniegelenken über Staustufen, Schleusen und Uferbegradigungen dahintrug. Die Alte Brücke, die sich für uns nochmal dem Dichterwort nach wie der Bogen eines Vogelflugs über den Neckar schwang. Erst in der Höhe, vom Heiligenberg oder dem Philosophenweg aus, war zu erkennen, wie sehr sie Ordnung in die Landschaft brachte. Während Heidelberg nach Westen hin konturlos ins Flachland auslief, trennte die Brücke das Neckartal, in dem der Strom Natur und Mensch beherrschte, von der

Oberrheinischen Tiefebene, wo der Mensch den Strom beherrschte. Sie selbst blieb das rührende Bild einer idyllischen Zwischenlösung, die Kultur und Natur noch einmal zusammenzog und die Stadt an Fluss und Hügel festmachte.

Abends sahen wir von hier oben bis nach Speyer und Worms, ins dunstverhangene Netz von Fabrik- und Fernsehtürmen, bunten Schienenbändern, Autobahnschnüren, Knoten von Zubringern. Darüber tönende Geschäftigkeit, Mischgeräusche aus abgesägten Stimmen und Straßenbaustellen, nachtaktiver Industrie und dem Donner der Züge. Der Fluss, der *liebend unterzugehen, / in die Fluten der Zeit sich wirft*, trat hier nicht mehr ins Offene, sondern in ein Gebiet, das ihm enger als sein Tal scheinen musste. Ich weiß nicht, ob es am Wetter oder an Dir lag, dass ich erst jetzt bemerkte, wie lebensfeindlich mir diese Gegenden erschienen. Als wir an einem verregneten Maitag mit dem Zug nach Frankfurt fuhren, war ich schon ganz erleichtert, dass es den betriebsamen Einheimischen noch nicht gelungen war, ihre Bautätigkeit über den Himmel auszudehnen. Ansonsten hatte man die *Metropolregion Rhein-Neckar* nachhaltiger verheert, als es jede Naturkatastrophe vermocht hätte. Kraftwerke, Rangierbahnhöfe, Flugschneisen, Baumärkte samt angeschlossener Logistik formten einen fiebernden Organismus, dessen Gefäße und Gewebe unser Zug wie ein Seziermesser auftrennte. Bunte Bau-Melanome an allen Horizonten, abgestorbene Vororte unter Überlandleitungen, die die neuronalen Knotenpunkte des Großgewerbes um die Kessel der großen Städte vernetzten. Kleinere Bahnstationen, eigenartig grundlos in ihrer Existenz, schauten blind auf die Gleise. Ich durchflog diese Formationen, betäubt von den Luftfedern des Zugs und dem zarten Sprühregen draußen, und hoffte, dass Du hin und wieder aus Deinem Buch herüberlächeln würdest.

Du kamst direkt nach den Abiturprüfungen, das erklärte die leichte Abwesenheit, dieses Zwischen-den-Zeiten-Hängen. Mit der Schule warst Du fertig, die Zukunft war einen Türspalt weit offen, und die Sonne schien hindurch. Ich hatte auch nicht vor, Dich allzu eindringlich nach den Aussichten zu befragen, weder was uns noch was sonstige Pläne betraf. Man habe Dir über einen Freund Deines Vaters eine Ausbildung zur Kauffrau im Einzelhandel angeboten, wenn alle Stricke rissen. Der Hauptstrick, wenn ich es richtig verstand, war eine Bewerbung zur Verwaltungsfachangestellten, Fachrichtung Kommunalverwaltung, beim Landratsamt Schmalkalden-Meiningen. Das würde dann drei Jahre dauern. Warum nicht? Eine sichere Sache, solche Leute würden immer gebraucht, sagte ich, auch wenn sich tiefer drin jemand am Kopf kratzte. Dann hast Du schon einmal einen festen Job, und ich komme dann irgendwann mit irgendwas zurück. Weiter dachte ich nicht, und es war auch nicht so, dass wir große Gespräche darüber führten. Die Nähe zwischen uns schien ja das Wesentliche zu bezeichnen und die letzten und die nächsten Jahre vollends zu erklären. Dass ich damit falschliegen würde, zeigten die folgenden Wochen, als Du immer seltener anriefst und dann am Ende eines schwer verdrucksten Gesprächs fragtest, ob wir »Schluss machen« sollten. Welch wundersame Floskel! Immerhin enthielt sie die Bestätigung, dass wir etwas hatten, ja sogar so etwas wie ein institutionelles Band, das man jetzt wieder durchschneiden musste in der entsprechenden Verwaltungssprache. Aber immerhin, wer hätte das noch vor einem Jahr für möglich gehalten? So gesehen war es fast eine Ehre, dass Du mit mir Schluss machtest, auch wenn es weder mein, noch Dein, noch unser Schluss sein würde. Die Gründe wurden dann wortreich in einer Mail nachgeliefert; »zu unterschiedlich«, »zu weit auseinander«, »ganz andere Vorstellungen«, »voll überfordert«, was man so sagt.

Schnell zog ich mich wieder ins kleinstädtische Wunderhorn zurück, kam dort aber nicht mehr richtig an. Ich erinnere mich an Partys, auf denen ein Phantomschmerz über Entgangenes mich benommener machte als Bacardi und Bassgestampfe. Wohl infolge einer Art Immunreaktion gegen Krach und Gestank vergrub sich mein Geist in unerhörte Tiefen und wollte mit einigen der Leute, die in Nebel und Dämmerlicht auf- und niedersprangen, fortwährend über ungelöste Fragen in Wittgensteins *Tractatus*, Körperlichkeit bei Jakob Böhme oder die *Legitimität der Neuzeit* diskutieren. Das konnte nicht gutgehen. Auf den Heimwegen dachte ich an Dich, während der Regen in großen Rinnenpfützen zusammenlief und die Straßenbeleuchtung solche Silberfäden in die Schwärze warf, dass diese wie Asphalt-Markierungen in eine bestimmte Richtung zu weisen schienen, Bahnen in eine Ferne, der man sich nur über den Glanz nähern konnte.

Wie dem auch sei, nach den schönen Frühsommertagen mit Dir war ich vorübergehend in so ausgelassener Stimmung und offenbar von so magischer Anziehungskraft, dass sich alle möglichen Elementargeister bei mir einfanden. An einem verregneten Nachmittag zu Semesterende kam ich heimwärts am altstädtischen Musikhaus *Es-Dur* vorbei, blieb eine Weile und hörte mich wie so oft, wenn ich dem grimmigen Nebenmieter noch nicht unter die Augen treten wollte, durch ganze Stapel preisreduzierter alter Platten. Der Laden war recht voll, wohl auch, weil es draußen zunehmend ungemütlich wurde. Von irgendwoher hatte ein ungeheures Getöse eingesetzt, hinter dem ich zunächst den Lärm einer nahen Straßenbaustelle vermutete. Es musste aber einen anderen Grund für die immer heftigeren Erschütterungen geben; in den Reihenständen und Regalen begannen langsam die Tonträger zu tanzen, der Ladenbesitzer war nach draußen gelaufen, seine ausgebreiteten Bestände vor dem herannahenden Gewitterregen ins Trockene zu holen. Kurz darauf fuhr dann wirklich der Sturm ein. Aus dem Inneren des Ladens konnte ich sehen, wie ein dunkelroter Schirm, unter dem der Gast eines Imbissladens gerade noch in seine Wurst gebissen hatte, vom Wind erfasst wurde und nun, sich mehrfach überschlagend und ein paar späten Stadtbummlern entgegenflatternd, die Gasse hinabrollte und einen der vielen Postkartenstände umwirbelte. Es war ein fast musikalisches Tosen, als wollten ferne Fanfaren Heidelberg wie Jericho zu Fall bringen. Immerhin glaubte ich nun einzelne, heftiger werdende Erdstöße voneinander unterscheiden zu können, die indes weniger von einem Gewitter, sondern eher von einem Beben herzukommen schienen. Am Himmel jagten sich Herden von grauen Büffeln. Man hatte den Markt geräumt und trieb allenthalben nach Hause, ein herrenloser Hund bellte noch am Brunnen.

Irgendwann wurde mir klar, dass das Unwetter aus meinen Kopfhörern kam, wobei ich mir im Rückblick nicht sicher bin, ob ich damals meinem eigenen Wahn oder doch nur Richard Wagner begegnet bin. Für einen Moment glaubte ich, all das zu kennen, aus dieser Musik herzukommen; man hätte sie, brächte der Begriff nicht falsche Assoziationen auf, Heimatmusik nennen können, Musik einer Heimat freilich, die nicht viel mit meinem Zuhause zu tun hatte. Der schwarze, mich tönend einwickelnde Samt schien alle Ordnungen aufzulösen, die Dinge begruben ihre Gegensätze und legten sich zueinander, ja ineinander, *um ungetrennt, ewig einig, ohne End* fortzuleben. Mal ritt man darauf wie auf einem Glücksdrachen, über flaches Grün und dem glimmenden Schein entgegen, der die Gegend langsam verwandelte, dann schoss man auf fis-Moll-Fontänen nach oben, überschlug sich, stieg, fiel, stürzte über dem tobenden Meer ab, das nach allen Seiten unbegrenzt, heulend Wasserberge erhob und senkte, mich mit seinen Strömungen erfasste, hinabzog und schließlich völlig nackt an irgendein abseitiges Ufer warf. Dort blieb ich nicht lange allein. Als mich Bachantenchöre und St.-Johannis-Tänze mitnahmen, fiel alle Beherrschung von mir ab, und ich reihte mich rings unter die singenden Satyrn: *Wie fasst uns selig süßes Grauen! Welch holde Macht hält uns gebannt!* Zerrende Rhythmen rissen an uns, trugen in weite Pastoralengegenden. Wiegendes Korn auf seinen Feldern, sehnten wir seine Gewitterkadenzen herbei, und er warf uns nieder, streichelte, liebkoste uns; ein Hirte, der es wirklich an nichts mangeln ließ. Ewiger Jugend willen labten wir uns an der herben Süße von Holdas Äpfeln, pflückten jede reife Achtel und gingen all inclusive in den Erlebnisthermen *Rheingold* baden.

Ganz davon abgesehen müssen sich damals die Pforten einer Lehranstalt geöffnet haben, die mir die Indienreise ersetzte. Hier wurde nicht über Tragik doziert, hier wurde ich zur Tragik selbst, fand mich in einem Ganzen, in dem ich singend ewig gerechtfertigt war. Was immer an den aufgeführten nordischen Mythen, deutschen Sagen und Sängerwettstreiten äußerlich befremden mochte, stand ich darin so betroffen, als würde ich gerade selbst gedichtet. Nur über mich, auf Wellen höchst plausibler Obertöne, kam das Leben zu sich selbst. Bedauerlich, dass, soweit bekannt, keine zentrale Studienbehörde solche Auslandssemester vermittelte, wohl auch, weil keine Credit Points in Aussicht standen, die in der alten Welt von Wert gewesen wären. Mit Wagner hatte ich zum ersten Mal jemanden gefunden, der auf Deiner Höhe war (oder auf Höhe unserer größten gemeinsamen Möglichkeit). Diese Musik redete fortlaufend von Dir. Dass sie mir so weit »oben« erschien, hing damit zusammen, dass ich wie die meisten anderen so viel weiter unten lebte. So drängte sich der Verdacht auf, dass Wagner neben Dir damals der Einzige war, der menschliches Normalmaß erreicht hatte, während wir anderen aus irgendeinem Grund nicht oder noch nicht in die uns eigentlich angemessene Form gefunden hatten, dass wir also bestenfalls Menschen *in spe* waren.

6

Als die *Verwandlungsmusik* abebbte und ich mich ein bisschen umsah, schien sich das wandelnde kompositorische Großgewölbe nun über Berlin zu erstrecken. Vielleicht war auch nur hier zu erleben, wie es nach dem Ende der *Götterdämmerung* weiterging, nur hier erlaubten so viele Freiflächen dem musikalischen Furor, sich neben Havel und Spree stadtwärts zu verströmen. Deren Bühnenhaftigkeit tat ihr Übriges. Ich kam, als hier gerade ein Zeitalter der Renovation anbrach, das alle Fassaden neu verputzte und in hellen Pastellfarben bestrich. Was immer Berlin für andere war; mich umgab es seit meiner ersten *Ring*-Umrundung und einer damit verbundenen, grenzenlosen Schopenhauer-Idolatrie in erster Linie als uferlose Opernkulisse. Welcher Ort wäre auch geeigneter gewesen, nur noch *zu schauen, nicht zu schaffen*?

Die Dinge trugen plötzlich einen Ernst, der alles Übrige hinter Scheinproblemen verschwinden ließ. Meine Uni lag weit ausgestreut im Sand. Kleine weiße Flachbauten rückten auf ihrem Weg in die Kiefernwälder vor. Darüber niedrige Himmel, die nicht sehr ergiebig waren; Berliner Weiße, eher Depressionen als Offenbarungen zuträglich. Das Gefühl, keinen festen Boden unter den Füßen zu haben, wurde für jeden, der hier länger zubrachte, zur ständigen Herausforderung, so etwas wie eine kristalline Struktur aus all dem Sand zu schaffen und ihn unter hohen Temperaturen zu etwas einzuschmelzen, das in dieser Steppe Bestand haben konnte. Berliner

Nebelsonnen begleiteten in die *Rostlaube* der Freien Universität, wo mir ein größerer Bücher-Iglu Norman Fosters als ideales Rückzugs- und Lektüre-Provisorium diente. Außerdem ließen sich dort dank der Portable Technology meines Irivers jederzeit achtzig Orchestermusiker und ein Chor in gleicher Zahl zwischen den langen Büchereien platzieren: *Freundlich begrüßen wir die edle Halle, wo Kunst und Frieden immer nur verweilen!* Neben arglosen BWLern und ein paar Wassereimern, die den Regen auffingen, der hier überall durchs Dach tropfte, vergrub ich mich im Untergeschoss in Gnosis und negative Theologie. Die Welt ordnete sich neu, Größenverhältnisse verschoben sich. Gebirge hoben sich aus dem märkischen Sand, bedeutende Unbekannte betraten die Bühne, Denkmäler stiegen von den Sockeln, prominente Zeitgenossen dagegen verschwanden trotz Dauerpräsenz allmählich in historischen Burlesken. Jugendliche Restbestände dessen, was Musik zu nennen mir inzwischen größere Schwierigkeiten machte, wurden rasch und unauffällig beseitigt. Nun sorgte eine eigentümliche Chromatik für Farben mit ungleich höheren Wahrheitswerten; silbriges Blau, Blutorange, Holz, glühende Kohle, Flieder, Schwefel, harziges Grün. In Peripherien des Hörspektrums stiegen plötzlich lichtene Laute auf, wo ich vorher gar keinen Raum vermutet hatte. Bis dahin war mir unklar gewesen, wie hoch und weit solche Dunkelkammern ausliefen; man kam sich wie in einem weiten Saal vor, der auch größere Teile der Stadt umfasste. Ich brauchte eine Weile, bis sich die Sinne neu arrangiert hatten, dann aber konnte man die Götter auf längeren U-Bahn-Fahrten beim Abstieg nach Nibelheim begleiten oder beim Einzug in Walhall, wenn

die funkelnde Lichtburg des Potsdamer Platzes vorbei-
zog. Auch von der Uni war es nicht weit zum nächsten
Grunewaldweben.

Wer glaubt, dass mobile Dionysien dieser Art nicht
ewig dauern können, weil auch die Musik irgendwann
zu Ende geht, unterschätzt nicht nur die technischen
Möglichkeiten audiophilen MP3-Equipments, das ganze
Opernregale in sich aufnehmen kann, sondern auch die
kompositorische Reichweite jener unendlichen, in ihre
Pausen strömenden Melodik, die ihre Kraftfelder oft über
die Stille spannte. Jedenfalls wurde mir langsam klar, dass
für derartige Erfahrungen Studiengebühren ganz eigener
Art anfielen. Alles Feste verlor seinen Ernst, alles Ernste
seine Festigkeit. Das Alltägliche wurde schal, eine dürf-
tige Bühne mit mittelmäßigen Besetzungen. Schon ein
paar Tage in der Stadt genügten, um ahnen zu lassen, wie
schwierig es werden würde, hier je wieder hinauszufin-
den. Berlin war eine einzige Windhose, die alles ansaugte,
was nicht tief genug in der Heimaterde wurzelte. Weiter
als in die Mitte des drehenden Kreisels aber kam man
nicht. Hier war dann Ruhe, rührte sich nichts mehr. Man
folgte der Bewegung um sich herum und hielt sie für die
eigene. Um in die dynamischere Peripherie zurückzukehren, hätte man gegen den Sog dieser Kreiselwinde angehen müssen, die immer gewaltigere Räume in die Stadt
hineinzogen.

Das einzig Gute daran war, dass sie auch Dich irgendwann hierher verwehten. Ein bisschen hast Du Dich auch
selbst eingeladen, weil es Dir, so meintest Du ungewöhnlich langwierig am Telefon, wichtig schien (jedenfalls
wichtiger als mir), dass wir trotz allem Freunde blieben.
In Meiningen gebe es zudem nun auch »jemanden«,

damit sei das zwischen uns jetzt auch endlich geklärt. Ich erinnere mich noch, wie ich Dich das erste Mal zu mir zum Essen einlud. Damals wohnte ich noch in einem imposanten Friedenauer Stuckaltbau mit Flügeltüren und Parkett zur Untermiete, in dem zwei mächtige, mit überladenen Verzierungen versehene Holzkamine standen, wie sie sich wohlbegüterte Herrschaften um die vorletzte Jahrhundertwende gerne in die hohe Wohnung stellten. Ich hatte es mir ganz hübsch eingerichtet und hoffte, damit ein wenig Eindruck zu machen. Die Renovierung war, so erzählte die Vormieterin, von der ARD bezahlt und gleich selbst übernommen worden, während sie hier Teile irgendeiner Daily Soap drehten. Wir saßen da und erzählten, Du schienst gelöst wie selten, heiter, ein wenig überdreht. Schon eigenartig, wie zwei Menschen, deren äußerer Lebensverlauf so weit auseinanderlag, noch dazu bei dieser diffizilen Vergangenheit, so befreit miteinander umgehen und bis in die Nacht hinein quatschen konnten. Dabei gab es eigentlich nichts zu bereden. Ich glaube, das Einzige, woran ich mich länger erinnern konnte, war die Feststellung, dass Dein Freund ein Lebensmittelkontrolleur aus Schmalkalden war. Aber das machte auch den Zauber solcher Gespräche aus; sie kamen ohne jeden Inhalt aus, mit wem gab es das sonst noch? Stattdessen wurden sie von einer Grundspannung getragen, die schwer zu beschreiben, vielleicht nur bei Eiskunstlaufpaaren oder Aufführungen von Sonaten für Cello und Klavier zu erleben ist, aber selbst da wurde ja wenigstens geübt und geprobt. Von irgendwoher strömen die Wasser und wollen durch uns hindurch und weiter. Am Ende solcher Gespräche geht man bewegt auseinander, bis über den Rand gefüllt mit Dankbarkeit. Man weiß gar nicht, warum das so gut lief, gerade in einer solchen, im Grunde unangenehmen, sogar etwas peinlichen Situation. Vielleicht waren wir beide erleichtert, dass wir endlich dieses mächtige Gewicht abgeschüttelt hatten. Ich hatte das natürlich nie bedacht, weil ich viel zu sehr mit mir selbst beschäftigt war. Es leidet ja nicht nur der, der leidenschaftlich, verzweifelt und unerwidert liebt, sondern auch der andere, dem diese Liebe gilt, der jedoch beim besten Willen nicht an die Kraft, Höhe oder Metaphysik dieser Gewalten herankommt und deshalb auch nicht anders als mit Misstrauen, Angst oder einer Distanz aus übermäßigem Respekt reagieren kann. Es muss gar nicht immer bedeuten, dass man den anderen nicht auch liebenswert findet. Vielleicht könnte man ihn sogar lieben, aber nicht in dieser romantischen Drehzahl, mit diesen dramatischen Anbetungsgesten und der verdammten Intellektualität. Es wäre auch eine Niederlage für einen selbst, wenn man nicht auf Augenhöhe mitspielen kann. Ein anderer Grund für die entspannte Situation mag auch meine Erleichterung darüber gewesen sein, dass dieses hohe Liebesprojekt nicht länger mit unnötigen realen Problemen belastet war, Fragen des Wie, Wo, Wann und Wohin, denn damit hätten sich die morgendlichen Nebelfelder allzu schnell gelichtet und der Zauber wäre dahin gewesen. Es gibt immer auch etwas in einem, das sich von dieser Krankheit ganz freimachen will und froh ist, wenn sie schnell wieder abzieht.

Ansonsten wurden es wieder leichte, schöne Tage. Wir liefen um den Schlachtensee und warteten auf Leistikow'sche Dämmerungen, radelten um uckermärkische Seen, Dörfer und Feldsteinkirchen. Man hatte den spröden Bewohnern dieses letzten Naturstreifens ein paar

Windräder andrehen können, sonst schienen sie für die Neuzeit nicht viel übrigzuhaben. Mit ihren langen goldenen Bögen hielt sich diese Landschaft offen für alle möglichen Stimmungen, und man wusste manchmal nicht, ob man am Horizont die Vergangenheit oder die Zukunft aufgehen sah. Ich weiß noch, wie ich Dich fast zur Weißglut brachte, als ich am Oberuckersee einen Umweg über Grünheide machen wollte und wir diese kilometerlange Buckelpiste entlangfuhren, nur um uns die Gegend anzusehen, die Botho Strauß in *Die Fehler des Kopisten* beschrieben hatte. Auch uns hob es irgendwie hinweg in dieser schweren Nachmittagssonne über der Heide um Fergitz und Groß Fredenwalde, wo das alte Gut derer von Arnim lag. Ein magischer Ort; vor einer Kirche umarmten drei bunte Frauen unter *Shanti, Shanti*-Rufen breite Kastanienbäume. In den mattgelben Hügeln geriet man tatsächlich ein bisschen außer sich, weil auch das Licht hier älter schien als anderswo. Irgendetwas Gewaltiges stand manchmal kurz davor, zu uns durchzubrechen, wollte aber doch nicht ganz heraus mit der Sprache. Ich habe noch oft daran denken müssen, wie wir da oben, vom Spitzberg bei Willmine in die Weite sahen, die sich nach allen Seiten hin über die Steigungen vor uns abrollte, unten der Sabinensee, der so sonderbar flimmerte, als triebe der Wind nicht auf, sondern unter der Wasseroberfläche umher.

Um diesen Sabinensee rankt sich eine alte Sage, die ich hier nur aufführe, weil sie gewisse Spätfolgen hatte (und um schon etwas Anlauf für den letzten Sprung zu nehmen): Ein Bauernpaar der Gegend, so arm, dass es sich keine Kinder leisten kann, bekommt eines Tages Besuch von einem vornehmen Herrn im schwarzen

Umhang, der im Pferdewagen vor der dürftigen Kate der beiden vorfährt. Er wirkt ein bisschen unheimlich; lange, ungepflegte Fingernägel, fahle Gesichtshaut, ein Bein muss er nachziehen. Aber immerhin stört er sich nicht daran, dass ihn das junge Paar weder bewirten noch richtig beherbergen kann. Zum Schlafen in den Stall geschickt, entdeckt er einen Esel und macht den beiden ein folgenschweres Angebot. Er vertraue ihnen ein Geheimnis an, das sie reich und glücklich machen werde. Im Gegenzug aber werde er, falls innerhalb eines Jahres eine Tochter aus dem neuen Glück hervorgehe, diese einst zur Braut nehmen, sobald sie achtzehn Jahre zähle. Offenbar bewegten sich solche Angebote zu jener Zeit im Rahmen des Erwartbaren, und so reichen sich die Bauern freudig die Hände, der ältere Herr touchiert im Vorbeigehen leicht die Hand des jungen Uckermärkers und fängt den Blutstropfen mit einem Schriftstück auf, das er gleich wieder in seinem Mantel verschwinden lässt. Keine schlechte Partie, denken die beiden, wohlhabend sei er wohl auch. Daraufhin zeigt der Alte dem Bauernpaar, dass es, wer hätte es gedacht, ihrem Esel nur dreimal die Ohren langziehen müsse, und schon falle statt des üblichen Dungs nun klumpenweise Gold ins Stroh. Tatsächlich funktioniert diese ungewöhnliche Art der Kapitalakkumulation; der Fremde verschwindet mit einem gewaltigen Knall, und die beiden bringen kurze Zeit darauf die junge Sabine zur Welt. Die wächst heran in Wald und Wiese, genießt ein unbeschwertes Landleben und duzt sich mit Flora und Fauna. Mit den Kranichen, denen sie bei ihren Morgentänzen zusieht, versteht sie sich so gut, dass sie eines Tages ganz mit ihnen davonziehen will. Aber so weit kommt es natürlich nicht. Gerade hebt ihre Geburtstagsfeier und Volljährigkeit an, da steht der Fremde in der Tür, ruft und riecht verdächtig nach Schwefel. Sie lässt sich bei den Gästen entschuldigen und rennt unter dem Silbermond in die weiten Wiesen. Doch nicht nur ihre Tiere folgen ihr, auch der Teufel ist ihr auf den Fersen. Halbtot kommt sie auf dem Spitzberg an und erkennt, dass sie keine Chance hat. Nur ein Sprung über den See könnte sie noch retten. »Spring!«, rufen die Kraniche, »wir tragen dich hinüber.« »Spring!«, ruft auch der Fuchs, »ich halte den Teufel auf.« »Spring!«, ruft auch der Schmetterling im Falter-Alphabet, »ich verwirre den Teufel mit meinem flatternden Flug.« Also springt Sabine. Die Kraniche tragen sie fort, der Fuchs stellt dem Teufel ein Bein, und der Schmetterling tänzelt so lange vor ihm herum, dass er fast vergisst, hinter wem er eigentlich her ist. Aber dann reagiert er schnell, bestellt alle vier Winde ein und lässt sie über dem See zusammenfahren. Die Kraniche werden auseinandergetrieben, und Sabine fällt hinab. Gerade noch können die Barsche und Stichlinge dem Nordwind befehlen, das Wasser zu teilen, damit sie sanft auf den weichen Thron ihres Spiegelschlosses falle. Und dort unten sitzt Sabine nun fortan recht komfortabel, dann und wann rettet sie andere Ertrunkene und macht sie zu ihren Gespielen. Böse Geister jedenfalls gibt es hier unten keine mehr. Wenn das Wasser im Hochsommer besonders klar ist, kann man, ausreichende Seeschärfe vorausgesetzt, noch immer ihr bleiches Gesicht erkennen und sogar dabei zuhören, wie sie den anderen von den Kranichen erzählt, »die auf ihren weiten Flügen mit ihren sehnsuchtsvollen Rufen durch die Reiche des Lebens und Sterbens die Seiten wechseln, ohne zu wissen, wo ihr Zuhause ist«.

Für einen Sprung war der Sabinensee nun wirklich zu groß. Ein Sprung ganz anderer Art stand dafür schon unmittelbar bevor. Immerhin nämlich kam ich wenigstens an der Uni gut voran. Mit einer Arbeit über *Hall und Helle, musikalische Plötzlichkeit* erreichte ich fast schon halbprofessionelles Niveau. *Musik & Ästhetik* druckte zwei meiner Aufsätze, ich besuchte sogar hin und wieder Tagungen und Konferenzen. Was dort vorgetragen wurde, wirkte nur wenig überzeugender als in den Seminaren, und selten hatte man den Eindruck, dass man daraus wirklich Wesentliches mitnehmen konnte. Die meisten Bekanntschaften, die sich hier anknüpfen ließen, gerieten so oberflächlich und waren verhuscht wie die Leute selbst, während die wahren Besessenen oder Getriebenen nie auftauchten.

Einer der wenigen Ausnahmen begegnete ich damals während eines internationalen Kolloquiums über *Europäische Räume*, Charlotte »Charly« Garonne, die hier über Rilkes *Erlebnis 2* referierte und mit der ich danach ein paar Worte wechselte. Sie war längst über dreißig, hatte an der Columbia *Continental Philosophy* unterrichtet, Stefan George ins Englische übersetzt und schob nach ihrer Promotion über Husserl in Cambridge gerade einen weiteren Doktor in Literatur nach. Sie schien viel jünger, auch wenn sie sich Mühe gab, möglichst erwachsen und geschlechtsneutral zu wirken. Schnell rückten sich die Verhältnisse zurecht; es war, als trete sie an mich heran, wachse langsam an mir herauf und über mich hinaus. Ihr nur halbwegs disziplinierter roter Haarschopf, aus dem sie während dieses Aufstiegs noch eine Weile zu mir hatte aufschauen müssen, legte sich auf gleicher Höhe quer und senkte sich nach ein paar Minuten von oben auf mich herab. Am Ende hatte sie Mühe, mich von dort unten zu hören. Sie beugte sich dann über mich, rückte nahe heran und hörte angestrengt zu, nickte heftig und legte ihr Gesicht in die Falten mal eines übertriebenen Ernstes, mal einer nicht ganz echten Freundlichkeit. Vielleicht war das nur mein Eindruck, aber auch ihr Weinglas war nach oben an mir vorbeigezogen. Sosehr diesem selbstbewussten Zug auch Amerikanisches anhaftete, verteidigte sie wohl nur ihr Revier. Nachdem ihr ausreichend klar geworden war, dass es sich bei mir nur um einen Melomanen mit zerzaustem Scheitel handelte, der weder in ihrem Fachgebiet publiziert hatte noch auf eine halbwegs ernstzunehmende Verankerung im Wissenschaftsbetrieb verweisen konnte, kam sie wieder zu mir herunter.

Soweit ich verstand, war sie als Tochter französischer Einwanderer in New York aufgewachsen und früh aus Familienverhältnissen entkommen, die sie nicht näher beschrieb, die aber gravierend genug gewesen sein müssen, um jeden weiteren Kontakt mit den Eltern vorzeitig aufzukündigen. Sie erzählte von ihren Jahren als Punk, in denen sie auf sämtlichen Motorrädern der Nachbarschaft und auf ausgreifenden Touren durch den amerikanischen Westen herumgekommen war, auch wenn sie ihr weiteres Fortkommen zum Erstaunen der Biker dann weniger im Erwerb eines eigenen Motorradscheins als dem des philosophischen Masters sah. Ein paar Jahre und Universitäten später lernte Doktor Charly, Rilke und Heidegger zu verstehen, ein ordentliches, wenngleich nicht ganz alltagstaugliches Deutsch (dafür saßen all die alten Begriffe: Seele, Geist, Dasein, Wesen, Kummer, Anfechtung, Dünkel, Verhängnis; an verregneten Märztagen konnte sie einen schlotternd mit den Worten empfangen, wie herrlich doch der Lenz sei). Nicht selten redeten wir so über Dinge, die es für andere gar nicht mehr gab oder die von ihnen als peinlich empfunden worden wären. Sie war ganz anders als Du, wohnte in meiner Welt (keine sehr große Welt, zugegebenermaßen, aber offenbar doch eine, auf der es außer mir noch andere Bewohner gab).

Ich führte sie nach Konferenzende einen Abend durch die Stadt, und sie war noch ganz im Rilke-Modus, der es ja sehr mit den Göttern hatte. Für den alten Dichter seien diese noch Landbewohner gewesen, die den Menschen nur bis vor die Tore der großen Städte folgten, sagte sie, als wir mit der S-Bahn an den neuen Regierungsbauten vorbei in den Lehrter Bahnhof einfuhren. Inzwischen aber habe eine echte Landflucht der Götter eingesetzt, was, wenn man genau hinsehe, in Berlin besonders augenfällig werde. Denn anders als in Rom, London, New York oder Shanghai, wo man sie über den Haufen renne, oder in Paris, Wien oder Prag, wo sie im Sirup der Vergangenheit hängen blieben, werde ihnen hier eine Zuflucht geboten, die ihnen auf besondere Weise angemessen sei. Vielleicht lag es daran, dass ich von moderner Architektur zu wenig verstand, aber ich konnte ihren Rückschlüssen nur schwer folgen. Die graue, in Stahl, Glas und Waschbeton gegossene Zwingburg des neuen Regierungsviertels, die wir über die kleine Fußgängerbrücke über die Spree erreichten, machte auf mich nicht gerade den Eindruck, als würden sich ausgerechnet die Götter hier gerne niederlassen. Charly schien meine Einwände zu ahnen. Es gehe hier aber nicht um absichtsvolle Schönheit, Sinn und Form, sondern um das, was sich wirklich zeige, wenn man unverstellt darauf schaue (also angewandte Phänomenologie). So durchwehe die Stadt eine überwältigende Demut, die man andernorts vergeblich suche. Auch kleide man sich so schlicht, ohne jeden Anspruch und falsche Eitelkeit. Das Verhärmte, Notdürftige, auf gewisse Weise gar Fromme der Menschen hier bringe fast einen hauptstädtischen Orden hervor, der sich, bewusst oder unbewusst, auf ganz eigenem und nicht leicht einsichtigem Wege mitzuteilen suche: Was sind wir schon? Oder: Mit uns ist es nichts ... Wir haben hier keine bleibende Stadt, sondern die zukünftige suchen wir ... So weise ihre Anwesenheit auf jene Orte hin, die man heilig nennen könne, weil das Heilige, richtig verstanden, die Spur der entflohenen Götter anzeige und so auch den Ort ihrer neuerlichen Ankunft.

Mit solchen Gedanken musste man wirklich von sehr weit herkommen. Sie erzählte auch viel von England, den Bootsrennen und May Balls und ihrer Tochter Mathilda. Warum ich nicht nachkomme; zeitgenössische Meistersinger finde man heute eher in Oxford oder Harvard als in Nürnberg. Schön und gut, aber wie kam ich da hin? Weder hatte ich Geld noch Referenzen, um mich da zu bewerben. Charly bot sich als Zugbrücke an (die erste von vielen weiteren, die in der Brückenstadt Cambridge auf mich warten würden), sah also alle Unterlagen und Essays durch, die ich noch schnell aus allem Möglichen und Unmöglichen zusammenedierte. Glück schrieb eine Empfehlung und besorgte eine weitere über einen guten Freund, der mich kaum kannte. Wie ich an das College-Stipendium gekommen bin, das für ein Jahr die Hälfte meiner Kosten deckte, habe ich selbst nicht ganz verstehen und später nicht mehr genau wissen wollen. Das Ganze ging dann sogar ein paar Tage zu spät ab. Offenbar aber war die Anzahl der Bewerber, die irrsinnig genug waren, heutzutage noch Literatur zu studieren, so gering, dass ich kaum zwei Monate auf meine Zusage warten musste.

7

Wenig später erwachte ich in einem kärglichen Dachzimmer. Die Umrisse zweier Bücherschränke klärten sich und wurden schärfer; keine Bücher darin, stattdessen große Mengen Wagneriana und Spätromantik. Literaturreste, die noch hergefunden hatten, lagen in übersichtlichen Stapeln an den Wänden daneben. Auf einem Rundtisch eine Vase mit Lilien, ein kleiner Kamin. Wo war ich? Ich trat auf die Straße; niedrige Gassen führten zu Gärten, Kapellen und Klöstern, die man hier wie Burgen befestigt hatte. Der Himmel hoch und weit. Zwanzig Cherubim und Seraphim in rot-weißen Talaren kreuzten meinen Weg, eine Orgel fiel ins Glockengeläut. Außerdem kam der Verkehr aus der falschen Richtung. Kein Zweifel: Ich war in Engelland!

Splendid isolation; schon beim Überflug warf die Insel meiner 737 offenste Blicke aus grünen Augen und Auen zu. Wer die eigene Scholle derart schonte, Bäumen und Gebüsch ihre Schleppen, Land und Landhaus ihre Würde ließ, bei dem stand vielleicht auch der Geist noch unter Artenschutz. Nachdem man mitten im flachen East Anglia gelandet war, ging es mit dem Bus von Stansted entweder über die Schnellstraße oder bei Stau über die Dörfer zum Elfenbeinturm. Apfelgärten, Eichenhaine, Stechginster flogen vorbei, überquellende Vorgärten warfen mir zu Ehren mit bunten Blumengebinden. Nun besaßen auch englische Farmer keinen angeborenen Sinn für Ästhetik, doch musste jedem Auswärtigen die schlichte Schönheit der Holzzäune auffallen, die die Felder sogar zu den

Autobahnen hin begrenzten. Unter hohem Grün fuhr man in eine Stadt ohne Vorstadt ein. Wo hatte ich das letzte Mal so schwer beladene Baumkronen gesehen? Vielleicht erwartete man so etwas nicht mehr in der Nähe menschlicher Behausungen. Mittendrin grasten Kühe auf einem Wiesenfleck im Coe Fen, wo die Wildnis mannshoch stand. Ich stieg in einer Parklandschaft aus, wieder von Alleen und alten Gartenmauern umgeben, zog von der Trumpington Street an Emmanuel College, Christ's und am Markt vorbei, ließ das Senate House und die mächtige King's Chapel links liegen, polterte mit beiden Koffern durch die kleine Passage am Gate of Honours von Gonville and Caius hinab und stellte mich schließlich dem Pförtner von Clare vor. In meinem Pidgeon Hole fanden sich schon allerlei Fakultätspapiere, ein Empfangsbrief des Colleges, ein kurzes Welcome meines Tutors, ein Flyer der Cambridge Waltz Society und eine Postkarte von Charly mit den besten Grüßen und einer Einladung zum Tee.

Ein früher Abend Ende September, es hatte gerade geregnet. Ich ging nochmal los, folgte den letzten Bienen durch den Garten und das schmiedeeiserne Tor hinaus über die Queen's Road, es tropfte von den Blättern und stieg schon wieder aus den Wiesen. Wolken hasteten über die Stadt hinweg. Über den weiten Rasendunkelheiten der Backs die ersten Lichter von Trinity und St. John's, auch im Gibbs' Building von King's kam man schon zu Abendgesellschaften zusammen. Stundenlang zog ich ziellos herum und erwartete hinter den wehrhaften Torhäusern, inmitten all der Türme, Kuppeln und Fialen meine schickliche Bestimmung. Wie war das, akademisches Austauschprogramm? Weiß Gott, war auch Zeit, dass ich endlich ausgetauscht und ein anderer wurde!

Cambridge warf sich als steinernes Bekenntnis auf, ein mittelalterliches Korallenriff, das die grünen Wellen der Backs überspülten. Die Jahrhunderte, die daran gebaut hatten, mussten davon ausgegangen sein, dass sich die besten Einsichten nur in Weite und Stille einfinden. Derart erkenntnisfördernde Architektur aus lokalem Material und in tradierter Form trennte sich vom Lärm der Straßen und umgab Halls, Höfe und Bibliotheken mit Säulengängen, weiten Rasen und Alleen. Aus manchen der Außenmauern, den Kapellen der älteren Colleges, die sich so nahtlos in die Courts fügten, dass ich sie nur an den leuchtenden Kirchenfenstern erkannte, ragten ganze Reihen von Gargoyles, Drachenköpfen, Nachtwächtern und Zuchtmeistern hervor, die das Wasser aus den Regenrinnen in die Höfe spien und damit das ganze Jahr über viel zu tun hatten; eine Fratzenschar, die seit Jahrhunderten alle bösen Geister in Schach hielt, die ins Allerheiligste hatten eindringen wollen, was ihnen mit Ausnahme einiger Zugeständnisse an die Moderne auch weitgehend gelungen war. *Reason is the candle of the Lord*; die großen Leuchten des Ortes – Newton, Darwin, Watson, Crick, Turing, Rutherford, Hawking usw. – hatten der Herrlichkeit Gottes inzwischen so weit gedient, dass man diesen darüber fast vergessen hatte. Der Heilige Geist schien die Anonymität inzwischen vorzuziehen, flutete aber wie eh und je durch die engen Passagen, strich um den ockerfarbenen Sandstein, den helleren Ketton-Kalk oder den *red brick*, blies durch die Orgelpfeifen der Chapels und legte sich mittags in den Gärten unter die Platanen. Abends konnte man ihn während der

Evensongs hinter Chor und Kerzen und etwas abseits in der Dunkelheit der hinteren Bänke sein Liedchen singen hören. Bei Tageslicht sahen die Gargoyles sehr nach Zierrat aus, was auf Ortsfremde leicht den Eindruck machte, dass sie nicht mehr ihrer Aufgabe nachkamen. Weit gefehlt, denn das Profane hatte es hier nie lange ausgehalten. Zwar herrschte selbst unter den Studenten Cambridges eine hohe Analphabetenrate, was die elementaren Botschaften und Zeichen, die Trauer und das erfrorene Entsetzen auf den Steingrimassen anging, doch musste man noch immer an ihnen vorbei oder unter ihnen durch, wollte man ins Ortsinnere gelangen. Wer bei ihren skulptierten Schreien nicht hellhörig wurde, blieb von manchem hier auf Dauer ausgeschlossen, auch wenn die Auswahlverfahren der längst auf Höhe der Zeit operierenden Universität sich seit längerem und in Abirrung von bewährten Methoden nun rationalerer Kriterien bedienten. Ein alternativer Auswahlprozess nämlich, so zeigte sich schnell, setzte sich jenseits aller Fakultäten und Disziplinen in Gang und ließ deutlich weniger Leute durch, als die Zahl der zugelassenen Studenten nahelegte, die zwar oft hohe Gebühren zahlten, um hier ein paar Monate einziehen zu dürfen, aber oft leichtfertig darüber hinwegsahen, dass sie sich nicht nur architektonisch noch immer in Klöstern bewegten.

Aus irgendeinem Grund hatte mir das College nur einen Wohnheimplatz am Ostrand der Stadt stellen wollen. Dort bewohnte ich für eine Weile ein kleineres Zugabteil, das etwa so viel kostete wie Deine Wohnung in Meiningen, aber keine Heizung hatte. Was immer sich hinter der *ceiling heating*, einem kleinen Loch in der Decke verbergen mochte, schon ab Anfang Oktober fror ich mich dort durch die Nächte und erinnerte mich an eine Passage aus Nabokovs *Erinnerung sprich*, worin der einmal schreibt, dass es während seines Studiums hier an den Morgen immerhin noch so warm war, dass das Wasser in seinem Waschbecken selten mehr als eine dünne Eisschicht an der Oberfläche bildete, *und die ließ sich mit Hilfe der Zahnbürste in hell klirrende Stücke zerschlagen.* Die puritanische Strenge, die man dem Ort nachsagte, kam auch nicht von ungefähr. Oft zog scharfe ostenglische Kaltluft über Coleridges *Palast der Winde*, vor allem der Ost- und Nordostwind fuhr über die gebeugten Pappeln des Marschlands und sorgte besonders im Winter dafür, dass man hier immer wieder auch gedankliche Wetterwechsel erleben konnte, während andernorts das gleiche unbewegte Grau am Himmel auslief. Turners berühmter *Snow Storm*, den dieser, selbst einmal stundenlang vor der Hafeneinfahrt von Harwich an den Mast eines Dampfschiffes gebunden, dem eigenen Grenzerlebnis nachempfunden hatte, bildete ihn ganz gut ab.

In den ersten Wochen hielt ich mich weniger am College auf und pendelte zumeist auf einem langen Fußweg zwischen meinem kalten Heim und der Faculty of Modern Languages in der Sidgwick Avenue. Zudem umgab die Wohnung ein mitunter gefährliches städtisches Grenzgebiet. Kannst Du Dich an den Abend erinnern, als man mich in der Telefonzelle verprügelte, während ich Dich anrief? Die jungen sportbegeisterten Passanten hatten mich offenbar irrtümlich, und soweit ich das im unübersichtlichen Gemenge verstehen konnte, auch etwas vorschnell für einen »Hunnen« gehalten, woraufhin ich mir dann bald eine neue Bleibe suchte. Um den Dialog mit den jungenglischen Bildungsskeptikern fortzusetzen, fehlten mir schlagende Argumente, außerdem wusste ich nicht, wie ich in diesem Zimmer ohne Erfrierungen über den Winter kommen sollte. Nach einigen Gesprächen mit dem Heimverwalter von Magdalene College konnte ich in eine kleine Abstellkammer mit Heizkörper in der Thompson Street ziehen. Hier nun fand ich mich im gemütlichen Mittelalter, und alles war durch die schönsten städtischen Passagen leicht zu erreichen.

Nachdem ich in den ersten Wochen und Monaten für meine Verhältnisse ungeheuer viel getan hatte, um für alle, auch mich selbst, den Eindruck zu zerstreuen, ich verdankte meinen Aufenthalt nur schmeichelhaften Glücksumständen, bemerkte ich bald, dass es die Hälfte der Anstrengung auch tat. Zwar trat auch meine Fakultät mit elitärem Selbstbewusstsein auf, unter der Hand aber wurde man jederzeit ermutigt, seine Zeit nicht nur mit den abgegriffenen Studienthemen zu verschwenden, mit denen man glaubte die Koryphäen am Ort über die eigene Drittrangigkeit täuschen zu können. »That's not why you're here«, versicherte mir auch Mark Richardson, mein junger englischer Tutor, gleich zu Beginn. Hatte man sich seit den Thatcher-Jahren auch hier mit Markt und Wettbewerb anfreunden müssen, verteidigten die Alteingesessenen, vor allem die abtretende Generation englischer Gelehrten-Exzentriker, tapfer die verbliebenen Freiräume und versuchten sie auch denen zu bewahren, die von ihrer Art waren. Den Übrigen hatte man inzwischen eine Reihe von Möglichkeiten geschaffen, ihrem Profilierungsdrang Genüge zu tun. Für jene aber, die sich so etwas wie eine Ahnung von den Abgründen und Katakomben der alten Universität wachgehalten hatten und sich vorübergehend noch einmal dem Zauber mancher nur teilweise akademischen Initiationen widmeten, waren all die äußeren Anforderungen in zwei, drei Nächten gegen Term-Ende zu bewältigen. Nur musste einem das mitgeteilt werden, sonst endete man in einer der größten Secret Societies vor Ort – *Advanced Procrastination* –, die weitgehend Geistes- und Sozialwissenschaftlern vorbehalten blieb.

Mein Tutor hatte schnell dafür gesorgt, dass ich bei all der Freizeit kein schlechtes Gewissen bekam. Jede zweite Woche fand ich mich in Richardsons Arbeitszimmer im Old Court von Clare ein, dessen Fensterfront zum Scholar's Garden den Blick auf eine mächtige Blutbuche öffnete, und erstattete kurz Bericht über die Fortschritte meiner Arbeit. Der junge Don kehrte dann gerade, oft ein bisschen fahrig und betrunken, vom Dinner wieder (ich schien der Einzige weit und breit, der seine Supervisions am späten Abend hatte), saß halbfertig, zerzaust und noch im Smoking mit mir am Kamin und goss eilig Sherry ein. Dann klaubte er von irgendwoher den am Vorabend eingegangenen Essay hervor (»Well well, good progress«), um dann möglichst schnell eine Diskussion über das Allgemeine und große Ganze zu beginnen. Mein Studienvorhaben entriet sicher jeder grellen Originalität; es ging um einige Motive der Deifikation und Verklärung in Dantes *Vita Nuova* und Petrarcas Canzonieren, ein dankbares, wenn auch etwas durchsichtiges Thema (die beiden Dichter besangen ihre Liebe aus ähnlichem Abstand wie ich, auf freilich höherem Niveau. Nichtsdestotrotz waren meine lebenspraktischen Voreinsichten, insbesondere aus meinen Briefen an Dich, von einigem Nutzen). Richardson hatte sich ein wenig einlesen müssen, beschränkte sich in den Kommentaren aber auf akademische Kosmetik, Stilfragen, Zitation und Quellennachweise.

Da er zu seinem Betrieb einen ähnlichen Abstand zu haben schien, wie er es auch von mir vermutete, hatte er mich schnell mit einer Reihe von Hinweisen versorgt, wie ich hier nicht weiter auffiel und gut über die Runden kam. Im Übrigen wechselte man schnell zu George, Trakl, Adorno und vor allem Thomas Mann, den man hier allerorts sehr schätzte (was vielleicht an guten Übersetzungen lag). Auch wenn ich nicht ganz ergründen konnte, warum, behandelte mich Richardson wie einen jungen Kollegen, teilte mir sogar Tratsch und Fakultätsinterna mit. Fast jedes Mal endeten wir bei Wagner. Über den allgegenwärtigen Kulturverfall in trübe Stimmung geraten, blickte Richardson in einer unserer ersten Supervisions tief ins Glas und raunte ein resignatives »It's all going downhill since 1883 ...«, was uns bald zur festen Parole wurde, die ich zur Freude meines Mentors auch später immer wieder ins Spiel brachte, um dem Niedergang der Zeiten wenigstens mit einem Rest schaler Vergnügtheit zu begegnen. Er wies mich dabei auch auf die örtliche Wagner Society *Fafner's Lair* hin (bei der ich Richardson allerdings nie auftauchen sah), war sogar unter den *Freunden von Bayreuth* und fast jedes Jahr bei den Festspielen. Endlich glaubte er einen Verbündeten gefunden zu haben, dem er sein Leid über die »jolly dilettantes«, Brauseköpfe und Regie-Chaoten klagen konnte, die sich dort jedes Jahr inszenierten. Ich wünschte, dass ich mehr zu diesen Gesprächen hätte beitragen können, aber mein Verhältnis zu Wagner war ein völlig anderes. Für mich bebilderte sich die Musik ganz von selbst, und ich besuchte nur selten eine Aufführung, hatte aber irgendwo gelesen, dass man das »spekulative Assoziationstheater« in höchsten Tönen lobte, die beunruhigende, verstörende Kraft und »obsessive Intensität der Bilderkaskaden«, »die Gesamtkunstwerk-Mentalität«. Richardson ätzte, jede Zeit bringe ja ihre eigenen Bilder auf, ihm aber wolle noch immer nicht einfallen, weshalb sich dort Dahergelaufene, deren Sünden- oder Gnadenverständnis nicht einmal mehr heidnisches Niveau erreiche, ausgerechnet am *Parsifal* schadlos hielten. Vor hundert Jahren seien die Deutschen noch von Dionysos begeistert gewesen, nun sei es wohl Diogenes (und den hielt er trotz pfiffiger Momente für einen erbärmlichen Feigling). Infantile Spinnereien, Stücke für die Tonne ... Ich hoffte jede dieser Sitzungen zu überstehen, ohne dass allzu sehr auffiel, dass ich angesichts dieser Predigten, die vielleicht dazu gedacht waren, eine gewisse Gesinnung und Gemeinsamkeit zu beschwören, innerlich recht unbeteiligt blieb.

Abgesehen davon war ich ganz glücklich, dass mir Richardson lange Leine ließ. So konnte ich mich in tiefe Nachmittage fallenlassen. Meine English hours (kamen sie nicht von *hora* – Rast und Weile, Morgengebet – her?) konnte ich daher ungestört darauf verwenden, dem städtischen Arcanum weiter auf den Grund zu gehen. Den meisten hier war der alte Stein nur Kulisse und Staffage, »picturesque«, wie es die flotte Chinesin auf den Begriff brachte, mit der ich mir jetzt die Wohnung teilte und die hier *Statistics* studierte. Jin Shi war nicht die Einzige, die inmitten dieses städtischen Sonderfalls mit der Umgebung fremdelte und ratlos vor jener sich unter finsteren Gewölben auffächernden Gotik stand, die nur, so schien es uns Ausländern zunächst, von einem unbegreiflichen, etwas verqueren, sich fortwährend in die neuen Zeiten restaurierenden Konservatismus am Leben gehalten wurde. Weiter draußen mochten das Silicon Fen und allerlei Bau-Ungetüme aus den 60er Jahren wachsen, zum überwiegenden Teil aber hatte sich die Stadt mithilfe großer Mengen Konservierungsstoffe erhalten, und so lagen die edlen Steine noch immer auf einem grünen Samtkissen.

Blieben die Gemäuer behaglich und historisch aufschlussreich, rückten sie kaum jemandem in gegenwärtige Bezüge. Man war allgemein ein wenig von der Stadt und ihrem altertümlichen Anspruch überfordert und mühte sich, das museale Korsett abzustreifen, indem man, oft in Sport- und Szenelumpen, in den größtmöglichen Gegensatz zu seiner Umgebung trat. Ohne den Hintergrund der Maßwerkfenster an der Straßenfront des *Old Court*, den ehrwürdigen Klassizismus des Gibbs' Building oder die Türme von King's Chapel hätte man meinen können, man sei auf dem staubigen Bolzplatz einer englischen Vorortsiedlung gelandet. Talare warf man ohnehin nur noch zu Prüfungen und ein paar offiziellen Events über. Dem Image jener Elite zu entkommen, der man meistenteils nun einmal angehörte, erschien dem Smart Set als ein ganz bewusster Akt der Bescheidenheit, was nicht verbergen konnte, dass wir weniger an die Erben einer stolzen Tradition als an Bildungs-Asylanten erinnerten, die sich in jener für uns bedeutungslosen Architektur wie auf einem fremden Kontinent bewegten.

Warum auch immer man sich hier so eingerichtet hatte; die klösterliche Grundmelodie aus immer neuen, sich aber ähnlich bleibenden Fugen aus Torhäusern, Höfen, Gärten, Bibliotheken, Halls und Kapellen formulierte gotische Bedürfnisse, die es nicht am Boden hielt, sondern irgendwann aus ihrem sicheren Grund emportrieb. Das musste vielen von uns, die nur ihre seelischen Untergeschosse bewohnten, nach einer Weile bedrückend erscheinen. Wer dafür ein Gefühl hatte, ging immer ein wenig geduckt durch die Gassen. Selten von Anfang an, manche Städte geben ihren Gehalt ja erst nach Monaten frei. Erst dann bemerkte man, dass Cambridge die entgegengebrachte Bewunderung gerne zur Kenntnis nahm und freundlich zurückgrüßte, die schmiedeeisernen Gittertore aber weiter geschlossen hielt. Was immer dahinter verborgen blieb, ging nur wenige an, auch wenn ab und zu Dinner-Einladungen zu Formal Halls und allen möglichen College-Societys führten und man in den Frühlingsmonaten auf Punting-Touren auf der Cam an einigen von ihnen vorbeikam. Jin Shi, die hier immerhin einige Jahre in einem Mädchenpensionat zugebracht hatte und ein tadelloses Englisch sprach (auch wenn ihr R ein bisschen wichtigtuerisch ins Amerikanische rollte), mokierte sich gerne über die Schäbigkeit der Gebäude, kehrte aber voller Begeisterung von den turmhohen Phalli der Londoner City zurück. Damit war sie keine Ausnahme. Auch jenem völlig unbekümmert dahinsegelnden Geschlecht der *clever chaps*, die in den aufwendigen Auswahlverfahren hier bevorzugt Aufnahme fanden, waren Augen offenbar nur deshalb eingesetzt, um nicht übers Pflaster oder gegen die Mauern zu stolpern.

Ich hoffte wie die meisten hier, dass das kleine Städtchen in den windigen Fens auch für mich ein Brückenort und Übergang werden könnte (im Fall des Falles hätte ich auch in Meiningen damit ganz ordentlich renommieren können). Viele meiner Kommilitonen hatten Jahre der Vorbereitung investiert, die richtigen Schulen besucht, die passenden Abschlüsse und Zuschüsse, um dann hier mit Sack und Pack für ein paar Jahre oder Monate wieder in kleine College-Räume zu ziehen und sich für Höheres zu empfehlen. Manche reisten einem bestimmten Professor, andere dem bloßen Renommee hinterher, einige spielte der Zufall nach Cambridge. Etliche waren nicht von selbst gekommen, sondern von ihren Eltern abgegeben worden, fanden dann allmählich und eher widerwillig Gefallen an den schwarzen Talaren, an Rugby, Rudern und Trinken und taumelten ein paar Jahre später, nun in tadellosen Anzügen, in die für sie bereitstehenden Stellen als Sales Manager, Accountant oder Consultant bei Goldman Sachs oder JP Morgan in die Londoner City. Es kamen völlige Taugenichtse, die hier genialisch aufblühten, Leute aus einfachsten Verhältnissen, die in jenen Jahren größere Teile der menschlichen Erziehung nachholten, Schönschreiber und Klassenbeste, die sich das erste Mal mit Herausforderungen konfrontiert sahen, denen sie nicht gewachsen waren, darüber hin und wieder ins Straucheln gerieten und dann von irgendwelchen Türmen oder Zinnen fielen. Schließlich die *athletes*, die wenn möglich von fünf Uhr morgens an rudern wollten, und die *aesthetes*, die um diese Zeit gerade mit T.S. Eliot, G.M. Hopkins, Wallace Stevens (oder miteinander) ins Bett gingen.

So aufregend das alles war und so viel dieser Ort auch versprach, dauerte es eine Zeit, bis ich hier wirklich ankam. Wenn ich mich in den Anfangswochen nach dem Lunch auf eine sonnige Bank am Südflügel von Clare setzte und über die englischen Rasen und Höfe sah, dachte ich an Dich und fragte mich, was Du gerade treibst und warum es nicht auch bei uns so einfach sein konnte wie bei den Kühen, die am anderen Ufer der Cam von Queen's Green zu mir herübersahen. Sonne, Wärme und eine weite Wiese, die Nähe derer, die man mag. So schwer konnte das doch nicht sein. Hin und wieder gab ich mich dann so einer Art Phantomschmerz hin, Dich irgendwie verloren zu haben, Dich nicht ersetzen zu können. Niemanden stört so ein letztlich harmloser Wahn, und für einen selbst ist er eine verlässliche und kostengünstige Wärmequelle. Auch ein künstlicher Kamin kann für Heimeligkeit sorgen (und ganz ohne Feinstaub). Vielleicht ging das deshalb so gut, weil der Mensch für weitere Distanzen und längere Sendepausen ausgelegt ist, als es unsere Welt der Totalkommunikation erwarten lässt. In meinem Falle steckte wahrscheinlich auch das Bedürfnis dahinter, noch eine Weile Kontinuität in Zeiten schnellen Wachstums herzustellen. Aber in einem anderen Land, einer fremden Sprache, mit neuen Ideen, Freunden und Frauen laufen auch Herz und Seele weiter, sodass mich mit Meiningen bald nicht mehr viel verband und anfangs noch zart gehegte Pläne, einmal dorthin zurückzukehren, nur noch abseitig erschienen. Es gab keinen Grund, warum ich hier nicht auf die nächste Angelika hätte treffen sollen, einige Möglichkeiten kamen auf halber Distanz schon in Sichtweite. Selbst als ich meine Eltern zu Weihnachten besuchte (und trotz des feiertäglichen Austauschs netter E-Mails mit Neujahrsgrüßen), dachte ich so selten an Dich und die lächerlichen dreizehn Kilometer zwischen uns, dass es mich selbst erstaunte. Der Überfluss an Sinn und Schicksal, der sich mit Dir ergeben hatte, setzte sich auch ohne Dich fort, und ich glaubte eine Weile, dass es im stolzen Cambridge damit nahtlos weitergehen würde. Die Trägerrakete hatte sich abgekoppelt, nun flöge ich sanft durchs All, und immer neue Sonnen täten sich auf.

Die Wirklichkeit sah ein bisschen anders aus und hatte mehr mit meinen Papern als dem weiten Kosmos zu tun. Charly half mir, wo sie konnte, und wir saßen oft stundenlang im *Border's Bookshop* über Kaffee, Muffins und meinen schiefen Sätzen. Meine ersten Versuche, mich im Englischen zu bewegen, waren so hölzern und dürftig, dass ich mich über jede Unterstützung freute. Auf ihren Oberflächen noch ganz zugänglich, wurde die Sprache jenseits des Banalen schnell zur echten Herausforderung, und den ganzen Reichtum an Anspielungen und Colloquials beherrschte man erst nach Jahren. Das Deutsche reichte nur deshalb tiefer, weil man das Englische meist in verwässerter Form wahrnahm. Briten und Amerikaner mussten die Feststellung machen, dass man sie inzwischen zwar in aller Welt verstand, dass aber immer größere Teile ihrer kosmopolitischen Gesellschaften nur noch einen rudimentären Begriff von ihrer Sprache hatten.

Meine ersten Essays traten anfangs weit über die Ufer. Charly blies mir den deutschen Dunst, mit dem ich auf die übliche Weise zu verwirren, kaschieren und zurechtzufälschen hoffte, erbarmungslos vom Blatt. Das Ganze verlor zwei, drei Oktaven, wurde aber nun, angelsächsischen Gepflogenheiten gemäß, nicht mehr von sich selbst fortgetragen. Ein ortstypisches Bedürfnis nach Klarheit, Ausgewogenheit und Nutzbarkeit setzte sich durch. Die Welt, die man in solchen Texten betrat, ordnete sich nach den Anweisungen eines guten Gärtners und wurde Teil einer überschaubaren Landschaft, deren Hügel und Täler selten über den Bilderrahmen hinausliefen, in der das Wilde zivilisiert war und der Himmel wie bei Gainsborough oft ein wenig niedrig hing. In den besten Fällen fühlte man sich eingeladen, ein Stück über die Heide mitzulaufen und hin und wieder in das Gespräch mit dem kultivierten Spaziergänger einzutreten.

Gelang etwas Deutsches, wurde die Welt zertrümmert, aufgerissen, umgestülpt, oder aber es herrschte darin eine so unheimliche Ruhe, dass man dem Verfasser dabei zusehen konnte, wie er den Globus anhielt und in umgekehrter Richtung weiterdrehte. Das Deutsche forderte fast zu viel. War man ihm nicht gewachsen, machte es, was es wollte, schleuderte, spülte einen hinweg oder warf einen in die tiefsten Sümpfe. Die vereinzelten Gastauftritte deutscher Professoren waren ein einziges Trauerspiel. Wer da über Goethes *Wahlverwandtschaften* oder den *Grünen Heinrich* referierte, begann seinen Vortrag mit dem leidigen Ausdruck des Bedauerns, in nur anderthalb Stunden unmöglich Wesentliches über ein solch unerschöpfliches Werk auch nur anreißen zu können, und ließ wohl auch deshalb nur Irrelevantes verlauten. Mit entlegensten Thesen verblieb der Fachmann dann in den Wirren einer meist unverständlichen Argumentation und Artikulation, unterbrach sich immer wieder selbst, um aus Zeitgründen fünf Manuskriptseiten zu überspringen, und schloss für gewöhnlich damit, dass er zwar die letzten Abschnitte aus Rücksicht auf die Uhr nun unterschlagen müsse, aber hoffe, seinen Punkt ausreichend deutlich gemacht zu haben. Jede deutsche Studium-Generale-Veranstaltung applaudierte donnernden Dank, in Cambridge aber waren solche Vorträge völlig unmöglich. Hier brachte man Universen in Nussschalen unter, reduzierte die Evolution auf selbstsüchtige Gene. Niemand hätte etwas dabei gefunden, die Vorsokratiker in einer Viertelstunde abzuhandeln.

Ich selbst kam bald ganz gut voran, auch wenn es immer wieder beschämend war, wie viel mehr dagegen Charly bewältigte. Neben den Seminaren und Vorlesungen musste sie unterrichten, schrieb an ihrer zweiten Doktorarbeit, kümmerte sich um Mathilda und nahm sich die Wochenenden für ihren Mann frei, der dann aus London herüberkam. Ich habe ihn ein paarmal beim Dinner in Trinity erlebt, zu dem sie mich hin und wieder einlud; wir saßen ihretwegen sogar am High Table, wo es noch ein wenig delikater war. Er schien mir ein eher unauffälliger, aber angenehmer Mensch zu sein. Sie hatte ihn noch in New York kennengelernt, in ihrer Uni-Bibliothek (wo sonst?), in der sie dann mit dem jungen Juristen in jenen innigen Schlagabtausch geriet, der in ihr den Wunsch aufgebracht haben muss, in den dauerhaften Genuss seines Rechtsbeistands zu kommen. Er wird auch der Grund gewesen sein, warum sie nach England kam. Es hatte etwas seltsam Anrührendes, den beiden zuzusehen; ein junges Paar mit Kind, das ganz klassisch verheiratet war, wo gab es das noch? Ich wurde schon vom Hinschauen ein Stück erwachsener.

Das Ganze hatte zudem den Vorteil, dass Charly eine echte Freundin wurde und ich zu kaum einer anderen Frau in meiner Umgebung je ein so wohltuendes, vollends geklärtes Verhältnis hatte. Die Tyrannei der Intimität machte auch vor Traditions- und Anstands-Enklaven wie Cambridge nicht halt. Hatte ich jemanden zu einem unaufgeregten Rendezvous, einer Kaffeepause oder Gartenrunde überredet, konnte ich davon ausgehen, dass meine Begleiterin, in aller Vorsicht und um mich nicht zum Äußersten zu treiben, entweder Knoblauchfahnen und nachlässigste Garderoben trug oder mir, leider in weniger Fällen, vor einem Konzert in übertriebener Beunruhigung und Bemalung vor der Collegepforte fröstelnd das nasse Händchen reichte. Längere Ballwechsel waren so unmöglich wie in Wimbledon. Jin Shi zeigte sich gerne halbnackt und in verschwitzten Joggingshirts und wusste wahrscheinlich selbst nicht, ob sie mich damit anmachen oder loswerden wollte. Charly aber unterlief all das, hakte sich bei mir ein, lehnte sich an und entwickelte ein so unübliches Maß an Zärtlichkeit, dass unsere Nähe im weiten Gelände menschlicher Verhältnisse, die wie der Rest der natürlichen Welt begradigt, kanalisiert und von Schnellstraßen durchzogen waren, wie ein Schrebergarten unter einer Autobahntrasse erschien.

An Wochenenden oder Feiertagen wie dem Aschermittwoch oder dem All Saints Day begleitete ich sie auch zu den Evensongs nach St. John's. Unter der Woche war die Chapel oft nicht einmal zur Hälfte gefüllt. Die Kerzen brannten, die Chorjungen in Talar mit steifem Kragen liefen ein und sangen dann, ja für wen, für mich, für sich, für Gott? Das Ganze dauerte nicht länger als eine halbe Stunde. In größter liturgischer Schlichtheit folgte man eher unaufgeregten frommen Bedürfnissen; zwei Lesungen, dazwischen sangen die Dreißig dann Psalmen, Magnificat und Nunc dimittis, tosten und brausten dabei aber zuweilen wie tausend. *Dear Lord and Father of mankind* oder *For all the Saints who from their Labours rest* stiegen mit solch erhebender Gewalt aus den Rängen, dass einem ganz schwindlig wurde. Nur an erdrückende deutsche Christmetten gewöhnt, in denen stumpfe Gespensterorgeln einsam dröhnten, während alles schwieg und nicht wusste, warum, hatte ich völlig vergessen, in welche Bereiche einen das Ineinander von Transzendenz und Liederlust entrücken konnte. Hier aber stieß man sich mit William Byrd, Thomas Tallis, Gibbons, Händel, Purcell, Britten, Elgar, Vaughan Williams oder Tippett weit vom Chorgestühl ab und haschte den Heiligen Geistern bis unter die Gewölbe nach.

> *How shall I sing that Majesty*
> *which angels do admire?*
> *Let dust in dust and silence lie;*
> *sing, sing, ye heavenly choir!*
> *thousands of thousands stand around*
> *thy throne, O God most high;*
> *ten thousand times ten thousand sound*
> *thy praise; but who am I?*

Die Frage würde auch mich noch länger beschäftigen. Fiel ich früher gerne aus allen Rahmen, kam ich mir hier auf ernüchternde Weise gewöhnlich vor. Ohne die Anonymität, die einem an Massenuniversitäten leicht eine vermeintliche Außerordentlichkeit verlieh, trat in Cambridge jeder gleich ans Licht.

8

Für manche meiner Freunde blieb Cambridge die letzte Hoffnung, über eine der 22 Brücken das rettende Ufer zu erreichen. Nach spätestens drei Jahren hatte jeder die Stadt wieder verlassen, während die Zurückgebliebenen mit einigem Recht das Gefühl bekamen, irgendwie festzusitzen und nicht weitergekommen zu sein. Die Brücken, auch jene, die kaum ein Stadtführer je erwähnte, schrieben sich der Stadt auf eigene Weise ein. Die äußeren halfen dem Verkehr nach London, Norwich oder Peterborough über den Fluss. Die Brücke über *Jesus Lock* trennte den mittleren vom unteren Flussabschnitt, die *Punters* von den *Rowers*, und wenn man so wollte auch die studentischen Perspektiven nach solchen, die es in die großen Städte, Bahnhöfe und Flughäfen trieb, und jenen, die ihre Übergänge über die älteren inneren Brücken suchten. Wer in St. John's, Trinity, Clare, King's oder Queen's über den Fluss wollte, konnte sich, selbst wenn er seiner Umgebung sonst nur wenig Beachtung schenkte, kaum gegen ein Gefühl gesteigerter räumlicher Signifikanz wehren, waren die alten Steinbögen doch weniger Brücken als geschwungene Chiffren, die zu enträtseln man vielleicht hierhergekommen war.

Wenn es stimmt, was Novalis behauptet, dass nämlich das Leben nur in einer *Chiffernschrift* vorliegt, die zu verstehen man entweder singen oder küssen können muss – *wenn die, so singen oder küssen, / mehr als die Tiefgelehrten wissen ...* –, wäre ich jetzt aufgeschmissen gewesen. Singen konnte ich nicht, zum Küssen fehltest Du mir. Manchmal reicht aber schon ein bisschen Verstand und Ordnungswille, um Verwickeltes zu entwirren, offene Enden zu verbinden und Übergänge zu finden, wo sich Ufer nur unverwandt ansehen. Ich musste gar nicht lange suchen, andere waren längst zu ihren Brücken unterwegs und würden mich ein Stück mitnehmen.

Zwei von ihnen traf ich in *Fafner's Lair*, wo ich mich, Richardson folgend, gleich in der zweiten Termwoche einfand. Zweimal im Monat kamen hier zwischen vierzig und fünfzig Leute um einen harten Kern von vielleicht der Hälfte im holzvertäfelten dunklen Combination Room von Peterhouse zusammen. Gesprächsstoff gab es genug; man redete sich über Aufnahmen und Aufführungen warm, dann durfte es auch persönlicher werden. Nicht zuletzt hatte jeder die Geschichte seiner eigenen Initiation zu erzählen. Alle privilegierten Entführungsopfer des Meisters schienen in dieselbe Höhle geworfen und beratschlagten nun, wie man aus der Sache wieder herauskam oder wie sich der Aufenthalt wenigstens so angenehm wie möglich gestalten ließ. Daneben wurde auch musiziert, nicht einmal nur spätromantisch. Oft verband man das Ganze mit Klavier- oder Liederabenden, Vorträgen und Barbecues. Im Frühling und bis in den Sommer hinein fand man häufig im Grünen zusammen, Peterhouse oder Magdalene College hatten gemütliche Gärten für solche Ideen. Ich selbst organisierte im Juni meines ersten Jahres einen Abend im Fellow's Garden von Clare, bekam sogar Becky Richardson, Musikstudentin und dunkel glühender Mezzo, dazu (ich glaube, Du hast sie hier einmal gesehen), Mahlers *Ich bin der Welt abhanden gekommen*, *Liebst du um Schönheit*, und *Um Mitternacht* mit kleiner Streicherbesetzung vor Rosen und Rittersporn vorzutragen, die Nachts darauf keine Blüte mehr zubekamen.

Auch Charly nahm ich im Frühjahr auf einen dieser Abende mit, selbst wenn sie mit Wagner wenig anfangen konnte, ein bisschen verloren auf Trauben und Käse herumkaute und nur deshalb mitkam, weil ich ihr den Vortrag eines Theologen über Nietzsche angekündigt hatte. Die Stimmung war gelöst, die meisten kamen gerade vom Dinner, ein paar hatten noch ein Glas Port in der Hand, andere setzten sich an den Kamin, jemand improvisierte frei und wohl leicht betrunken einige Takte aus dem *Tristan* und *Supreme* von Robbie Williams auf dem Klavier. Ich stellte Charly eine Reihe Leute vor, von denen ich glaubte, dass sie ihr ein wenig geringschätziges Bild von Wagnerianern zurechtrücken würden, da beruhigte sich plötzlich alles, denn der Referent des Abends, Christian Coubertin, ein verwirrend attraktiver, hochgewachsener Gentleman im dunkelblauen Anzug, hatte den Raum betreten. In der eigentümlichen Stille, die nun herrschte, während dieser noch ein paar Hände schüttelte und seine Papiere zurechtlegte, fiel mir auf, dass ich ihn schon einmal gesehen hatte. Am Karfreitag hatte die German Society zu Allegris *Miserere* in die King's Chapel eingeladen (nirgendwo verschwebte die einzelne Sopranstimme so schön im hohen Gewölbe wie in diesem leuchtenden Schrein aus rieselnden Rubinen und Saphiren). Und Coubertin, der damals etwas verspätet eingetroffen war und irgendwo im Dunkel der gegenüberliegenden Sitzreihen Platz genommen hatte, ein schlaksiger blonder Hüne im Talar, den ich zunächst für einen Dänen oder Schweden hielt, kam später kurz herüber, weil er jemanden von uns kannte, und begrüßte uns mit unverkennbar französischem Akzent.

Die ersten Minuten von Coubertins Vortrag über Nietzsche und Wagner gingen, der Wirkung hübscher Nachrichtensprecherinnen ähnlich, in der Strahlung verloren, die er aussandte. Auch als man später langsam hineinfand, lenkte einen immer wieder die Frage ab, warum um alles in der Welt ein solcher Typ über Nietzsche referieren musste oder wieso er ausgerechnet in der Theologie gelandet war. Mit Nietzsche lag man vielleicht nicht ganz daneben; welchem Kampf-, Kraft- oder Tanzsport dieser Übermensch auch nachging, war er von solch athletischer Statur und Spannung, dass ich mir neben ihm immer wie ein eingefallener Kranker vorkam, der sich alle Mühe geben musste, den Rücken durchzudrücken. Coubertin besaß die Art von Schönheit, die schwer im Zaum zu halten und bei Männern eher selten zu finden ist, ein fast unglaubwürdiges Kataloggesicht, an das man sich wie an einen Wasserkopf gewöhnen musste. Er trat die Flucht nach vorne an, redete offen und einladend, um Nähe und verbindlichste Gewöhnlichkeit bemüht, die sich seiner Wirkung wegen aber oft nicht einstellen wollten. Die Diskussion schleppte sich dahin, niemand traute sich so recht, Fragen zu stellen, bis Charly ihm ein bisschen zu Hilfe kam. Anfangs oft befangen und ein bisschen vernuschelt, konnte er, einmal in Fahrt, von großer Schlagfertigkeit sein, und seine Stimme erschwang sich allmählich auch die angemessene Weite. Studentinnen, die auf para-universitären Veranstaltungen vielleicht kaum von ihm abgelassen und manche Form der Zurückhaltung aufgegeben hätten, reagierten in einem solchen Forum anders auf ihn. Vielleicht gebot es das eigene

Selbstbild, sich gegenüber solch maskulinen Akzenten auffallend desinteressiert zu zeigen. Durch eine folgenschwer vertauschte Gnade war er an ein Äußeres geraten, das ihm auf Mailänder Laufstegen, in der Werbung, seinem hohen Wuchs wegen auch in Banken und oberen Unternehmensetagen manche Perspektive eröffnet hätte, unter Denkern oder Theologen aber nur hinderlich sein konnte. Auf Konferenzen und Fachschaftstagungen, im Austausch mit Professoren, deren Achtung er sich durch respektable Beiträge in der *Revue de métaphysique et de morale* und in *La règle du jeu* erarbeitet hatte, stand sein Gesicht immer zwischen ihm und den anderen, sodass er nie so recht an die postmoderne Kritik am Descarte'schen Subjekt glauben konnte und ihm der philosophisch neu erschlossene Weltinnenraum, von dem hier und da die Rede war, nur eine Spielerei mit Worten schien. Davon musste er ausgeschlossen bleiben, die schmucke Fassade mit dem sorgsam gescheitelten blonden Haar erschwerte ihm den Zugang (man überlegte kurz, was er sonst hätte machen können, aber anders ging es nicht. Er war dazu verurteilt, sich um seine Frisur zu kümmern). Solche Schönheit wollte nicht verwahrlosen und verlangte ihm viel ab, was nur verächtlich finden konnte, wer das Glück hatte, zur Mehrheit jener zu gehören, deren Physiognomien von Natur aus unaufdringlicher und pflegeleichter waren. Seine fachlichen Meriten und auch sein Vortrag an jenem Abend (soweit ich es mitbekam, eine Art Ermutigung zum Dionysischen) schienen unzweifelhaft. Wer weiß, man hätte es trotzdem für möglich gehalten, dass auch hier, wie Nietzsche schrieb, unter jeder schönen Oberfläche eine schreckliche Tiefe lag.

Wir trieben dann irgendwann heim, Charly zum Trinity, ich zum Magdalene und Coubertin zum King's College, wo er, wie ich wenig später herausfand, ein beneidenswert repräsentatives Zimmer im Bodley's Court bezog. Nach meinem Umzug liefen wir uns häufiger über den Weg und gingen zum Lunch mal in meine, mal in seine Hall – ein befremdend hoher Raum mit neugotischer Balkendecke, in dem man aber wie in einer Mensa an größeren Tischen saß, die nicht wie sonst die Länge des Raumes durchmaßen und zum High Table der Professorenschaft zeigten (den hatte man inzwischen abgeschafft), sondern einzeln quergestellt für sich alleine standen. King's war inzwischen mit einigem Stolz das egalitärste und liberalste von allen Colleges und sicher noch immer voller russischer Spione. Wir schauten uns um und überlegten kurz, wer hier noch als Agent oder Doppelagent unterwegs sein könnte. Coubertin musste sich wie einer vorkommen, denn er schien mir, jedenfalls bevor ich ihn näher kennenlernte, eher ein seiner Umgebung entfremdeter Konservativer zu sein, der die Trennung von Kirche und Staat für die Rettung der Kirche und den Anfang vom Untergang des modernen Staatswesens hielt, wie er einmal bei den üblichen Fish & Chips behauptete (es war wirklich keine königliche Küche mehr). Man schwankte nach solchen Urteilen zwischen Mitgefühl und Bewunderung, aber es gab hier viele Leute, die lieber einen Spleen hatten, und sei es einen reaktionären, als als Langweiler zu gelten. Trotz seines gewinnenden Charmes und aller möglichen interessanten Eigentümlichkeiten ließ sich damals jedoch kaum absehen, dass ich Coubertin am Ende nachhaltigere Bildungserlebnisse als meinen Professoren verdanken würde.

Noch während der ersten Wochen, wenn ich auf dem Weg zur Fakultät den Markt überquerte und an Great St. Mary vorbeikam, wurde ich oft Zeuge eines ohrenbetäubenden Geläuts, das dort vom Turm fiel, mich dann ohne rechten Grund auf meinem Weg zu den Seminaren begleitete und ganz anders klang als alle Glocken, die ich kannte. Zunächst dachte ich, es handele sich um Feiertagsgottesdienste, doch sah ich keine Leute, die sich in die Kirche drängten. So nahm ich das sonderbare Feuerwerk an polyphonen Klangkaskaden bald so fraglos hin wie vieles andere, dem man auf Auslandsreisen begegnete, ohne es ganz zu begreifen. Manchmal saß ich im Garten von Clare und konnte es von weit her kommen hören; dann fiel es hinab in Seelengründe, in die nicht einmal ich selbst Zutritt hatte.

»Change Ringing?« Coubertin wusste sofort, wovon ich sprach, als ich ihm davon erzählte. Dass selbst die Glocken hierzulande schönere Klangfarben hätten als daheim, holte ich begeistert aus, und man sich echte Kompositionen und Fugen einfallen lasse, nur um die Leute mal wieder zum Gottesdienst zu bewegen. Ach was, Gottesdienst ... Sei eher eine profane Kunst, wenn überhaupt, das Hobby einiger etwas wunderlicher Glockenspieler. Viele davon gebe es nicht mehr, die alten Gilden stürben gerade aus. Er habe mal einen Kaplan aus Sudbury getroffen, der als *bell ringer* durch ganz England gezogen sei und der, wenn er frei hatte, noch immer gerne die zwölf Glocken von Saffron Walden, die zehn von Beccles oder *the sweetest bell in England* in Lavenham läutete. Er sei dann irgendeinem Rekord hinterhergefahren und bringe stundenlang mit anderen entrückt in Glockenkammern zu. Monotonste Partituren, Mathematik statt

Musik. Man durchläute festgelegte Kombinationen oder Abfolgen, ohne dass sich eine Folge wiederholen dürfe, endlose Reihen ohne erkennbare Melodie, nicht wirklich schön. Das sähen die natürlich anders. Die *bell towers* klängen auch unterschiedlich, so jedenfalls behaupteten jene, die noch nicht taub seien. Der alte Brick dämme und verschlucke den Klang, auch die Höhe der Glockenkammer spiele da mit hinein. Nichts für ihn, er habe schon Probleme mit Orgelmusik, aber Glocken seien eben das englische Nationalinstrument, das habe schon Händel gewusst. Ganz rührend; später brachte mir Coubertin einmal ein Buch mit *Diagrams* mit, das er in einem Oxfam-Shop aufgelesen hatte, Wechselläuten-Partituren mit einigermaßen ausgefallenen Bezeichnungen: *Tittum Bob Royal, Plain Hunt on Six* und die *Cambridge Surprise.*

Da ich englischen Absonderlichkeiten wie *change ringing* und *church crawling* etwas abgewinnen konnte, nahm mich Coubertin im Frühling einmal nach Oxford mit, wohin er noch regelmäßig fuhr, um alte Freunde zu sehen. Nach drei Bus-Stunden und gefühlten dreihundert Roundabouts erreichten wir *the other place*, draußen stand der blühende April. Oxford wirkte städtischer, geschlossener und irgendwie runder als Cambridge. Als komme man heim zum Uralten, in einen großen, gelungenen Zusammenhang, meinte auch Coubertin, aber die Stimmung halte nicht vor, auch der Himmel leide ständig unter Verstopfung. Dann hatten wir wohl Glück gehabt; der Frühling reichte uns die schönsten Gärten Englands hin, sogar der warme Headington Stone schien neu auszutreiben; Merton, Lincoln, Trinity, Magdalen, all die ehrwürdigen Burgen, denen er mehr Kraft und

Wärme, mehr Möglichkeit für Detail und Ornament gab als der Red Brick in Cambridge. Während wir, die mild besonnten Türme und Kuppeln im Blick, an der Isis entlang um Christ Church Meadow liefen und uns dann allmählich durch die enge Turl Street, Magpie und Queen's Lane, umgeben von Heiligen, Gargoyles und omnipräsentem Glockengeläut, zum Evensong im New College aufmachten, geriet ich für fliehende Momente in so etwas wie eine urtümliche Gehaltenheit, der sonst inzwischen die Orte abhandengekommen waren, eine fast katholische Raum-Empfindung, die sich vielleicht gerade aus meiner protestantischen Innerlichkeit befreite.

Als wir im alten *Randolph* lunchten, denn das müsse einfach sein, wenn ich mal hier sei, erfuhr ich dann einiges von seiner Jugend an einem Internat in Marlborough, die ihn wohl ziemlich über die Ränder getragen haben musste. Vielleicht kennst Du das alles schon, und er hat es Dir später auch erzählt. Ich führe es nur nochmal auf, weil er mir immer so weit draußen erschien, so sehr aus seiner Zeit und deren Ansichten und Gewissheiten gefallen, dass man ihn mal lächerlich, dann wieder originell, am Ende fast beneidenswert fand, weil er sich eine Beharrlichkeit leistete, die sich heute nur noch auf wenigen Lebensfeldern aufrechterhalten lässt. Dabei habe ihm zu Gott wie seinen Eltern anfangs jedes Verhältnis gefehlt. Der Vater, ein französischer Handelsvertreter der Regierung, sei viel herumgekommen, habe ihn nach Südamerika, Afrika und in den Nahen Osten mitgenommen. Auf einer Reise über Danzig und St. Petersburg steht er dann im Goldschein der Ikonen der Auferstehungs-Kathedrale, aus der man gerade die Kartoffeln der Sowjetzeit entfernt hat, plötzlich seinem Erlöser gegenüber. Es habe keinen

Sinn, das weiter zu erklären. Seine Welt sei ihm damals so unfasslich geworden, dass Gott der Einzige schien, der noch mit Händen zu greifen war. Als er beschließt, Theologie zu studieren, glaubt sein Vater zunächst, sein Sohn sei entweder geisteskrank oder wolle ihn zum Narren halten. Doch lässt er ihn in der Hoffnung ziehen, er werde die spätpubertäre Rebellion, die er zwar für unvermeidlich, nicht einmal für unsympathisch, aber doch für ziemlich absurd hält, nach ein paar Monaten überwinden und wieder bei Sinnen sein. Coubertin verbringt dann vier Jahre in Oxford, ohne viel von sich hören zu lassen, und liest sich, von Gott in die Zucht genommen wie einer, der fürchtet, dass es sonst die Dämonen täten, vom frühen Morgen bis in die Nacht durch Johannes Climax, Augustinus und Chrysostomos. Im Merton College, wo er die ersten Jahre wohnt, wundert sich der Kaplan, ihn alle Jahre nie beim Gottesdienst zu sehen. In der Kapelle von Corpus Christi nebenan aber übernimmt er oft die *Second Lesson*, und der Six o'clock Evensong im New College stellt so etwas wie den terminlichen Fixpunkt, um den die restliche Alltäglichkeit rotiert. Vom sonstigen Gemeindeleben, in dem er eher Gefahren für seinen Glauben sieht, hält er sich fern und fühlt sich wohler unter beinharten Atheisten, deren *bloated souls* ihn bisweilen stärker als die Psalter trösten. Je weiter jemand von Allah entfernt sei, desto mehr weise er auf ihn hin, so Bayazid al Bastami; dem mystischen Muselmann könne er da weites ökumenisches Verständnis entgegenbringen. Nach ein paar Monaten macht sich bei allen das Gefühl breit, in eine städtische Kathedrale eingezogen zu sein. Kein moderner Mensch, und sei er Theologe, konnte und wollte sich das ganze Jahr darin aufhalten. Auch das

Wetter stört ihn. Oxford liegt in einer Talsenke, ständig herrscht dicke Luft. Er wird der Stadt langsam müde. Die Colleges zeigen zur Straße, anders als in Cambridge, wo sich alles zum Garten und Fluss hin öffnet und die Ländlichkeit Elys und Grantchesters vor der Tür liegt. Eine echte Befreiung, von dort wegzukommen, trotz aller Sepia-Erinnerungen und *dreaming spires.*

Noch immer aber wusste er hier wie ein professioneller Cicerone über jede Portalfigur Bescheid, sodass ich mit dem Fragen gar nicht nachkam. Wir schlichen Lewis Carroll und Alice im Wunderland durch Worcesters Gartenpassage hinterher und fütterten die Enten im Tränensee, bewunderten den Tree of Heaven und den Zaubernussbaum in St. John's (dessen Name auf Johannes den Täufer zurückging, nicht den Evangelisten wie beim gleichnamigen College in Cambridge), drehten einen Bogen um den Addison's Walk in Magdalen und zwischen den beiden Cherwell-Armen hindurch um Auenwiesen und zarte Schachbrettblumen, *Sulky Ladies*, die sich hier purpurn in ihren letzten englischen Beständen über das Grün breiteten.

Im Fellows Garden von Merton, den Coubertin seit einiger Zeit nicht mehr betreten hatte, schauten wir von einer Bank weit über die alten Mauern hinaus. Als er nach dem Essen darüber sinnierte, das manch gewichtige Einsicht das Leben doch sehr beschwere, und er schon jetzt bemerke, wie er langsamer und unbeweglicher werde (weiß der Himmel, wie er darauf kam, so sah er mir eigentlich nicht aus), sprangen von irgendwoher eine Reihe spärlich bekleideter Studentinnen auf den Rasen, ein paar ließen sich nieder und verteilten den Inhalt ihrer Picknick-Körbe, andere warfen sich unter hellem Jubel

Frisbees zu. Coubertin, der zu bemerken schien, wie alle Aufmerksamkeit nun unter dem Eindruck dieser sich vor uns hinmalenden Schäfer-Pastorale mit Göttinnen litt, setzte an, etwas zu sagen, winkte dann ab und verkniff sich die Altherrenwitze. Ich konnte mich der zierlichen Anfechtungen nicht ganz erwehren und gab ihm zurück, dass das Leben auch für mich hin und wieder eine Zumutung sei. Auf der Wiese balgten zärtlich zwei Geisteswissenschaftlerinnen miteinander, hielten sich im Klammergriff. Sobald er seinen Herrn und Erlöser verstehen könne, so Coubertin, würde er ihm sofort das Vertrauen entziehen. Die ganze Theodizee komme ihm manchmal wie eine Kinderfrage vor.

Wir wechselten besser die Kulisse. Weiter drüben in Corpus Christi mit seinen 27 Sonnenuhren überblickten wir leicht erhöht die Rasen und Platanen von Christ Church, die Flussauen, die Oxford von allen Seiten umgaben, Feuchtwiesen, abermals mit Kühen. Erasmus, den Coubertin höher schätzte als Luther, »the bickering monk«, habe diese Bibliothek in höchsten Tönen gelobt, aber ich hatte nur noch Augen für die hiesige Landhausatmosphäre. Flieder, Primeln, Vergissmeinnicht, die ersten Rosenknospen um die Rankengitter; als Deutscher stand man in diesen Anlagen so gerührt wie in den Gärten Burmas oder Japans. Doch während ich aus dem Staunen nicht herauskam, seufzte Coubertin wie schon Anthony Blanche in *Brideshead Revisited*: »English charm kills everything …« Er wünsche sich schon wieder weg, habe sich hier nur festgesetzt gefühlt. Oxford sei völlig irreal, eine großangelegte Täuschung. Alles wirke so vollkommen und in sich geschlossen, bleibe aber ein Buch mit sieben Siegeln wie jenes, das auf dem Universitätswappen zu sehen sei. *Dominus Illuminatio Mea*, ja, wenn es denn so gewesen wäre! Mit Cambridge gehe es ihm anders. Schon das Wappen; ein zugeschlagenes Buch, sehr sinnig. Die Wahrheit liege ja nicht offen zutage, bleibe im Verborgenen und entziehe sich, wo sie könne. Cambridge sei durchlässiger, brüchiger, auch die fehlende Scheu vor moderner Architektur sei ihm auf ihre Weise eine Wohltat. Was kennzeichne das Moderneproblem schließlich deutlicher als diese absurden College-Anhängsel, in die es verlässlich hineinregnete und deren Heizungen nicht funktionierten? Das *Typewriter building*, jene überdimensionierte Wohn-Schreibmaschine von Christ's, das *Parking Lot* von Queen's, die nun knapp über zwanzig Jahre alt und schon verbraucht seien wie alte Clochards.

In Cambridge begegneten wir uns nun öfter, inzwischen lebte Coubertin auch alles andere als zurückgezogen. Fast jeden Tag konnte man zu kleinen Konzerten gehen, die deutsche Liedkultur blühte hier nochmal auf, als gehörte sie wie im Biedermeier und wie Stilton und Port ans Ende jedes Abends. Selbst im *White Horse* tauchte er auf, blieb aber nie lange und zog sich ohne Ankündigung zurück. Nach den Evensongs, die ich recht häufig, weniger des Gebets als des Gesangs wegen besuchte, gingen wir hin und wieder ein paar abendliche Runden vor der *Bridge of Sighs* und der *Hochzeitstorte*, dem neogotischen Prachtbau des New Court von St. John's. Für eine Weile blieb ich etwas nervös, weil mir Coubertin ein paar Nummern zu groß schien. Aber vielleicht fand er bei mir etwas von einem Zwiespalt wieder, den er von sich selbst kannte oder der ihm zumindest angenehm war. Er muss geahnt haben, dass er etwas an mich weitergeben konnte, für das ich offene Ohren haben würde, auch um ein Missverständnis zu klären, das sich ihm gegenüber allzu leicht ergab. Jedenfalls würde er der etwas schroffen Theologie bald einen sehr viel sinnlicheren Appendix anfügen.

9

Mitte März traf völlig überraschend eine Einladung zu Deiner Geburtstagsfeier ein. Wie nun das? Ich war gerade dabei, mit Hinweis auf anstehende Prüfungen abzusagen, auch wenn ich mich freute und wunderte. Da setztest Du noch einmal nach und mailtest, wie frei Du Dich nun wieder fühltest, nachdem die inzwischen überflüssigen Lebens- und Lebensmittelkontrolleure zum Teufel gejagt seien. Ich nahm also ein paar Tage zwischen Lent und Easter Term frei, packte die Koffer samt ein paar altenglischen Rosenwurzeln und setzte mich in den Flieger. Meine Eltern freuten sich auch, mich über Ostern zu sehen, doch die Tage vorher blieb ich bei Dir. Wir gingen so viel spazieren, dass ich die Harfenstadt nochmal ganz neu kennenlernte. In den alten Ballsaal war inzwischen irgendein Gewerkschaftsverband eingezogen, unser Schulbrutkasten wirkte schon nach einigen Jahren so fremd, als sei es Jahrzehnte her, dass wir hier einander umschlichen hatten. Auch Du hattest inzwischen einen leichten Zug ins Dunkle und Verhängnisvolle bekommen und warst etwas schmaler geworden, auch wenn es Dir wesentlich besser als der Umgebung stand. Ich erzählte von England und seinen Gärten und Colleges, und unsere Regenschirme spiegelten sich im Glas einer neuen Multifunktionshalle, die man vor kurzem in diese verbrauchte Betonwüste gesetzt hatte. Kaum verändert hatten sich dagegen der Englische Garten und der steinerne Jean Paul, die allseitig von Autoverkehr umrauscht wurden. Wir gingen bis zum Schloss Landsberg, tranken Kaffee, bestiegen den Turm der Stadtkirche, kehrten am Abend zu Dir heim, rührten noch irgendein Gemüse zusammen und schauten eine Folge *Dawson's Creek*.

Zur Nacht machte ich es mir auf einem Sofa im Wohnzimmer bequem, aber nach einigem Zögern und ersten scheuen Zärtlichkeiten nach dem Zähneputzen kam dann etwas in Gang, das ich so noch nicht kannte. Dabei hatte es nicht danach ausgesehen, als ob Du jetzt noch viel bewegt werden wolltest, und auch ich sollte, wollte eigentlich nur nochmal nach Deinen Verspannungen sehen. Und dann, ich weiß nicht, waren das wir? Die beiden anderen jedenfalls pendelten in großer Ruhe und vergaßen bald, wann und wer damit angefangen hatte, dass sie für derlei eigentlich zu müde waren, verloren alles Äußere überhaupt aus den Augen und schwappten eine Weile wie Wellen eines stillen Nachtsees ans Ufer. In jenem trägen Gleiten lag keine Lust, eher so etwas wie das Ausschwingen eines Stoßes, der im Unklaren ließ, von wem er ausgegangen war. So ging es hin und wurde später, auch wenn ich inzwischen wacher als tagsüber, möglicherweise überhaupt das erste Mal wirklich wach war. Vielleicht schlugen nun die Astralkörper die Augen auf, ich habe nicht hingesehen. Im Nachhinein schien es so, als sei über uns, die wir im Grunde wenig mehr waren als die Innenseiten nasser, eigensinniger Häute, etwas zu sich gekommen, das mit uns bisher nichts zu tun gehabt hatte, sei es, weil wir selbst ihm aus dem Weg gegangen waren, sei es, dass es bis dahin nichts mit uns hatte anfangen können, nachtblind, wie wir waren. Was immer da in uns gefahren war, griff jetzt recht ungeniert zu, bediente sich an uns, um sich selbst zu genießen, und ließ, ohne dass es besonders erschöpft hätte, erst am Morgen Deines

Geburtstages wieder los. Mitten in der Nacht hatte ich nach draußen gesehen, weil es plötzlich so hell war, aber weder waren wir (was durchaus nahegelegen hätte) noch irgendeine Straßenlaterne dafür verantwortlich, sondern jener hohe Vollmond, von dem anfangs schon die Rede war. Offenbar wollte er etwas Dringendes mitteilen, von dem ich nichts verstand.

Am Morgen machtest Du ein paar Besorgungen, ich ging an die frische Luft. Setzte mich in den Hof des Schlosses Elisabethenburg und überlegte, weshalb man die Buchstaben von MUSEUM so groß und breit in der Mitte des Hauptflügels angebracht hatte, als wollte ein kleinbürgerliches Ressentiment es den Herzögen im Nachhinein nochmal heimzahlen. Wie damals hing der Himmel morgens so lange in den Straßen, bis er in die Kanalisation gekehrt wurde. Ich ging ein paar Eichhörnchen hinterher, die es im Schlosspark sehr viel eiliger hatten als ich, am Bleichgraben vorbei. Bleich auch ich und nun doch etwas müde und mir selbst abhandengekommen.

Als ich Dich wie verabredet am Landratsamt abholte, schienst Du ziemlich abgekämpft und in Dir verkapselt, und auch mir fiel gerade nicht mehr viel ein. Wie sollte man das nächtliche Niveau auch halten können? Ich versuchte es am Abend noch mit Wagners *Liebestod*, der mir (weiß Gott, warum) angemessen schien, aber Du warst schon so in den Vorbereitungen auf den Geburtstagsabend, dass Du nur mit einem Ohr hinhören konntest. Wir gingen dann in den *Schlupfwinkel*, und es trafen noch ungefähr acht bis zehn andere Gäste ein, Arbeitskollegen, zwei Klassenkameraden, man saß und aß und ließ es sich gutgehen. Auch Dich schien die Nacht etwas verstört zu haben, auch wenn Du anders damit umgingst und niemanden, erst recht nicht die Leute um uns herum, tiefer in Dich hineinblicken ließest. Es gehört zu den rätselhaftesten Erfahrungen, dass gerade so übergroße gemeinsame Eindrücke wie eine Art Selbstverbrennung wirken können, so ähnlich wie sich das Verhältnis zu Steckdosen ändert, wenn man einen Schlag bekommen hat. Nachdem ich Dir noch die Rosenwurzeln eingepflanzt und Dich nach Cambridge eingeladen hatte, verabschiedeten wir uns am Morgen darauf (dem eine eher geruhsame Nacht auf dem Sofa voranging) mit beherrschten Gesten und einer, jedenfalls von Deiner Seite, auch selbstauferlegten Kühle. Mein Besuch, die schönen Abende und Gespräche hätten Dich sehr erfreut und Du hofftest, mich bald wiederzusehen. War das nun der Respekt zweier Liebender, die nicht gleich wieder in die Gewöhnlichkeit abrutschen wollten, Unsicherheit oder gleich schon wieder ein sanfter Rückzug? Ich verbrachte die Ostertage bei den Eltern, kehrte aber bald in die Klosterhöfe und die mit Türmen und Zinnen befestigte Welt zurück, deren Mauern auch für jene Bestand hatten, die sonst vielleicht lieber in des *Welt-Atems wehendem All versinken, ertrinken* würden. Während mich hier langsam die Flut erreichte, stieg an englischen Küsten wieder mein Vineta der Gelehrsamkeit aus den Nebeln.

Hier hatte ich dann für eine Weile den Eindruck, nur von einem Museum ins andere geraten zu sein. Immerhin entsprach dieses besser meinen Neigungen, glaubte ich, auch wenn das vielleicht eher eine Hoffnung war, die immer weniger mit der Wirklichkeit zu tun hatte. Charly sah nicht nur meine Arbeiten durch, sondern setzte mich auch über manche Eigenart des Studienbetriebs ins Bild. Unsere Samstags-Promenaden dauerten nur selten länger als eine Stunde, bewegten der neuen Eindrücke wegen aber auch die Folgetage und ließen zudem die Meininger Ereignisse heilsam in den Hintergrund geraten. Im Sommer machte ich mich mit ihr und Mathilda oft nach Grantchester auf. Der Wind zauste Laub und Wiesen; ich nahm die Kleine Huckepack, rannte wild mit ihr durchs Gras und drohte damit, sie bei Fehlverhalten in den Fluss zu werfen. Einmal kamen wir bis nach Saffron Walden, einem verträumten Dorf ein wenig im Süden, und besuchten Audley End ganz in der Nähe, ein größeres elisabethanisches Landhaus, das sich mit seinen nüchternen Kalksteinfassaden, Gitterfenstern und vorspringenden Erkern im flachen Tal und vornehmen Understatement edel zurücknahm. Lord Audley hatte Magdalene College und damit gewissermaßen auch mein Eckzimmer in Cambridge gestiftet, und Mathilda geriet ganz außer sich über die über mehrere Flure ausgestellte Vogelsammlung des alten Herrn.

Was davon noch stand, war jedoch nur noch ein Teil der ehemaligen Anlage. Das 18. und 19. Jahrhundert hatten ganze Flügel abgerissen. In seiner ursprünglichen Form musste Audley End, Vielfalt und Symmetrie noch in glücklichen Verhältnissen, den Eindruck unbegrenzter Ausdehnung erweckt haben. Für den Betrachter der Schauseite ergaben die Bauten beider Höfe in ihren unterschiedlichen Höhen eine kunstvolle Stufenfolge der Einzelkomplexe bis hinauf zu der türmchengekrönten Silhouette des hintersten Flügels. Ein Gartenbrückchen schwang sich noch über die Cam, eine Falkner-Show fand etwas abseits ein leicht betagtes Publikum in Barbour und Tweed, und auf dem weiten Rasen des flacheren Teils zur Vorderseite des Hauses machte sich der Littlebury Cricket Club warm. Auf der Rückseite lag ein barocker Sommergarten. Über allem, ein kleiner Anstieg führte hin, der neo-antike Temple of Concord, dahinter wieder wildes Weideland. Ich erwähne das hier nicht, weil ich gerne Reiseführer zitiere, sondern, weil die Anlage auf gewisse Weise Charlys und auch meine Lage in Cambridge ganz gut beschreibt. Auch das, was wir an der Universität vorfanden, glich einem wundervollen großen Haus mit ausgestopften Tieren, das aber, wie bald deutlich wurde, nur noch der letzte Rest eines ehemals weitläufigeren, untergegangenen Ensembles war, hübsche Szenerie für gelehrte Kultur-Touristen mit Neigung zur guten alten Zeit.

Unter den Säulen oben erzählte Charly viel von ihren Studienplänen. Sie schrieb ganz wunderbare Sachen, glänzende Miniaturen über Rilke oder Trakl und eben viel über George, auch wenn ich manchmal den Eindruck hatte, dass sie dem Professoren-Niveau nicht zu weit enteilen wollte und ihre Thesen oft durch betriebliche Zugeständnisse simplifizierte. Mir fiel das schwerer, große Gedichte oder groß Gedachtes schienen mir so inkommensurabel wie Gemälde oder Sinfonien. Auch Charly hatte eigentlich eine größere Weite und durchschaute die zunfteigene Poststrukturalisten-Mode, schrieb sogar bissige Short Stories über das Thema, ging aber nie so weit, ihre akademische Zukunft selbst in Zweifel zu ziehen.

Auch Richardson, der anders als Charly schon sicher im Sattel saß, ärgerte sich fortlaufend über sein kampflos der Fragmentierung, Dislozierung und *Dissémination* überlassenes Fach, da war er ganz Engländer. Er könne sich noch an den Tag erinnern, als man Derrida in Cambridge die Ehrendoktorwürde verlieh und die Hälfte der Professorenschaft aus Protest fernblieb. Im Übrigen glaube er weniger an die »Diskurse« als an die Dioskuren! Man lese jetzt weniger, als man entlarve, auch wenn es plausibel sei, dass man junge Leute mit einem Sinn für Differenz erziehe und ein paar alte Wahrheiten mal subversiv in Frage stelle. Aber das, worauf nun alles hinauslaufe, sei doch auch wieder schwachsinnig: Dass alle Dinge konstruiert, relativ, gleich gut und gültig seien, ein ewiges Sprachspiel. Keine Kunst, kein Künstler mehr, nur noch Autorfunktionen. Er höre auch gerne, wenn ihm einer sage, alles sei ein großer Text, denn das sei ja ehrlicherweise auch das Einzige, womit er sich ein bisschen auskenne, aber das Ende der großen Erzählungen? »That's just pathetic.«

Doch da irrte er vielleicht. Zwar hielt mich jede Herbstverwehung an englischen Ockerhimmeln länger auf als alles Lockendrehen auf französischen Theorie-Glatzen, jemanden wie Charly aber umgaben Ideen noch ähnlich konkret wie mich die alten Mauern. Von jeher abstrakter in ihre Welt eingelassen, verzweifelte sie an ihren papiernen Aporien wie andere bei der Parkplatzsuche. Die Lage sei mehr als unübersichtlich, das letzte halbe Jahrhundert habe mehr Schulen als Schüler hervorgebracht: Historismus, Hermeneutik, Kritische Theorie, Strukturalismus, Poststrukturalismus, Dekonstruktion, Rezeptionstheorie, Paradigmenmodell, Systemtheorie, Cultural, Gender und Queer Studies usw. Dann aber, keiner wisse warum, sei der Strom allmählich versiegt. Der Sozialismus verabschiedete sich als Erster, als habe er verstanden. Kein »Ende der Geschichte«, eher sei die alte Weltuhr damals unbemerkt und unter noch ungeklärten Umständen zersprungen, und jetzt trete man überall in die Splitter des alten Uhrenglases. Ich solle mich vorsehen, die Zeit laufe aus. Die Zukunft mache dicht und schließe sich zum berechenbaren Horrorszenario. Die Vergangenheit, einst aus und erledigt und Leiche der Archive, öffne sich neu und wuchere über alle Ränder. Darauf, wie auf einem Sumpf, die zähe Gegenwart, die keinen mehr trage. Himmel, dachte ich, was alles vor sich ging, während ich sorglos in meinem Earl Grey rührte.

Es blieb alles sehr abstrakt, was mir Charly da erzählte, während Mathilda voraussprang und Narzissensträuße und Traubenhyazinthen einsammelte. Sie komme sich langsam vor wie Ted Hughes, dem hier während seiner Zeit als Literaturstudent im Pembroke College (und während er dort Sylvia Plath kennenlernte) im Traum einer Essay-Nacht ein Fuchs mit abgeschlagenen Pfoten erschienen sei: »Du bringst uns um!«, was Hughes dann immerhin zum Anlass genommen habe, endlich sein Studienfach zu wechseln. Auch mich brachten solche Aussprachen mit Charly davon ab, meine Ambitionen noch einmal akademisch zuzuspitzen. Mir war, als würden hier nicht nur jene Dinge zersetzt und aufgelöst, an denen ich mich hätte erbauen wollen, sondern als würden mich die Mühlen der Dekonstruktion gleich mitmahlen, wenn ich nicht früh genug den Absprung schaffte.

Sie selbst gehörte hier zu jenem Teil des wissenschaftlichen Nachwuchses, der mich am meisten verblüffte, einer Gruppe von Leuten, die zwar allerorts Einzelexemplare und auf sich allein gestellt blieben, in ihrer Summe aber eine unübersehbare Zahl von Post-Docs und

Juniorprofessoren unter sich versammelten, die über den packendsten und außergewöhnlichsten Themen saßen und ihre akademischen Vorgänger und Lehrer und auch das meiste, was damals an Literatur und Kunst über uns kam, weit in den Schatten stellten. Charly war eine der wenigen, mit denen ich Umgang hatte. Meist las man nur ihre Dissertationen, die sie in Bochum, Warwick oder Toulouse zu Außenseitern machen mussten und die versteckt wie eine Flaschenpost im Meer der Schriften und in der Hoffnung durch die Fakultätsbibliotheken trieben, mit einem erlesenen Kreis Eingeweihter im Gespräch zu bleiben. Um die paar Handvoll zu erreichen, die an ihren Leidenschaften sachgerechten Anteil nahmen, waren die Neuen Medien erstaunlich nutzlos und noch immer der alte Gutenberg das Maß aller Dinge. Oft fanden sich ihre Adressaten schon unter der kommenden Generation; Arbeiten ohne jeden Imponiergestus oder weltlichen Ehrgeiz, Schriften, in denen Musik, Lyrik, Philosophie und Theologie schöpferisch aufeinander verwiesen. Kaum einer abseits der Spezialisten reagierte auf sie, und weil ihnen jegliches zeitgemäße Prestige abging, versanken sie im Bibliothekenproletariat und konnten schreiben, was sie wollten, ohne dass es je Konsequenzen gehabt hätte. Das hatte seine Tragik, immerhin aber konnten sie, wenn auch einsam, ihren Lüsten nachgehen. Mit wirklicher Trauer dagegen wurden solche Fälle aufgenommen, die mit durchtriebenem Stolz so etwas wie *Celtic* oder *Classics* studierten, sich hinreißend über Horaz oder Pindar in Wallung reden konnten, aber durchblicken ließen, dass sie nach ihrem Abschluss, einer Zeit, die Anlass für zum Teil bewundernswürdige Sublimierungsstrategien gab, dann doch betriebswirtschaftliche Neuanfänge ins Auge fassten. In diesen Jahren in *heilig-nüchterne Wasser* zu tauchen bedeutete hinzunehmen, dass ungeachtet dessen, ob man seine Ideale in einen Beruf als Naturschützer, Künstler, Krankenpfleger, Professor oder Geistlicher würde retten können, alles früher oder später und mehr oder weniger angenehm aufs Geschäftliche hinauslief. Dann lieber gleich zu gutem Geld kommen; hätte man die Leute mitgezählt, die sich nach Studienende eine Kugel in die Seele schossen, wäre die Selbstmordstatistik noch dramatischer ausgefallen. Auch wenn die Uni nicht zum Asyl für solche Fälle werden konnte – dafür war die Zahl der Stellen zu begrenzt, und der Betrieb setzte charakterliche Züge voraus, die sich nur selten mit den Kaprizen der reinen Enthusiasten vereinbaren ließen –, nahmen wir das allgemeine Dahinsterben der Idealisten mit derselben Bestürzung hin, die einen in Kriegstagen gegenüber gefallenen Kameraden ergriffen haben muss. Dieser glänzende Violinist nun also bei McKinsey? Jener flammende Dithyrambiker der Nacht, der an gemeinsamen Abenden mühelos Däubler oder Weiß rezitierte, PR-Nachwuchs von Procter & Gamble?

Nicht dass es den anderen an Scharfsinn gemangelt hätte, immerhin herrschte gerade in Cambridge eine große Begabungsdichte und ein vielseitig hochgetakteter Karrierismus. Immer wieder stiegen über den Seminaren rhetorische Naturtalente auf, Assoziationsathleten, die sehr bedeutend mit drei, vier toten Genies an jeder Hand herumwedelten und diese in Bezügen unterbrachten, mit denen sie in erster Linie auf sich selbst verwiesen. Intelligenz allein war nur ein Fieber unter vielen, riss die leicht Reizbaren fort, bevor sie einen Fuß auf den Boden bekamen. Andere traten als Generalisten auf und gingen allen Extremen aus dem Weg, zu denen sie, ein bisschen bieder und für alles offen, auch keinerlei Anlagen hatten. Seltener anzutreffen war die Flotte schwerfälliger Tanker, die man in Diskussionen hin und wieder laut tuten hörte, aber kaum je begriff. Was immer sie wirklich wollten; sie hatten einfach zu viel an Bord, um in den flachen Gewässern noch manövrieren zu können. Am Ende des Tages wusste auch Charly nicht mehr, was die Werke und Weisen, die hier mit viel Aufwand aufgeschraubt wurden, wirklich zu sagen hatten. Man häufte Berge kompositorischer Details auf, um das Beglückende oder Bestürzende darin nicht mehr sehen zu müssen. Literaturseminare bekamen so den Charme einer Leichenschau, und die Postmoderne lieferte dabei nur das gängige Verfahren, auf das sich der Durchschnitt geeinigt hatte. Inmitten kühler Medizinerblicke wehte immer ein leichter Formalin-Geruch.

»Demos gegen Bücherversuche!«, ulkte Charly beim dritten Bordeaux. Man dürfe nicht länger schweigen, Aufstand der Randständigen! Cheers! Wir blickten uns am High Table um. Man hätte diesen possierlichen Traditionalismus im Talar, den Einzug der Dons, das Tischgebet in Latein samt Toast auf die Queen, zu dem sich die ganze Hall erhob, als zopfiges Relikt belächeln können, doch Charly schien noch zu glauben, vielleicht auch nur zu hoffen, dass die Welt weniger von globalen Geldströmen als noch immer von Universitäten, von uns und unseren Tischnachbarn, angeschoben, entworfen und aufs Spiel gesetzt wurde. Keine Hall, keines dieser Rituale konnte in ihren Augen daher pompös genug sein, um daran zu erinnern, an welch exponierter Stelle wir da in unserem Blumenkohl herumstocherten.

Ich war da längst nicht mehr so sicher. Auf anfangs noch diffuse, zunehmend aber unheimlichere Weise setzte sich der Eindruck fest, als zerfaserte mir alles ausgerechnet in dem Moment, den andere als Höhepunkt der eigenen Bildungslaufbahn empfunden hätten. Irgendwann hatte ich den Halt verloren, ohne dass sich feststellen ließ, woran es wirklich gelegen hatte. Zunächst war da nur, was dem fachkundigen Wagnerianer wie eine unversorgte Tristanwunde vorkommen musste (*im Sterben mich zu sehnen, vor Sehnsucht nicht zu sterben*). Ein freilich ebenso hilfloser wie hochpathetischer Rückgriff auf längst versunkene Epochen, aber woher hätten Nachtgeweihte unserer Tage die Maßgaben für die Folgen ihrer Ausnahmezustände auch nehmen sollen? Die Nacht als Medium der Welterkenntnis; diese Zeiten waren selbst in Psychoanalyse und Sexualwissenschaft vorbei, davon wusste höchstens noch der Tantra-Lehrer. Und doch war da etwas aufgegangen, das gültiger, echter, wahrer, ehrlicher, fasslicher als der ganze Rest war, als die ganzen ehrwürdigen Äußerlichkeiten Cambridges, als selbst die übrige Nähe oder Ferne mit Dir, wahrscheinlich auch wahrer als ich, jedenfalls größere Teile meiner selbst oder was ich dafür hielt. Dies alles zog sich als gutgemeinte Illusion in die Schatten zurück, verwies bestenfalls noch auf eine Lichtquelle irgendwo hinter Dir oder hinter uns, ich hätte es nicht so genau sagen können. Während des einsetzenden Auflösungsprozesses aber mussten mich die schon etwas angestaubten Thesen vergangener Jahrzehnte (»Tod des Autors«, »Tod des Subjekts«, »Ende der großen Erzählungen« und so weiter) eigenartig berühren, obwohl es sich damit eine Weile hinzog und noch nicht ganz abzusehen war, ob es sich um den Beginn einer Krankheit oder einer neuen Klarsicht handelte.

Dazu kam, dass man hier auch aus anderen Gründen die Bodenhaftung verlieren konnte. Cambridge entzog sich dem unmittelbaren Zeitgeschehen; schlug ich hier den *Guardian* auf, erreichten mich Nachrichten und Echos aus dem Hinterland. Irak-Krieg, Klimawandel, Agenda 2010, all das las man, wie man Geschichtsbücher las. Die Nachrichtenlage taugte noch für den Small Talk mit anderen Deutschen, als unverfängliches Gesprächsthema während langer Dinner. Sozialwissenschaftlern selbst schien es kaum einen Unterschied zu machen, ob sie über König Chlodwig oder Kanzler Kohl schrieben, beide waren einem hier ähnlich nah oder ähnlich fern. Wenn ich von abendlichen Bibliothekssitzungen heimkehrte und nochmal die online-*Tagesthemen* durchging, überkam mich weniger Sorge als zunehmende Verständnislosigkeit. Was immer sich dort fernab in Gang setzte, ein Terror, eine Gesundheitsreform oder Handball-WM, im Grunde blieb es mir ebenso unbegreiflich wie der Ruf der Krähen, die vor meinem Fenster und über den altenglischen Chimney Pots ihre Kreise ins Dunkel zogen. Vielen anderen schien es ähnlich zu gehen. Beim Dinner kam es immer wieder vor, dass mein Gegenüber, dem laufenden Weltbetrieb längst enthoben, schulterzuckend vorgab, mit Namen und Ereignissen, die derzeit im Schwange waren, nichts anfangen zu können, ja das erste Mal von ihnen zu hören. Wenn solche Gelassenheit zu sagen schien, dass man sich zu Zeiten, in denen so viel unnützes Wissen im Umlauf war, als gebildeter Mensch nur durch bewusstes Nichtwissen auszeichnete, kam ich mir wie der letzte Bildungsphilister vor.

Während mein Heimatinteresse langsam nachließ, waren andere hier jedoch auf überraschende, auch mit der jüngsten Geschichte nicht ganz erklärbare Weise von den Deutschen angezogen. Wir schienen ihnen ein fremdes Faszinosum, ein Land voller Selbsthass, unendlich tief, ernst und hoch musikalisch, aber durch und durch kaputt; eine Femme fatale, die in ihrem suizidalen Wahn, damals mit Weltkrieg, später mit Währungsunion, ganz Europa mit sich riss. Wir mochten uns insgeheim und zu Unrecht für die weithin uninteressanteste Nation der Erde halten, manch geistvoller Engländer aber glaubte dunkel zu ahnen, dass etwas Großes hinter unserem Wahnsinn steckte, zu dem er keinen Zugang hatte, dass ihm offenbar eine entscheidende Einsicht in die Welt fehlte und ihm etwas entging in seiner gepflegten Zivilisiertheit, seinem Hang zu Stil, Gemütlichkeit und Gärtnerei, den ich so schätzte, er selbst aber oft ein bisschen bieder fand. Richardson fand es lustig und vielsagend, dass es im Englischen nicht einmal ein Wort für »spießig« gäbe. »In this country, most people are spießig by nature!« Das englische Interesse beschränkte sich keineswegs auf die Nazis, auch wenn es sich hier am erotischsten entwickelt hatte. Immer wieder kam Richardson, hin und wieder auch Coubertin auf den Herbst 89 zurück, den man als Deutscher zwar als große historische Stunde erlebt, mit dem man für gewöhnlich aber längst abgeschlossen hatte. Warum sollte der Mauerfall ausgerechnet einen Briten oder Franzosen noch umtreiben? Vielleicht ergab sich Übersicht nur mit Abstand: »Wende« oder auch »Kehre« seien so schöne deutsche Begriffe, *change* oder *turnaround* gäben das kaum wieder. Manchmal müsse man der Sprache mehr als den Historikern trauen. Und das brauche die Distanz mehrerer Jahrzehnte, um in seine Form zu finden. Wofür auch immer man 89 in Anspruch nehme, fand auch Coubertin, eine Wende stehe noch aus, da komme doch noch etwas, das den Begriff wirklich ausfülle und einlöse. Vermutlich lasse sich noch gar nichts darüber sagen, weil sie nach wie vor über uns hingehe, wir uns weiterhin in ihr befänden, noch immer gewendet würden. Es war kein neuer Gedanke. So oder so ähnlich hatte man das auf Sonntagsreden während der Wende und Nachwende auch schon gehört, mit dem üblichen Überschwang, der sich in großen Zeiten der Sprache bemächtigt. Václav Havel hatte damals überall das Ende der Neuzeit verkündet, alle absolutistische Vernunft durch Sein und Dasein überwinden wollen, aber viel war davon nicht geblieben. Coubertin dagegen glaubte sich wirklich in Wendezeiten, auch wenn politische Theologie nicht seine Sache war. Für ihn war damals nur eine besonders hartnäckige Variante menschlichen Größenwahns in sich zusammengebrochen, andere würden folgen, eine Frage vielleicht einiger Jahrzehnte. Ausgerechnet mein katholischer Freund also hatte Grund zur Annahme, dass er seiner Zeit weit voraus war und schon einmal die Zukunft bezog, während wir uns noch ganz an den warmen Kadaver hielten.

10

Mein Bild von Coubertin glich anfangs mehr oder weniger den verkitschten Postkartenmotiven von seinem College. Wenn ich an ihn dachte, stellte ich ihn auf den hohen Bogen der King's Bridge, vor die Wasserfarben aller Jahrhunderte, die schon an der Szenerie gemalt hatten. Stocherkähne vor King's Chapel, Studenten und Picknicker am grünen Ufer, der gestreifte Rasenteppich vor Gibbs'; ein paar Vogelstimmen liefen darüber hin. Der Wahrheit näher kam ich, als ich ihn ein paarmal mit dem Fahrrad zur Institutsbibliothek fahren und über die geschwungene Spannbetonbrücke hinüberschießen sah, die zwischen den beiden massiven alten Brücken von Trinity und Clare lag, keinen rechten Namen hatte, aber aufgrund des leichten Anstiegs von der Stadt her, der nach einem kurzen Höhepunkt in einen entspannten langen Abschwung überging, unter Studenten auch als *Orgasm Bridge* bekannt war. Die Theologie war jedenfalls nur der Anfang eines sehr viel umfassenderen Studienunternehmens, in das er dann, je länger ich ihn kannte, auch mehr und mehr Einblick gewährte.

Es überraschte jedenfalls kaum, dass der anmutige Geistliche den Kopf nicht einziehen musste, als nach einem nicht übermäßig langen, aber trüben Winter die üblichen Paarungsgewohnheiten wieder in Gang kamen. Sobald der Frühling nicht länger an sich halten konnte, taten's einheimische Studentinnen auch nicht mehr und empfahlen sich ihren jungen Landsleuten durch einen oft überreizten Minimalismus in Kleidung und Anspruch sowie eine entwaffnende Naturverbundenheit. Coubertin wehrte sich nicht allzu sehr, behauptete sogar, er könne in diesem unverfälschten Habitus einiges von der Art wiedererkennen, wie die Engländer mit den Resten ihrer Heide, ihren Dörfern, Universitäten und Kirchen umgehen. Da war ich nicht so sicher. Meiner Ansicht nach war das eher eine Gewohnheit, die die Mädchen aus den Internaten übernahmen. Jedenfalls kam dieser unbefangene Zug gerade Männern entgegen, deren Phantasie von Frauen erregt wurde, denen jede Phantasie abging. Da diese ihr Wesen völlig nach außen kehrten, konnte alle Strahlung aus ihnen hervorbrechen, ohne von allzu viel innerer Reflexion abgelenkt zu werden.

Mir blieb nur die Phantasie, auch wenn ich mich oft genug beraubt fühlte. Irgendetwas von dieser Schönheit im Flanellgeflatter gehörte mir, gehörte allen, brachte Nähebedürfnisse auf, von denen die Lust vielleicht das geringste war und die weniger den Wunsch nach Umarmung oder Übergriff als so etwas wie Heimweh auslösten. Vielleicht verdrängte ich die Libido wie jeder moderne Mensch dichter Stadtpopulationen in einem Akt der Selbstbeherrschung, der nur selten hinreichend gewürdigt wird. In jenen Momenten aber war die Lust nur mehr Abkömmling von etwas Elementarerem, das noch flüchtiger war, eine Beschwichtigung oder Ablenkung, ein aufs Ganze gesehen nicht völlig befriedigender Ersatz. Bei Platon kann man irgendwo lesen, dass die Götter einem die Lust nur geschenkt haben, weil alle sonst in Rage einander verschlingen würden. Das kam der Sache schon näher. Ich saß häufig im Garten von Clare am Ufer der Cam, wo inmitten des Gekreischs und der Albernheiten ihrer Insassen die Stocherkähne aneinander vorbeizogen und ab und zu eine wilde Schwimmerin von Queens' bis hoch zu Magdalene hinaufschwamm. Neben mir und ein paar Enten, die ihren Nachwuchs zu Wasser ließen, banden mich dann Gruppen von je zwei oder drei sonnenbadenden Grazien an, meist mit Sonnenbrille, Hut, Studien- und Schreibkram zu Füßen. Die Mädchen, denen ich nicht das Gefühl geben wollte, in den Blick eines notgeilen Voyeurs geraten zu sein, hätten kaum geahnt, wie harmlos es gewesen wäre, was dieser ihrer Körperlichkeit hilflos ausgelieferte Phänomenologe wirklich mit ihnen hätte anfangen wollen. Ich wünschte mich in die Nähe ihres Nackens, ihrer Schultern, Achselhöhlen, Knie, Füße, so lange, bis jenes Ziehen einsetzte, die Ahnung: Das ist es, so müsse eigentlich alles sein, hier gehöre ich hin. Das war noch keine Lust. Erst wenn Nähe in Berührung überging, schien das Platon'sche Sicherheitssystem zu greifen und etwas ganz anderes hervorzubringen, das weniger eine Modalität der Arterhaltung als ein Täuschungsmanöver war, das nicht nur mich, sondern auch die Sache selbst schützte, die sich immer wieder entzog und verbarg und stattdessen etwas Ähnliches hervorbrachte, ein überstürztes Ineinander, das einem heftig vorkommen mochte, aber vielleicht nur ein ganz aufregender Abglanz war.

Coubertin ging diese Dinge wesentlich direkter an. Dass er es damit so viel leichter hatte, muss wohl an seiner Aura gelegen haben, die dafür sorgte, dass es um ihn herum immer ein bisschen heller war als andernorts. Wenn ich ihn in mein College zum Dinner mitbrachte, blieb ich nie lange allein und fand mich neben Frauen wieder, die ich ohne ihn nie kennengelernt hätte. Was das betraf, war das Angebot breit gefächert: Prestige,

Romance, soziale Ornamentik, Spielfreude oder nur Lust; man wusste nie genau, was man sich einhandelte. Coubertin befreite eine ganze Reihe dieser Frauen aus der Einsamkeit, ohne auf den jeweiligen festen Freund, der oft an anderer Stelle studierte, allzu viel Rücksicht zu nehmen. Tragisch endeten nur solche, die sich ernsthafter in ihm verfangen hatten und die er dann am Ende unverständlich kühl zurückwies. Weit herumgeführt von der eigenen Strebsamkeit, hatten diese mit Liebe wenig Glück und für Laster wenig Zeit gehabt und litten unter den forcierten Bedingungen, die sie spät, manchmal gegen Ende ihrer Zwanziger hier vorfanden. Cambridge, auch in diesen Fragen ein Durchgangsort, an dem kaum einer lange blieb oder sich auf Dauer binden wollte, machte ihnen die Sache nicht leichter. In jedem Spiel bestimmen Raum und Zeit die äußeren Regeln, und die waren hier beide sehr begrenzt, ein paar Monate in engen Collegezimmern. Dazu kam die marode Baustruktur der alten Gemäuer, ständig wurde hier restauriert. Das dauerte eine Weile, dafür sorgte schon der Denkmalschutz, und auch die Heizungen fielen öfter aus. Coubertin musste sich selten lange nach Ausweichmöglichkeiten umsehen und übernachtete häufig auswärts, man sei doch erwachsen. Vor allem über die Frühlingswochen, die noch viele kühle Nächte über die Marschen schickten, machte er regen Gebrauch von solchen Gefälligkeiten.

So entstand, und ich konnte das mehr oder minder nur über Coubertin erschließen, ein ganz eigenes, gedrängtes Soziotop, das ungewohnte Verhältnisse beförderte. Wer die nötige Zeit und Neugier investierte, konnte eigene Feldversuche mit oft überraschenden Ergebnissen anstellen. Außer für die Dauer einiger Spaziergänge mit meinem Freund kam ich dieser Welt nicht besonders nahe, obwohl auch mir ganz fürchterlich eloquente Promovendinnen über den Weg liefen, die daran glauben ließen, dass sich Intelligenz und Attraktivität ab einer gewissen Höhe nicht ausschließen, sondern nicht selten auf das Schönste miteinander verbinden. Und das, obwohl gerade die Außergewöhnlichsten unter ihnen darauf drängten, strictly der eigenen Skills wegen geschätzt zu werden. Begegnungen mit ihnen begannen daher oft etwas unterkühlt. Ich näherte mich, indem ich ihnen Gelegenheit gab, Glanzlichter ihrer akademischen Erfolge zu referieren, reputierliche Universitäten, Stipendien, Stiftungen und Preise, was in der Häufung gelegentlich eine gewisse Unsicherheit offenbarte, die sich etwas aufplusterte. Sie waren so anders als Du; auf ihre Weise eindrucksvoll, aber ohne erkennbare Dunkelheiten, mir wahrscheinlich ähnlicher als Dir.

Die Mehrzahl hatte sich fachlich durchgesetzt und die teils noch erhebliche Zurückhaltung älterer Professoren überwunden, die es, aufgeklärte Moderne hin, Feminismus her, Frauen gegenüber gerade an solch alten, von diskreten Männerbünden dominierten Institutionen noch immer gab. Anspruchsvolle, zarte Naturen mit brennendem Eifer füllten die Jahrbücher, die Message Boards von Clare, die Wandzeitungen der Fakultät. Artig und adrett sah man sie dort auf Elefanten reiten, im südamerikanischen Dschungel mit wilden Vögeln posieren oder bedächtig in Gespräche mit Einheimischen verwickelt. Mal machten sie Feldstudien über den Zuckerhandel in den West Indies, verbrachten die Ferien mit *Human Rights Watch* in Kenia oder, wohl das erste Mal ohne Eltern und ganz auf sich allein gestellt, während praktischer

Jahre in Laos, um dort Bevölkerungsstruktur, Nahrungs-
zusammensetzung und Hygienebedingungen zu erfor-
schen. Andere sahen ihre Zukunft in Brüssel oder New
York, machten sich, Hunger und Elend zu bekämpfen,
mit Nichtregierungsorganisationen nach Äthiopien und
Ruanda auf oder nach Israel oder Palästina, um die Lage
konfliktbegleitend in Friedensmissionen zu beruhigen.
All die fernen Länder, deren Klimata und Kulturen wie
auch die Gefahren bewaffneter Auseinandersetzungen
kannten sie zwar nur aus Lehrbüchern, und ob ihnen
der Kosovo, der Sudan oder Peru als Lebensmittelpunkt
wirklich zusagten, wussten sie in ruhigen Minuten
vielleicht selbst nicht. Aber ein über Jahrtausende ent-
wickelter Instinkt für Geltung und Ansehen sowie das
Bedürfnis, in unübersichtlichen Zeiten etwas »wirklich
Sinnvolles« in die eigene Lebensmitte zu rücken, ließ
diese Rolle angemessen und zeitgemäß erscheinen. Nun
schwankten wir alle in unseren Entscheidungen, gerade
in Fächern, die berufs- und marktperspektivisch kaum
mehr als Himmelfahrtskommandos waren. Frauen aber
bewegte darüber hinaus eine tiefere, auch äußerlich spür-
bare Rastlosigkeit und Unruhe, die sich vermutlich mit
der Fadenscheinigkeit all der errungenen Triumphe erklärte, die sie besser durchschauten, vielleicht auch mit
der Sorge über die eigene Courage, die sie so weit über das
Gewöhnliche hinausgetragen hatte. Während ihres atem-
losen Laufs war kaum Gelegenheit für anderes, ebenso
Wesentliches geblieben, und darin fehlte jetzt die Exper-
tise. Darüber hinaus stellte sich so oft wie überraschend
ein Zeitdruck ganz anderer Art ein, den weniger die Bio-
graphie als die Biologie diktierte. In Eile geraten, griffen
sie hastig zu, gerieten dann nicht selten in ernüchternde

Geschichten mit Better-than-nothings, wie es Coubertin etwas chauvihaft ausdrückte, verlässlichen, schüchternen jungen Männern, die ihnen den Rücken freihielten. Vielleicht war das einer der Gründe dafür, dass sie, die ihre Kollegen oft fachlich in den Schatten stellten und von allem hier die magische Mitte hätten bilden können, so eigenartig blass blieben.

So ging die Strahlkraft des Ortes nicht, wie man es hätte erwarten können, von ihnen, sondern noch immer (oder schon wieder) von einer Gentleman Class aus, die allen Moden der Zeit trotzte und hier Trauben an Verehrerinnen hinter sich herzog. Die Gattung gab an sich kein eindeutiges Bild ab. Die wenigsten von ihnen traten noch wie ihre viktorianischen Vorgänger auf (ein paar Snobs fanden hier ihre letzten Reservate, aber wenig Anschluss), eher verstanden sie sich auf Understatement und ein ungewöhnliches, allem Anschein nach unzeitgemäßes und daher verwirrendes Maß an Manieren. In Tischgesprächen fühlte man sich von ihrer Aufmerksamkeit bald geschmeichelt, bald auf den Arm genommen, unterlegen und doch wohlwollend auf Augenhöhe gebracht, sodass man den Eindruck bekam, die Unterredung finde in einem größeren Rahmen statt oder diene höheren Zwecken. Ihre Ausstrahlung auf Frauen erklärte sich wohl neben ihrer ausgesuchten Attraktivität (im Gegensatz zur Zeitmode und ihrer Adoleszenzverschiebung bis ins 50. Lebensjahr wirkten sie alle älter, als sie waren), mit einem Charisma der Unergründbarkeit und Unbeirrbarkeit. Jungen Studentinnen begegneten sie als die ersten ernstzunehmenden Vertreter jenes Geschlechts, von dessen Niedergang sie überall in den Zeitungen lesen konnten. Auch deren Rangstreben schien den Mädchen natürlicher als das eigene, zu dem sie ein oft gebrochenes Verhältnis hatten, das ihnen wie eine Charade vorkam, auch wenn sie den Großteil ihrer männlichen Kommilitonen fachlich überflügelten. Doch die Zeiten, in denen Männer noch um sie und nicht mit ihnen konkurrierten, waren endgültig passé, und den letzten der *male breadwinner*, denen an ihrer Virilität lag, begegnete man nur noch in den Rückzugsgebieten der Technik, der Philosophie oder Theologie. Ab einer gewissen Höhe sprach kein Mensch mehr von Emanzipation. Zum einen gehörte sie hier längst zum Common Sense, zum anderen waren es ausgerechnet die Frauen, die Männern oft insgeheim eine Unübertrefflichkeit attestierten, von der diese selbst nichts ahnten.

Die neue Lage dankbar hinnehmend, gab Coubertin vor, dass das freiere Spiel auch der höheren Intelligenz und geistigen Unabhängigkeit aufgeklärter Eliten geschuldet sei. Das ließ sich schwer überprüfen; jedenfalls war es für mich so aufschlussreich wie entmutigend, ihn auf Partys zu begleiten. Vielleicht lag es auch an seinen hellen Leinenanzügen und Schuhen, ein bisschen viel des Guten, wie ich fand, dass ich mir nach kurzer Zeit anderen Umgang suchen musste. Dabei hätte ich mich von ganz allein aus den Kampfhandlungen zurückgezogen. Die Bars dieser Tanz-Terrarien waren für mich kaum mehr als Darwin'sche Beobachtungsposten, und jene in ihrer Deutlichkeit verstörenden Vorgänge riefen auch eine Art zoologischen Forschungseifer in mir wach. Es lag ein eigentümlicher Ernst in dem Geflatter dieser Spottdrosseln und Fulbright-Finken; waren mir solche Abende nur episodische, halb komische, halb tragische Fluchten aus der Bücherwelt, schien es bei diesen

Mädchen wie im christlichen Kalender festgelegte Feiertage oder Saturnalien zu geben, die sie in ganz neuartigen Stimmungen zeigten. In der Hitze der Brunst erkannte ich solche wieder, die mein fröhliches Good Morning! sonst vielleicht als aufdringlich empfunden hätten, hier nun aber den Ernstfall probten. Coubertin muss es wie ein Heimspiel vorgekommen sein. Wenn sich doch einmal eine Zukurzgekommene in meine Nähe wagte, hatte sie mich mit ihm gesehen und sprach mich mehr oder weniger direkt auf ihn an, ließ sich von mir zu weiteren Gins einladen, wurde immer einsilbiger und schaute in dunkle Korridore. Eine Reihe dieser Miss Moneypennys klagte mir noch am Morgen danach ihr Leid (James Bond hatte hier ja angeblich Orientalistik studiert. Wer seinen Frauenverschleiß für eine Erfindung der Filmindustrie hielt, wurde schnell eines Besseren belehrt).

Mitleid wollte kaum aufkommen, auch wenn sich manche der Mädchen mehr von diesen Nächten versprochen hatten und ihre Hoffnungen oft enttäuscht sahen. Existentiell nämlich wurde keine dieser Geschichten, und niemand brach sich wirklich das Herz. Man war sprunghafter, verhandlungsbereiter als anderswo, hängte sich aber selten weit aus dem Fenster und sah die Lage mit gebotenem Realismus. Irgendetwas fehlte dann auch, man konnte gar nicht sagen, was (vermutlich verriet sie schon die Sprache; wer seine Näheverhältnisse unter solch nichtssagende Begriffe ordnete, dem reichten auch *relationships*). So leichtfertig man zusammenkam, ging man auch auseinander. Coubertins Bedenken liefen noch auf etwas anderes hinaus. Über all der Lust schien etwas verlorengegangen, das sich weder auf den Begriff bringen ließ noch eigentlich eine gerechtfertigte Klage erlaubte.

Von keiner dieser Frauen ging ein ähnliches Versprechen aus, keine löste ein ähnliches Versprechen ein, wie er es von seinem verborgenen Gott gewohnt war. Stattdessen umgaben ihn solche, die nun ganz bei sich angekommen und leicht auszumachen waren. Er gab nach, weil gerade keine andere da war, auch wenn das Geheimnis fehlte, das durch Unnahbarkeiten genährt wird. Waren sie ihm damals wie schwebende, der Deutung noch offene Verse vorgekommen, rückten sie sich später zurecht, reimten sich und entwickelten tragende Aussagen, die für den begabten Exegeten keine Hürde mehr darstellten.

Der Zeitgeist legte auch hier Wert auf vielseitige Geschäftstüchtigkeit, was das Ganze berechnender, aber auch berechenbarer machte. Auch für Glück und Nächstenliebe ließen sich nach dem gängigen Bedürfnis-Utilitarismus Kostenrechnungen erstellen, die jemandem wie Coubertin sehr entgegenkamen. Auch er allerdings beklagte zunehmend die Kürze und unangenehme Kühle des Verfahrens. Was er aus den Nächten mitnahm, wollte zu der lässigen Unverbindlichkeit um ihn herum nicht passen. Auch ihn umgab dann etwas Rastloses, als habe er vergessen, wonach er eigentlich suchte. Seine Gefährtinnen schätzten eine gewisse Geradlinigkeit. Er hatte gelernt, sich darauf einzustellen, und wusste sie dort nach einer Weile verlässlich abzuholen, auch wenn er sie manchmal kaum kannte. Aber die Übergänge gerieten gewöhnlich, er vermisste den Zauber seiner Fehlschläge, jene Blicke, die ihm jemand aus der Stille einer unverfälschten Schüchternheit zuwarf, das aus der Reihe fallende Wort, das erst nach und nach seinen eigenen Raum um sich auftat und ihn gegen alles Neue, Gerade, Erwartbare und Ordnungsgemäße verteidigte.

Das knappe Zeitfenster verengte die Perspektiven. Ich bin verliebt! oder gar: Ich liebe dich!, das waren Formeln, deren sich die meisten ehrlicherweise enthielten und von denen höchstens ein paar Gerissene oder Verzweifelte autosuggestiven Gebrauch machten. Relationships füllten hier nur einen Teil der gut durchplanten Freizeit aus. Alles was darüber wuchs, musste auf irgendein Problem deuten und wurde ohne großes Federlesen und möglichst prüfungsnah zu Ende gebracht, weil man dann beim anderen eher auf Entgegenkommen hoffen durfte. Man leistete sich seine guilty pleasures und allerlei Serien- und Kinokitsch, sah Jeremy Irons als Humbert Humbert zu Beginn einer *Lolita*-Verfilmung betroffen dabei zu, wie er minutenlang hinter dem Steuer seines Wagens und an seine Erinnerungen verloren von Straßenseite zu Straßenseite trieb, hatte selbst aber etwas enge Vorstellungen und Ansprüche in den heiklen Freizeitbereichen. Taten sich Affären auf, zogen sie sich zäh und träge, waren schwer in Bewegung zu setzen, noch schwerer wieder loszuwerden, wuchsen sich aber kaum zu großen Verhängnissen aus. Coubertin befürchtete weniger, dass ihn die Liebe zerreiße, als im grauen Verwaltungsapparat der Zweier-Anstalten zu verenden, in dem es ähnlich muffig wie in Beamtenstuben zuging.

Mich konnten solche Einsichten kaum trösten. Auf den Spielfeldern, die Coubertin so mühelos beherrschte, kam ich gar nicht zum Einsatz, auch wenn seine Erzählungen da keine echten Begehrlichkeiten weckten. Vermutlich war er als Katholik auch im Vorteil, weil er wusste, dass bestimmte Gelegenheiten durch Handlungen und Akte befördert werden mussten, denen ein fast liturgisches Gewicht zukam, während ich noch gut protestantisch davon ausging, dass auch hier alles nur eine Frage der Einstellung sei. Auch wenn ich mich nach allem Möglichen sehnte, das nur mit Frauen Sinn ergab, machten Coubertins anekdotische Lageberichte nur zu deutlich, dass ich mich im Fall des Falles mit den allermeisten schnell überworfen hätte. Letztlich blieb ich auch hier, warum auch immer, weniger Protestant oder Anglikaner als Angelikaner.

Ich beneidete Charly darum, anders als wir an dieser Front Ruhe zu haben. Ihr frühes Eheglück mochte, verglichen mit Coubertins Liebeleien und meiner passionierten Abstands-Amoure ein wenig träge wirken, und ganz undramatisch für Literaturstudenten, aber es strahlte auch eine fast unheimliche Souveränität aus. Wenn sie sich im Pub auf meinen Schoß setzte, schien das auch sagen zu wollen, seht her, so überlegen lassen sich all diese komplizierten Verhältnisse handhaben. Ich kann Arm in Arm mit jemandem nachts nach Hause schlendern, und jeder weiß, wie es gemeint ist. Natürlich redeten wir auch über Dich. Sie fand das alles rührend und hörte mir geduldig wie eine Mutter zu; für sie mussten das Sandkastenspiele sein, ein überspanntes Phantasma, mit dem ich mich vor jedem echten Kontakt mit der Welt schützte. Zu Coubertin fiel ihr weniger ein. Auch wenn sie sich gerne mit ihm zu unterhalten schien, blieb sie ihm gegenüber viel förmlicher. Sie fand ihn »cute«.

11

Ein paar Wochen nach unserer Osternacht schriebst Du mir eine recht seltsame, aber nicht unerwartete Nachricht. Ich habe mir nicht viel davon merken können, außer dass Du mit Hinweis auf Deine »fast schwesterlichen Gefühle« mal wieder den ja eh schon erheblichen Abstand zwischen uns nochmals vergrößern wolltest. Man sei sich einfach viel zu nah, nichtsdestotrotz sei Dir meine Freundschaft aber ... usw. Na schön, Du würdest schon irgendwann wiederkommen. In der Nacht darauf und nach dem Genuss mehrerer möglicherweise nicht mehr ganz frischer Cheddar-Sandwiches schlief ich unruhig, träumte mich aber weiter und imposanter hinaus als sonst. Immer wieder wachte ich auf, warf mich mit quälenden Traumresten umher und dämmerte wieder ein. Am nächsten Morgen konnte ich mich nur noch an eine letzte langgezogene Sequenz erinnern, weil sie Passagen enthielt, in denen ich (wohl das erste Mal überhaupt) luzide blieb, also im Wissen, dass ich gerade träumte. Wäre dies an sich schon wundersam genug gewesen, weil der Traum solche Einsichten für gewöhnlich unterbindet und sich bis zum Ende für die Wirklichkeit ausgibt, verblüfften auch seine mit großer Intelligenz und Orakelfreude verwickelten, sich erst über die nächsten Monate allmählich entwirrenden Botschaften.

Ich bin mit meinen Eltern unterwegs, die mich hier besuchen und sich wie Kulturreisende durch den Ort führen lassen. Bald stehen wir in einem kühlen Kirchendunkel und sehen zu einer hohen Holzdecke hinauf, wo auf den Verstrebungen einige größere Vögel mit enormen Schwingen hocken, die wir nicht stören wollen. Inzwischen hat der Traum umgebaut, und aus der Kirche ist eine Bibliothek geworden, wohl die von St. John's mit Anleihen der Bodleian in Oxford (und wohl auch eine Hall, denn am Ende sitzen einige Leute am High Table und speisen). Dann entdecke ich neben Regalen mit alten Folianten tatsächlich auch Dich in einiger Entfernung auf dem Weg zu einer kleinen Wendeltreppe. Du scheinst mich bemerkt zu haben, lässt Dir aber nichts anmerken. Ich gehe Dir nach, Du steigst nach oben, wo sich nun ein weiteres Geschoss voller Regale auftut. Hinter einem sehe ich Dich noch verschwinden, versuche Dir hinterherzukommen und den Anschluss nicht zu verlieren. Doch plötzlich sitzt mir dort ein Typ im feinsten Zwirn im Weg, breitbeinig auf einem Hocker, blickt aus einem Buch hoch und hält mich zur Ruhe an, indem er seinen Zeigefinger auf die Lippen legt. Bis auf den Anzug erinnert er an Professor Glück aus Heidelberg, ein wenig auch an den College-Pförtner. Ich möchte an ihm vorbei, weil ich Dich hinter einem der anderen Regale vermute, da wispert er mir trocken zu: »No no, not this way ...« Aber ich habe Dich sowieso fast vergessen – der Traum hat seine eigenen Gesetze, dazu gleich mehr –, und ich mustere den resoluten Herrn nun genauer, seinen hellbraunen, ausgesprochen kleidsamen Tweed, das rote Einstecktuch, die dunkelbraun-karierten Socken in den Full Brogues. Schon reicht er mir das Buch, in dem er gelesen hat, dessen Titel und Inhalt ich bedauerlicherweise vergesse (und damit vielleicht den wichtigsten Hinweis). Die Szene reißt ab, aber wir, also Glück und ich, müssen nach draußen, auf eine nunmehr düstere Straße gelangt sein (oder in ein Untergeschoss der Bibliothek?), jedenfalls wirkt die Umgebung bedrohlich, im Schatten liegen Hunde vor irgendeinem vielstimmigen Murmeln im Hintergrund, und ein paar nicht sehr vertrauenerweckende Rugby-Spieler kommen über den Weg gewankt. Wir gehen weiter, aber weder wird ganz klar, was oder wohin wir da wollen, noch passiert allzu viel. Schnitt, plötzlich wieder heller Tag. Glück und ich gehen eine Weile über die gepflegten, fast seidenen Rasen der Backs, auch wenn die Gegend in Wirklichkeit anders aussieht. Da fällt mir ein, dass man die eigentlich nicht betreten darf, überall stehen deshalb Schilder, die es verbieten, woraufhin mein Begleiter sein Jackett zuknöpft, zum Fliegen anhebt und mich ermuntert, es ihm gleichzutun. In diesem Augenblick liegt auf der Hand, was in solchen Momenten eigentlich immer auf der Hand liegen müsste, es aus unerfindlichen Gründen aber niemals tut, nämlich dass es sich nur um einen Traum handeln kann. Aber statt nun aufzuwachen und darüberhin verschwitzt zu seufzen, will ich wissen, ob es denn wenigstens funktioniert. Ich bewege die Arme wie ein Vogel seine Schwingen – lächerlich, was soll's, es ist ein Traum! –, und tatsächlich hebe ich ab, und wir fliegen in etwa fünf, sechs Metern Höhe über das Grün und eine weite bunte Blumenrabatte, dann auch über die Cam, die ich noch so genau vor Augen habe, dass mir sogar heute noch ein paar verunsicherte und lauthals quakende Enten aus der Nacht damals entgegenflattern. Nicht die Möglichkeit!, frohlocke ich aus luftiger Höhe und mit völlig bewusster Umsicht auf das mitreißende, täuschend echte Synapsentheater.

Dann bricht auch dies ab, wahrscheinlich bin ich zu überwältigt, nicht zuletzt von den Möglichkeiten, die ich jetzt gehabt hätte. Warum nur habe ich Dich nicht einfach dazugeholt? Irgendwie scheint dieser Wunsch aber doch noch Berücksichtigung zu finden, und Du tauchst in der letzten Szene wieder auf, die ich nicht mehr luzide träume, sondern auf die herkömmliche Weise, so herkömmlich man es nennen mag, was da alle Nächte seinen mehr oder weniger grotesken Gang durch uns nimmt. Irgendeine Mensa, wahrscheinlich in Heidelberg. Nur seltsam, dass man bedient wird und also Du mir einen Kaffee bringst, um einiges stattlicher, als ich Dich kenne, und mit langem dunklen Pferdeschwanz. Keiner weiß, dass wir uns kennen, und wir haben alle Mühe, es zu verbergen, aber ein warmes Gefühl innigster Verbundenheit schwebt über allem. An einem Nebentisch wieder Professor Glück, an dem ich mich beim Verlassen des sich nun in einen Biergarten verwandelnden Unigeländes wie an all meinen Professoren, wenn ich sie außerdienstlich antreffe, unbemerkt vorbeischleiche.

Jene Nacht damals hellte die ganzen nächsten Wochen auf. Es war, als hätte ich eine Art Nebenuniversum der unbegrenzten Möglichkeiten betreten, und ich erinnerte mich noch so gut an Details, dass ich mir alles genau notierte und versuchte (zu irgendwas musste so ein Literaturstudium ja nütze sein), das Ganze wie einen Text zu lesen und ihm möglichst sachdienliche Hinweise auf meinen Geisteszustand zu entnehmen. Am einfachsten war noch zu erklären, warum ich darin mit meinen Eltern eine Kirche betrat, denn das hatten wir früher öfter gemacht, blieb mit einem Pfarrersvater auch nicht aus. Eigentümlicher schon der Eindruck, dass ich in Träumen so gut wie nie mit meinen Eltern redete, auch wenn sie, die weit entfernt von mir lebten und nur noch wenig mit mir zu tun hatten, viel zu oft als stumme Mitläufer und Freud'sches Über-Ich dabei zu sein schienen, wenn ich mich durch die Nächte kämpfte. So gesehen war es fast zu schön und glatt für seinen Interpreten, dass der Traum eine Kirche aufstellte, Raum, Heimat und Grenze aller existentiellen Vater-Bezüge (aber wer weiß, vielleicht war auch eine Kirche manchmal nur eine Kirche). Dass sich das Gotteshaus in eine Bibliothek verwandelte, sobald ich die beiden hineinführte, konnte auch kein Zufall sein. Entweder war das Neue nun meine eigene Welt und Kirche oder, verzwickter und vertrackter (aber man muss Träume auseinanderfalten, weil sie zum Teil bis zum Unkenntlichen verdichtet sind), die Welt meiner Eltern stellte sich für mich als nichts anderes als eine Ansammlung alter, toter Bücher dar. Der Eindruck, es handele sich auch um eine Hall, ergab sich wahrscheinlich durch Tagesreste, die fast immer mit verbaut wurden, und die Hall von St. John's kannte ich durch Coubertin, der mich öfter zu sich einlud.

Dein Auftauchen allerdings war schon in mehr als einer Hinsicht rätselhafter. Zum einen träumte ich zwar oft und viel von Frauen, viel zu selten jedoch von Dir. Wäre der Traum wirklich, wie Freud meint, eine Wunscherfüllung irgendwelcher mal bewusster, mal un- oder unterbewusster Ich-Anteile, dann hätte ich dauernd von Dir (oder von Dir in Verwandlungen) träumen müssen. Wenn Du also einmal auftauchtest, dann wollte mir der Traum etwas Wichtiges mitteilen, auch wenn er das genau genommen immer will, sonst würde er die Nachtruhe nicht stören. Ich hatte Dich nie in einer Bibliothek gesehen, und Dich jetzt in einer zu erblicken fühlte sich so an, als seist Du endlich bei mir angekommen. Dein kurzer Blick, fast eine Aufforderung, Dir zu folgen, sprach ja dafür. Warum haben wir nicht gleich miteinander geredet? Vielleicht wolltest Du erst meine Eltern loswerden und gingst dann die Wendeltreppe nach oben. Warum überhaupt eine Wendeltreppe? Weil es ein gewundener Aufstieg war, der dem Verfolger auch die Sicht auf den Verfolgten nimmt? Nach oben ging es, weil es die höhere Ebene war, einmal mehr zog wahrscheinlich das Ewig-Weibliche hinan. Da oben habe ich Dich dann verloren, wobei offenblieb, ob Du nach Deinem Verschwinden noch hinter einer der Bücherreihen standst oder der Mann im Tweed Deinen Platz einnahm. Wie weit Traum und Wirklichkeit im Hinblick auf die für mich ja nun innigsten Gefühlsregungen auseinanderliegen konnten, zeigte sich daran, dass ich, anders als im weniger traumhaften Leben, keine größere Frustration darüber empfand, Dich nicht wiederzufinden.

Nun also der Mann im Tweed. Obwohl einer gewissen Stämmigkeit wegen mit Zügen des Porters, wiesen Blick und Spitzbart unverkennbar auf Professor Glück, wobei der Traum diese Figur mit dem Glück aus der Cafeteria in der Erinnerung später überschrieben haben könnte. Träume versuchen da, wie die Literatur auch, vieles passender und konsequenter zu machen, so als wollten sie eine bestimmte Lesart ins Chaos bringen. Andererseits war es ja so überraschend nicht, in der Bibliothek auf einen Literaturprofessor zu treffen. Was den Tweed betraf, so spiegelte er vielleicht eine uneingestandene, selten ausgelebte Sehnsucht nach auch kleidungsmäßiger Distinguiertheit, die ich mir weder finanziell noch habituell leisten konnte, denn meine Umgebung, die hier sehr auf Understatement setzte, hätte in diesem Stil nie mehr als eine Verkleidung sehen wollen. In meinen Berliner Tagen besaß ich tatsächlich ein schon etwas abgetragenes Tweed-Jackett, das ich nur sonntags anzog, wenn ich Spaziergänge in die Umgebung meiner Wohnung machte und relativ sicher war, niemandem Bekannten zu begegnen. Ich wäre mir in dieser Stadt wie ein verirrter Oberbayer im Trachtenjanker vorgekommen. Hier stand ich oft vor dem Kleiderladen von Ede & Ravenscroft wie andere vor Schuhgeschäften oder Bordellen. Irgendetwas also muss Tweed in mir bewegt haben. Viel wichtiger war, dass mir Glück, der englisch mit mir sprach, sein Buch in die Hände gegeben hatte und dass ich alles, was mit diesem zu tun hatte, vergaß. Wahrscheinlich schlug hier die Traumzensur zu, die das Entscheidende, aber auch Verstörendste zu meinem Besten gleich wieder kassierte, wofür außerdem sprach, dass die Szene hier abbrach. Ebenso ratlos war ich über den anschließenden Gang durch diese nur halb angedeutete Unterwelt. Ich nahm der Einfachheit halber an, dass sie sich aus meiner Dante-Lektüre ergab und Glück nun die Rolle des Vergil in der *Göttlichen Komödie* übernahm, so die akademisch etwas hochtrabende Interpretation. Ich wusste nicht einmal, ob es überhaupt eine Unterwelt war oder die ganz normale weiter oben, die mir oft genug ebenso dunkel blieb. Einem klassischen Psychoanalytiker wäre da mehr eingefallen.

Was den luziden Traum betraf, der darauf folgte, so hielt ich eine Interpretation zunächst für überflüssig, weil der überwältigende Eindruck des bewussten Schwebens alle weiteren Fragen zu erübrigen schien oder aber andere Fragen aufwarf: Wie war das möglich, und ließe sich das wiederholen? Was hätte ich in diesem Modus noch alles anstellen können: Bruckners Neunte in der Philharmonie dirigieren, Katie Holmes ausführen, Heidegger auf seiner Hütte treffen? Aber natürlich steckte dahinter auch mehr als ein großer Klartraum, denn symbolischer konnte es ja nun kaum noch werden. Schließlich löste ich mich vom Boden, vom Gesetz der Gravitation und wer weiß von was sonst noch. Anders als die Vögel, die in der Kirche noch unter der Decke festhingen, hatte ich mich aufgeschwungen in freieste Lüfte und Himmel, hinaus aus Eltern- und Kirchenmuff … Aber war dies wiederum nicht auch wieder so platt wie eine Bachelor-Arbeit, und eine zu einfache und falsche Fährte? Und wer waren diese Vögel?

Die letzte Szene in der Heidelberger Mensa war dagegen keine allzu große Herausforderung. Du bedientest mich, ein absurder, ja peinlicher Einfall, auch wenn mir das erst beim späteren Nachdenken aufging und es nicht meine Schuld war, was konnte ich schon für meine verdrängten Wünsche? Und wir schienen diese heimliche Übereinkunft ja beide ganz schön zu finden, jene warme und lockende Liebe, die da zwischen uns hin- und herzog. Leider wachte ich hier auf, ehe wir uns nahekommen konnten, normalerweise nämlich führte diese Dynamik dann auch zu irgendetwas. Aber gut, so anders war es im wahren Leben ja auch nicht mit uns. Unerwünscht allerdings wieder die Begegnung mit dem nun echten Professor Glück (so echt es ihm ein Traum erlaubte, aber ohne Tweed und im Gespräch mit einem jungen Kollegen).

Wäre es eine Prüfungsarbeit über einen literarischen Text gewesen, hätte ich trotz mancher guten Ansätze nicht mit mehr als einem »Mangelhaft« rechnen dürfen. Entscheidende Details blieben unbeantwortet: Wie erklärte man Glücks Begleitung durch alle Traumsegmente und auch Deine Anwesenheit im ersten und letzten Abschnitt, während meine Eltern nicht wieder erschienen? Was wollte mir Glück in der Bibliothek sagen mit seinem »Not this way ...«? Not this way, weil Du hinter einem anderen Regal verschwunden warst oder weil es überhaupt eine schlechte Idee war, Dir weiterhin zu folgen? Riet er mir von Dir ab, und wenn ja, aus welchen Gründen? Was befugte ihn zu solchen Hinweisen? Weil er Tweed trug? Wer oder was waren die Vögel, wer die Rugby-Spieler? Und wie kam ich so schnell wie möglich wieder in die Luft?

Statt weiterer Höhenflüge dieser Art setzte ich allmählich wieder auf dem Boden der Tatsachen auf, auch wenn diese dann nach und nach auch Licht ins undurchsichtige Traumdunkel brachten. Wie würde es hier weitergehen? St. John's Seufzerbrücke war immerhin ein würdevolles Imitat, Charlys Trinity Bridge zur Wren Library so unauffällig wie robust, und Coubertins orgiastischer Betonbogen überspannte leicht und frivol die Cam, doch diese Übergänge blieben ohne eine Ankunft, mit der ich hätte leben können. Zum einen hatte ich einfach keinen Hang zu Ausschweifungen, die die Studienmuse irgendwie in Fahrt gebracht hätten. Außer was meine Trägheit betraf, erreichte ich in keinem der aufregenderen Register des Sündenkatalogs auch nur kleinbürgerliches Niveau. Zum anderen ergriff mich immer wieder die Langeweile, während sich alle Himmel über die Winterwochen die Decke über den Kopf zogen. Ich wanderte ziellos um die Backs, schlug mich durchs virtuelle Unterholz, entwickelte eine Vorliebe für den FC Arsenal, aktualisierte alle halbe

Stunde die *Spiegel*-Homepage. Kam ich hier nicht weiter, sondierte ich Biedermeiermöbel, Louis-Philippe-Sessel und Sekretäre, sah ein paar Folgen der *Daily Show* und hielt nach deutschen Gegenden Ausschau, in denen sich nach meiner Rückkehr noch leben ließe. Das eigenartig farb- und geruchlose Phlegma hinterließ, sobald es abgezogen war, nur eine ständige richtungslose Beunruhigung. Was der Besinnung bedurfte, schien sich erst einmal ablenken zu müssen, um dann wieder von einer von der Arbeit selbst ausgehenden Spannung gesammelt zu werden. Je mehr Sammlung der Text erforderte, desto weiter zerstreute ich mich vorher in alle Richtungen, bis ich mich ein paar Tage vor Abgabetermin wieder dem Schreibtisch nähern durfte.

In jenen Momenten des allgemeinen Druckabfalls, mitbedingt durch die städtische Ästhetik, schwebte mir dann die Möglichkeit eines Lebens vor, das ich in der Zurückgezogenheit einer vornehmen und mit Büchern und Liedern gefüllten Exklusivität zu verbringen hoffte. Nie mehr öffentlich in Erscheinung treten; die wenigen unumgänglichen menschlichen Kontakte würden ausreichen, mein Leben träge vor sich herzutreiben. Während andere, um voranzukommen, emsig etwas anschoben, fragte ich mich, ob mein Leben nun leer auslief oder sich etwas in mir nur die Kraft für eine große Entscheidung aufsparte. Die kultiviertesten Formen der Zeitverschwendung und Müßiggängerei auszubilden würde Zeit und Mühe kosten. Schließlich gibt es Formen der Trägheit, zu denen man sich überreden, Skrupel und Instinkte, die man lange würde einschläfern müssen.

Sonnen zogen auf, Monde nahmen ihren Lauf. In prüfungsfreien Wochen, in denen man an längeren Arbeiten saß, schob in der matten, von Mehltau überzogenen Seele nur die Müdigkeit vor sich her. Irgendwo mussten große Kräfte in mir ruhen, aber ich wusste nicht, wie ich an sie herankommen sollte, auch weil ich außer Dir nichts fand, für das ich sie gerne hergegeben hätte. So gesehen war unsere Meininger Kurzepisode, so unvollendet sie blieb, ein echter Glücksfall, weil sie die Ahnung darüber wachhielt, an einem Ort zu sein, der kaum realer als das tote Meiningen war. Vielleicht gelang es anderen besser, sich mit einem unvorstellbaren Wust an Schriften, Medien, Themen und Konferenzen abzulenken, während die elementareren Dinge davon vollkommen verdunkelt wurden. Wir wussten gar nicht mehr, ob dem, was sich dahinter befand, noch irgendeine lebendige Wirklichkeit zukam. Jemand, der diese hätte sehen und erleben wollen, hätte sich beeilen müssen, bevor sie restlos verschwunden war. Nicht ganz leicht, denn wir verschwanden ja zunehmend selber in unseren Lebensläufen und Projekten, die, auch und gerade wenn sie Rollenskripten irgendwelcher Rebellen, Aussteiger oder Aktivisten folgten, nur wieder ein weiteres abgegriffenes Simulacrum bedienten.

Lang ist die Zeit, es ereignet sich aber das Wahre ...
Oft gingen mir die größten Dinge gerade nach solch tagelangen Dunkeltherapien auf. Plötzlich erwachten an den gusseisernen Toren von St. John's, in den Innenhöfen von Christ's wie an allen übrigen Gittern falber Gegenwarten die farbenfrohen Emporkömmlinge der Kletterrosen und Glyzinien. Alle Eindrücke gingen mir näher, jeder Spaziergang warf neue Wunder ab. An späten Nachmittagen folgte ich der Cam nach Süden, wo man in den Auen der Grantchester Meadows ausgiebige Lichtbäder nehmen konnte. Die Tea Rooms im *Orchard* betrat ich nur

unter der Woche, da an Sonntagen die ganze Umgebung in den kleinen Apfelgarten einfiel. Ich verbrachte ganze Tage unter den Blüten; die Umgebung fasste fügsam ein, man schaute zu den Äpfeln hoch und hing ebenso sorgenfrei herum. Manche drängenden Grübeleien ließ ich aufs freie Feld, wo sie ein paar Runden drehten, sich ins Dickicht schlugen, wieder anschlichen und erquickt um die Beine gingen. Auch alle andere Aufmerksamkeit wendete sich gedankenmüde ab, blieb zurück, streunte voraus, umgarnte Hecken, Ginster und Grasnelken. Ich bedauerte dann, dass ich, bis vielleicht auf Coubertin, in jenen Jahren von Leuten umgeben war, denen die Gabe zu religiösen Inspirationen fehlte, weil ich gerade ihren gründlichen Geistern zutraute, daraus die tollkühnsten und aufrüttelndsten Schlüsse zu ziehen. Sie blieben da zu nüchtern und hätten nicht im Traum mit so etwas begonnen. Bei solchen wie mir dagegen musste man sich wünschen, dass sich endlich eine Sprache einfand, die solch irritierenden Ahnungen gebührende Aufenthalte bot. Mein Verstand aber blieb ohne jeden Ehrgeiz und begnügte sich mit der zweiten Reihe. Dass meine Rede ungelenk wurde, sobald sie das Schöne und Wahre treffen sollte, mochte ich selbst am meisten bedauern, brachte aber die Gewissheit mit sich, dass alle Wahrheiten, für die sich Worte und Beweise einfanden, stets solche zweiten und dritten Ranges waren. Gerade für die höchsten und hehrsten Sentimente dagegen wurden mir die passenden Worte vorenthalten, was einer fast schon unerhörten und widersinnigen Einschränkung meines Rechts auf freie Meinungsäußerung gleichkam.

Die Sonne bestrahlte weite Wolkenoberseiten, sich türmend hebende, oft schon erodierende Glanzmassive, die wie alpine Höhenzüge über der fernen Stadt standen. Wie Wordsworth dazumal schritt ich *lonely as a cloud* durchs hohe Blau und schickte alle Buddhisten und Stoiker zum Teufel. Warum sollte man die Welt denn hinter sich lassen, alle Sonnenstraßen führten doch wieder in sie hinein und sangen selig Sanctus? Die Welt nur meine Vorstellung? Das waren doch Abstraktionen, in denen schlecht gelüftet wurde … Zwar mochte man im irritierenden Ineinander, um den Überblick zu behalten, auf klare Kanten bestehen und Grenzen ziehen, wo keine waren. Ich hätte die fetten Wiesen und feierlichen Firmamente wieder aus mir herausrücken können, doch sie gewannen an solchen Tagen besondere Dringlichkeit und ließen sich schwer abschütteln. Lächelnd gurgelte der Bach. Wollte er mir nahelegen, sich seinen Strömungseigenschaften öfter anzugleichen und das arme Zeug zu transzendieren, das Müdigkeit, Kant und Konstruktivismus aus uns gemacht hatte? Am Wegrain ließ der Weißdorn tiefe Blicke zu; wenn die Natur ihr Auge in mir aufschlug, sollte sie nicht zu kurz kommen. Ich fuhr weit in sie hinaus, beflutete Terrains, die nur erreichte, wer sich auf solcher Schönheit von früh an bootstüchtig und schwimmtauglich zeigte. Selbst wenn sich das Leben auf solchen Frühlingsfahrten nur für wenige auf Dauer abspielen konnte, kam man nicht zur Welt, wenn man hier nicht haltmachte. Erst nach Abglühen der letzten abendlichen Kolorite kehrte ich heim, meist ziemlich hungrig, weil ich in Momenten der hohen Schau oft das Essen vergaß.

Dafür dinnerte ich später durch fast jede Hall und Küche Cambridges, wurde fortwährend zu Tea- und Garden Partys, Feasts und Open House Evenings der

German Society eingeladen, kleinen salonähnlichen Zusammenkünften, zu denen die Chefin oft selbst in die Tasten griff und die Gäste am Klavier unterhielt, während zur Freude auch der Engländer und Amerikaner reichliche Mengen deutsches Bier floss. Geburtstage wurden hier ebenso wie Promotionen oder Lehraufträge gefeiert. Je nach Budget tischte man manchmal Nester voller Wachteleier auf, Haselhühner mit Cumberlandsauce, Taubenbrüste, Äpfel aus Kent, Pflaumen aus Gloucestershire, Erdbeeren aus dem Tal von Evesham, Stilton und roten Leicester. An ruhigeren Tagen schlief ich lange aus, legte mich mit ein paar leichten Philosophen in den Garten von Clare, sah mir einige der Bootsrennen an oder besuchte die Bibliothek von Samuel Pepys, dessen Tagebuchaufzeichnungen mir realistischer schienen als manches, was mich hier und heute umgab. Kurzum, ich kannte alle Schleichwege, die an der Arbeit vorbeiführten, und Richardson warnte früh vor drohenden Deadlines.

Meinen Freunden muss solche Tagedieberei unmöglich gewesen sein. Charly war immer unterwegs, weidete ihre Tage bis aufs Letzte aus. Auch Coubertin folgte wohl einem bestimmten Plan, wenn er sich durch Berge Mittelalter grub, übertrug seine liturgische Disziplin auf die Wochenplanung und forderte sich täglich um dieselben Stunden, unabhängig davon, ob sie etwas abwarfen oder nicht. Vielleicht bereiteten sie nur den nächsten Einfall vor, machten Platz für das, was sich gerade in Stellung brachte, so jedenfalls tröstete er sich über unvermeidliche Trockenheiten hinweg. Während ich mich über meinen Einzug in den Elfenbeinturm nie wirklich beruhigen konnte, blieben zwar meine bemühten Stu dienplagiate jederzeit im promotionswürdigen Bereich, denn dazu gehörte nicht viel. Meine Freunde aber waren weit enteilt, und ich wusste manchmal nicht mehr, warum sie, die so große Dinge mit der Welt austrugen, immer wieder auf mich zurückkamen. Schließlich musste meine ganze Laiendarstellerei irgendwann auch ihnen auffallen. Vielleicht hatte es mit meiner inneren Leere zu tun, dass anderen in meiner Gegenwart das Reden leichter fiel. Ich war nicht besonders originell, hatte aber, wenn man so will, etwas Gefäßhaftes an mir, das dem anderen Raum für freie Spekulation und noch unfertige Überlegungen ließ. Solange Coubertin noch nicht genau wusste, was aus ihm werden würde, und wenige Leute kannte, die seine Ansichten hätten aufnehmen und kommentieren können, war er (vielleicht auch nur, um zu sehen, wie weit er damit kam) für jeden offenen Gedankenaustausch dankbar, der ihn in seine Form finden ließ.

Und da ich ein guter Zuhörer war und gerne über Land reiste, kam ich in diesen Monaten viel herum. Noch im Mai sahen wir Somerset, Devon und Cornwall, fuhren bis nach Land's End und öffneten dem sturmgepeitschten Atlantik weit die Arme. Keine Ahnung, wie sich Coubertin all dies leisten konnte. Wir fuhren im Mietwagen, logierten in Landhäusern oder Postkutschengasthöfen, aßen immer wieder herrlich, alles auf seine Kosten. In Mells blieben wir über Nacht bei irgendeinem Emeritus theologicus, den er noch aus Oxford kannte und mit dem er seine Zukunft erörterte (Landpfarrer oder Lehrkraft?). Ein Wochenende ging es in die andere Richtung nach Suffolk, eine fast holländisch anmutende Gegend mit Bauernhöfen, Weilern und Herrenhäusern, böenbewegten Blumenfeldern, Marschen und Mühlen. Manchmal schwebten hier Segel über die Felder. Unter dem verblasenen Himmel mit seinen Vogelwolken, unter dem man sich mal sehr groß, mal sehr klein vorkam, schoben wir auf endlosen Flächen dahin und konnten fast bis St. Petersburg hinübersehen. Keine kunstverdächtige Landschaft, aber wie viele solcher windüberkämmten Weiten und Mohn-Meere gab es noch, noch dazu mit solchen Opalhimmeln darüber? Natur war hier, was nötig war und sich von selbst verstand. Dabei hegten Engländer selten innige Landschaftsliebe. Richardson etwa hätte nie auf Konzerte und Bibliotheken verzichten und aufs Land ziehen wollen. Ihm fiel, was immer man noch unter »Natur« verstehen mochte, nicht weiter auf, weil er sie selbst in Cambridge immer um sich hatte. Nur jemand, der dergleichen nur noch aus Kinderzeiten kannte, konnte sie auch in ihrer eigentümlichen Zurückhaltung wahrnehmen und schätzen.

Coubertin sah das alles, aber sein Bezug zur Natur war noch ein anderer. Die Landschaftspflege schien bei ihm nach innen hin weiterzugehen, sodass er sich allerlei geistige Domfreiheiten eingerichtet hatte, Sichtachsen, Parkschneisen und Alleen, mittendrin die kleine Kapelle und Wunder-Warte. Auch ins eigene Unterholz und in die Sümpfe müsse man immer wieder hinab. Selbst seine Freunde waren Teil dieser Parklandschaft und wurden ebenso kultiviert und zum Gedeihen gebracht. Nicht nur ich kam etwa auf solchen Reisen in den Genuss seiner gärtnerischen Leidenschaft, auch unsere Freundin Charly wurde mehr und mehr in die Erweiterung seiner Grünanlagen miteinbezogen, wenngleich nicht ganz klar wurde, welche belaubten Bogengänge er für sie vorgesehen hatte. Er fragte wie im Vorbeigehen nach ihr, elegant und doch bestimmt, wollte wissen, was ich wusste. Auch hier wirkten die Erkundigungen, die schnell den Eindruck einer unangemessenen, allzumenschlichen, ja anzüglichen Taktlosigkeit hätten erwecken können, wie ein Ausdruck reinster Natur und Natürlichkeit. Warum sollte er sich nicht für sie interessieren? Er musste sich für sie interessieren, alles andere wäre uns unnatürlich vorgekommen. So fiel es nicht einmal weiter auf.

Viel eher wunderte ich mich über jede Eiche auf dem Felde, die man hierzulande zur Freude aller Vögel und Naturfreunde öfter hatte stehen lassen, ergötzte mich am Hagedorn und dunklen Efeu an den Wegen, den Mauerbuckeln um Gärten und Terrassen. Wenn die Sonne die richtigen Argumente hatte, kam mir in den Feuchtwiesen etwas nahe, das üblicherweise nur mit Kinderaugen richtig gesehen wird, für die auf allem noch der Glanz des Neuen liegt. Dann schien es, als hätte ich alles, wenn ich eine Sache ganz hatte, als bräche mit dem Ding, das ich ansah, und sei es nur ein Löwenzahn, die ganze Welt zu mir durch. Über einen schmalen Riss lief ich dann erst mit dem Korbblütler, mit dem Biosphärenreservat und schließlich mit der Schöpfung in toto voll.

Auch nach East Anglia war es nicht weit; eigenartig, dass ausgerechnet hier jene mit grauer Seide überflossenen Orte aus Sebalds *Ringen des Saturn* zu finden sein sollten. Wir streiften Gainsboroughs Heimat Sudbury, Constable Country um Dedham am Stour, der sich umbuscht und weidenverhangen hinter Silberpappeln verbarg, kurvten auf Church Crawlings um Long Melford, Lavenham, Kersey, Cavendish und einen Ort, der

Great Snoring hieß. Auch die kleinen normannischen Dorfkirchen standen wie Eichen in der Landschaft und beherbergten neben den Woodwooses, die ausladende Taufbecken stemmten, überall die gleiche Schar alter Muttchen, die die Gotteshäuser lüfteten, putzten, bohnerten und mit Lilien und Narzissen zierten. In Blythburgh gerieten wir durch Zufall in eine Aufführung von Brittens Hölderlin-Fragmenten in der Holy Trinity Church. Im Dachgestühl das Himmelszelt, zwischen den Stichbalken und Scheitelrippen flatterten riesenhafte Engel mit ausgebreiteten Flügeln. Darunter hatte man die sieben Todsünden in die Bänke geschnitzt, und auf der Acedia war für mich, auf der Luxuria für Coubertin noch ein Platz frei. Kurz war mir, als hätte ich hier schon einmal gesessen, vor allem die Deckenfiguren kamen mir bekannt vor. Erst als Coubertin mich darauf hinwies, dass man auf einigen von ihnen Einschusslöcher von Gewehrkugeln erkennen könne, abgeschossen wahrscheinlich von einem Irren, der hier die Vögel unter dem Dach vertreiben wollte, erinnerte ich mich an den Traum vor einigen Wochen. Meine Traum-Vögel unter dem Kirchendach hatten ganz ähnliche Riesenschwingen gehabt. Jene *angel roofs*, so Coubertin dann später, seien in der Gegend gar keine Seltenheit, man finde sie überall in Norfolk, in Gissing, West Walton, Norwich oder in der Wymondham Abbey. Man könne auch mal nach Bury St. Edmunds fahren, da hingen in St. Mary's ganze Engelprozessionen unter der Decke. Während des Gesangs war mir vielleicht auch wegen Hölderlin etwas schicksalsschwer zumute, andererseits musste dem wachen Hermeneutiker zu all diesen Zeichen doch etwas einfallen …
So wie Blythburghs Engel nicht nur die Kirche, sondern

den ganzen Ort bevölkerten – es gab eine Angel Lane, eine Old Angel Lane, ein Angel Field, eine Angel Marsh und ein Ortsschild mit einem großen Engel darauf (man konnte es auch übertreiben) –, breiteten sich nun auch meine Traum-Vögel über die Grenzen meines eigenen geistigen Dachstuhls aus. Die Blythburgh-Engel hatten inzwischen fast alle Farbe verloren, und vielleicht musste man den Kitsch von dem ganzen übrigen Geschwader ebenso abschleifen, der ihm seit Barockzeiten anhaftete. Womöglich waren sie nicht mehr als die frohen Botschafter der nächsthöheren Ebene, auch wenn sie momentan kaum mehr darüber mitteilten (außer eben, dass es wider Erwarten eine solche gab).

Coubertin hätte das wohl am wenigsten überrascht. Tags darauf – ich sehe ihn noch, wie er mir wieder einmal vorausgeht, nicht das erste und nicht das letzte Mal – schaute er minutenlang in das strahlenförmige Oktagon der Kathedrale von Ely hinauf, als wolle auch er abheben, hinauffliegen und in dem großen Stern da oben verschwinden. Die gewaltigen Gefüge wuchsen einem dort so über den Kopf, dass sie ebenso als Werk genialer Baumeister wie als Ergebnis von Jahrhunderten Chorgesang und Orgelmusik erschienen, die den Stein ins Kolossale aufgeworfen und modelliert hatten. Newtons fünfzehn Kilometer südlich abgefasstes Gravitationsgesetz konnte hier nicht länger gelten, und wahrscheinlich hätte diese Lichtharfe auch Anlass zu neuen Farbenlehren geben können. Irgendwann jedoch erschöpften sich auch diese Schönheiten, die hohen Himmel, die Landluft und alle gotischen Sakralfelsen, sodass unsere Fahrten im Nachhinein so schöne Ausflüge wie Ausflüchte blieben, in Möglichkeiten jenseits von Dir. Ich hätte dort sogar ankommen, vielleicht auch Wege in eine halbwegs gangbare Zukunft auslegen können, wenn die Dinge anders gewesen wären, so aber wollte ich das Ankommen noch etwas auf mich zukommen lassen.

12

Die Paper am Ende des akademischen Jahres stellten niemanden vor besondere Schwierigkeiten, der nur das Klassenziel erreichen wollte. Clare veranstaltete einen verträumten May Ball, mit solchen Gärten konnte man auch nichts verkehrt machen. Ich verliebte mich zwei- oder dreimal in irgendwelche Elfen, die nach Mondaufgang um Hecken, Brunnen und Tümpel wandelten und dann wieder in die Nacht verschwanden, packte am nächsten Tag die Koffer und flog heim.

Meine Sommerwochen in Urspring wurden für mich zu einer Art Kuraufenthalt, da sich meine Mutter, ungeachtet aller Zurückhaltung, die sie sonst der Familie gegenüber in solchen Fragen walten ließ, ganz erschüttert über meinen Gewichtsverlust zeigte und daraufhin viel Zeit in der Küche verbrachte. Die ganze Palette seit Kinderzeiten liebgewonnener Braten, Suppen, Aufläufe und Torten wurde aufgeboten, um dem Hungerkünstler zu einer frischeren Aura zu verhelfen. Ich verwies auf das englische Essen und darauf, dass ich seit neuestem zweimal Sport im College-*Gym* machte (Aristoteles habe sich zwei Stunden täglich in der Palaistra gefordert), aber so ganz konnte das den fahlen Gesamteindruck nicht erklären. Selbst wenn die mütterliche Anamnese erst einmal ohne klaren Befund blieb; mir war schon klar, dass es auch meinem Auftritt, meinen Überzeugungen, Vorsätzen und Aussichten nach fünf Universitätsjahren zunehmend an Gewicht fehlte. Vielleicht hast auch Du mich aus der Ferne aufgefressen? Jedenfalls atrophierte tatsächlich manches an mir, während ein Hunger nach mehr als den üblichen Kohlehydraten mir zunehmend zu schaffen machte.

Ich habe auch kurz bei Dir vorbeisehen wollen. Auf die E-Mail, die meinen Heimaturlaub ankündigte, hattest Du etwas vage, aber immerhin mit dem vielversprechenden Hinweis reagiert, dass Du aller Voraussicht nach zu Hause sein, Dich in jedem Fall aber melden würdest, falls etwas dazwischenkomme. Ich lief ein paar Mal nervös vor Deiner Wohnung auf und ab und klingelte schließlich. Es war niemand zu Hause, was ich ebenso enttäuscht wie auch irgendwie erleichtert zur Kenntnis nahm. Also ging ich ein wenig in der Stadt spazieren. Deine Abwesenheit nahm ihr jeden Glanz, den sie in der Erinnerung noch manchmal gehabt hatte. Sie wirkte auf mich wie ein verschlafenes, graues und verlassenes Nest, viel kleiner, als ich sie kannte, die Häuser niedriger, die Straßen enger. Niemand kannte mich, und ich kannte niemanden. Nur den Mond betrachtete ich eine Weile, wie zu Anfang schon erzählt, machte mir meine Gedanken und fuhr wieder heim.

Davon abgesehen verging die Zeit hier rasch und ohne äußere Bewegung. Ich kehrte in meine alte Umgebung zurück, in der ich mit meinen Erinnerungen noch immer in alle Ecken reichte. Ich musste nicht zur Werra hinab oder zum Krayenberg hinaus, weil ich sie noch immer mit mir herumtrug, selbst wenn ich in meinem Dachzimmer die Studienlektüre durchging. Als ich dennoch einmal ein paar Runden durchs Dorf drehte, fand ich den alten Berger wieder, der, die Beine weit von sich gestreckt, auf einer Bank am Eingang der Kirchenburg in der Sonne saß. Er sei inzwischen zu alt, jeden Tag zur

Turmuhr hochzusteigen, es sei auch nicht mehr nötig. An Uhr und Glocken steckten jetzt Elektromotoren, Stromausfälle kämen auch keine mehr vor. Dafür sprach er stolz von seinem Sohn, der den größten ökologischen Landwirtschaftsbetrieb Südthüringens aus dem Boden gestampft und dafür bundesweite Agrarkultur- und Tierschutzpreise eingeheimst hatte, woraufhin wie damals wegen der unrühmlichen Postbotengeschichte wieder Fernsehjournalisten nach Urspring kamen und den Ort nunmehr als Vorbild für die Entwicklung des ländlichen Kulturraums priesen. Als ich mich dann weiter umsah, kamen mir der Marktplatz, den man neu gepflastert und mit Linden bepflanzt hatte, die eingefallene Holzbrücke am Wehr, ein paar gerodete Waldabschnitte und die neuen Ställe relativ unwirklich vor. Dass ich anstelle des Ententeichs am Bahnhof nur noch eine ungepflegte Wiese vorfand, konnte mich so wenig überzeugen, dass in meinem Rücken wieder das alte Geschnatter losging, sobald ich daran vorbei war, und ich die Flügel aufs Wasser schlagen hörte.

Mein vergangenheitsüberwachsener Blick schloss auch die Eltern ein. Ich sah die beiden ein Refugium der Reglosigkeit bewohnen, in dem sich, was immer die Zeit von der Welt abreißen würde, ein wundervoller, unvergänglicher Frieden hielt. Edle Einfalt, stille Größe; Landärztin und Landpfarrer bildeten einen paarischen Artefakt und Urgrund, der mein Fortkommen erst ermöglichte. Vor diesem Inbegriff von Gesundheit allerdings würde ich mich, wenn mir nicht bald etwas anderes einfiele, nur durch eigene Krankheit abheben können, indem ich das Idyll in seiner Anmut und Gültigkeit durch eigenes Fehlgehen nachträglich anerkennend unterstreichen würde.

Nachdem ich früher auch manches an ihnen etwas bieder gefunden hatte (die Fernseh-Sucht meiner Mutter, die Safari-Touren durch Afrika, die Grillpartys im Pfarrgarten, Goldfischteich, Hollywoodschaukel und Tischgebete), begleitete ich dies nunmehr aus liebevoller Distanz. Ich begriff sie nicht so gut wie meine Freunde, im Grunde waren sie mir völlig fremd, aber während ich, was meine angestrengten Selbstfindungsprozesse betraf, immer größere Zweifel bekam, wuchs die Achtung vor der heimischen Wurzel. Und was immer mich mit Dir verband, diese Eltern-Ehe war etwas völlig anderes, das ganze Gegenteil, wenn man es genau nahm, stete Nähe in Glück und Gleichgewicht. Ob meine Eltern ihr Verhältnis je so eingehend hinterfragt haben? Warum sollten sie, wenn es ganz offenbar mit keinerlei Aufwand verbunden schien, keinem Mysterium oder Drama, keiner heroischen Selbstbescheidung. Was ging es sie an, dass man derlei Treue andernorts längst entlarvt zu haben glaubte?

Ich war gerne auf dem Land, was immer das noch bedeutete, wenn es nur fünf Minuten zur Autobahn und je eine Stunde nach Würzburg oder Erfurt war, und alles inzwischen im Rauschen der Bundesstraße lag. Im Grunde war Cambridge vielleicht nur eine mir angemessenere, weitläufigere Pfarrhausnische, ein mit versunkenen Bildungsgütern angefüllter, naturnaher, heiler (in manchem sogar heiliger) Raum und Garten, dessen Zukunft fraglich war. Die Glocken von Great St. Mary und der Kirchturm von St. Trinitatis wiesen in einen Himmel, über den nur noch Satelliten kreisten. Auch hier unten war es enger geworden. Obwohl sich für Ursprung die Welt geöffnet hatte, kam sie nicht wenigen in den Nachwendejahren kleiner vor, und die suchten meinen Vater dann wegen diffuserer Nöte auf als den einstigen politischen Beklemmungen. Manchmal waren die Leute schon so alt, dass sie von Depressionen noch nicht gehört hatten, die jüngeren überwies meine Mutter zunehmend an Fachleute. Auch sie selbst waren, von mir weitgehend unbemerkt, inzwischen in die eine oder andere Nachdenklichkeit geraten. Nach der Wende hatten sie ein altes Postgebäude gekauft, saniert und zur Praxis umgebaut, die beste Altersvorsorge, die sich denken ließ, wie ihnen Bankmenschen und Kreditgeber versichert hatten. Doch nun fand sich kein Nachfolger, an den sie den teuren Bau mit der hochmodernen Einrichtung hätten abtreten können. Junge Ärzte zog es in die Städte, nicht aufs ostdeutsche Land. Ursprung lag wieder mitten in Deutschland und doch an einer Art Provinz-Peripherie, im Nirgendwo.

Ins Nirgendwo hatte sich außerdem, so glaubte mein Vater, seit einiger Zeit auch die evangelisch-lutherische Kirche manövriert. Inzwischen lebte er in einer solchen Entfremdung von seinem Arbeitgeber, dass man von innerer Emigration sprechen konnte. Ihm kam es mittlerweile vor, als hätte der Großteil seiner Kollegen wenig mehr gelernt, als unbequem zu sein und sich moralisch zu entrüsten, was im gottfernen Sozialismus noch gereicht habe, ihm heute aber ein wenig dürftig schien. Eine Weile hatte er auf Synoden und Kirchentagen mit rührendem Ernst Positionen echt Luther'scher Härte vorgetragen, doch aller Ernst richtete sich dort eher auf Schadensbegrenzung. Das sei dem zahlenden Kirchenvolk nicht mehr zu vermitteln, wie im Übrigen einige strittige Sätze des Glaubensbekenntnisses, weite Teile des Apostels Paulus, im Grunde das ganze Alte Testament, das manche aus den kanonischen Schriften gerne entfernt hätten. Mein Vater sah sich von Leuten umgeben, die er in ihrer zwanghaften Zeitgemäßheit für zu lau und vernünftig hielt, um diese Kirche zu führen, und für zu uninspiriert und phantasielos, um eine neue zu gründen. Man verwandte große Anstrengungen darauf, gegen die polternde Nazi-Jugend mobilzumachen, sah sich als großen Kulturorganisator, als Menschenfischer mit humanistischer Liebesbotschaft, redete, vor allem, wenn man sich auf Luther bezog, viel von Freiheit und Gerechtigkeit. Aber wer hatte den noch gelesen, die frühen Vorlesungen über den Römerbrief oder *De servo arbitrio*, denen man so dramatische, glühend dunkle Argumente hätte entnehmen können, um den Dingen wieder mehr Gewicht zu geben? Seine Dachorganisation kam meinem Vater inzwischen wie eine weitgehend entchristianisierte, staatlich alimentierte, PR-getriebene Freikirche vor, die außer ihrem Namen nur noch die alte Infrastruktur zu verwalten hatte und dabei eine ganz scheußliche Kreativität entwickelte.

Nun hatte mein Vater keine Nazis am Ort, zumindest keine, die besonders auf sich aufmerksam machten, und von den gängigen Phrasen bekam er Magenschmerzen. Was hätte er tun sollen? Seine Dörfer waren das falsche Publikum für Kirchenkritik, und er war es auch müde, verlorene Schlachten zu schlagen. Dafür hätte er Verbündete und Allianzen gebraucht, eine irgendwie bedeutendere städtische Gemeinde. Viel lieber paddelte er da weiter auf der Werra, wenn die Sonne aufging und der Dunst noch über die Felder zog, radelte mit Lust durchs Biosphärenreservat, schrieb hin und wieder Theaterkritiken für das Meininger Tageblatt, das er dazu noch jede Woche mit der Kolumne *Bei Trost* belieferte. Gerecht werde er eh nur sola fide.

Also stellte er die äußeren Werke vorübergehend zurück und forcierte die inneren. Vielleicht war der einzige Weg, wenigstens für sich selbst einen Rest Authentizität zu bewahren, sich ganz gezielt aus den Verhältnissen zu verrücken. Das funktionierte über kurz oder lang nur über solche, die ihre Verrücktheit hinlänglich bewiesen hatten, Plotin, Proklos, Origenes, Dionysius Areopagita, die drei Kappadokier, die Chaldäischen Orakel (Coubertin hätte seine Freude gehabt). Mit ihnen unterlief, überging und transzendierte er alles Tagesgeschehen, und die alten Ideen streckten sich so voll und schön über ihm aus wie der Birnbaum vor dem Fenster. Reden ließ sich darüber, wenn überhaupt, nur mit meiner Mutter, die er, abhängig von der Lektüre, immer wieder ganz neu entdeckte, was dazu geführt haben mag, dass dieser Ehe ein so befremdendes Glück innewohnte, und mit meinem Großvater, der durch ähnliche Erfahrungen hindurch war, mit dem Unterschied, dass dieser nun immerhin das Bedürfnis hatte, dem interessierten Publikum mit einem großangelegten Weltüberwindungswerk darüber Aufschluss zu geben.

Meine Mutter folgte, wo sie konnte, scherzte und lächelte über das Verstiegenste hinweg, ließ ihn aber gewähren. Sie war das Seil, an dem er sich in die Tiefe hinablassen konnte. Die Gemeinde bekam von alldem kaum etwas mit, beklagte hinter vorgehaltener Hand jedoch das zurückhaltende öffentliche Wirken ihres Pfarrers, die fehlenden Impulse für den kleinen Sprengel. »Also, ich segne kein Feuerwehrauto mehr«, brummte er aus dem Lesesessel, aber auch die liturgischen Nächte im Kerzenschein, die Reisen und Konzertreihen fielen weg, die dem einfachen Gläubigen, der nicht in allen Lebenssituationen Luther'sches Niveau erreichte, ja manchmal auf die Sprünge helfen konnten.

Auch zu mir war die Distanz gewachsen. Gut möglich, dass er glaubte, bei mir versagt zu haben. Seine Gemeinde verstand ihn nicht, weil ihr die geistlichen Voraussetzungen fehlten, bei mir jedoch lagen die Dinge ein wenig anders. Was hätte er mir raten sollen? »Ach Gott, ja, Hölderlin …« Umgekehrt hatte ich durchblicken lassen, keine rechte Nähe mehr zu Altären zu haben, und so wahrte man einen gewissen Abstand und kam sich nicht weiter ins Gehege. Er verhielt sich wie ein väterlicher Freund, auch wenn er fürchtete, mich bald an den Erlkönig zu verlieren. Noch hatte er mich auf seinem Pferd, aber am jenseitigen Ufer, wo ich Stimmen aufsteigen hörte, die zu schönen Spielen aufforderten, sah er nur einen Nebelstreif.

Jener Erlkönig harrte mit steinerner Disziplin noch immer am Saale-Ufer in Jena aus, wo ich Ende August noch einmal die Großeltern besuchte. Mein Großvater, längst über achtzig, saß dort über seinem Alterswerk, mit dem er dem Gang der Zeiten beikommen wollte, die längst über ihm zusammengeschlagen waren. Nebenbei legte er immer noch Patiencen. Ich erinnerte mich, dass ich ihn schon in Kindertagen über diesem Buch hatte sitzen sehen und dass ich, auch wenn ich wenig von der Sachlage begriff, sicher davon ausgegangen war, dass hier der einzig Richtige mit der Aufgabe betraut worden war. Neben einer alten Schreibmaschine und einem Karton mit Sonderausgaben von *Glaube und Heimat* fand ich den Anker-Steinbaukasten wieder, aus dem wir damals noch gemeinsam – ein feste Burg ist unser Gott! – ganze Städte und Festungen hochgezogen hatten, deren

Zukunft in meinen Händen lag, wenn Großmutter zum Sturm blies, weil sie Platz für das Abendessen brauchte.

Diese umsorgte inzwischen ein vier mal vier Meter großes Gartenstück, das sie nach dem Umzug auf dem Rasen zwischen dem gefalteten Plattenbau und der Autobahn angelegt hatte und das offenbar ein solches Kuriosum war, dass zwei Lokalzeitungen Berichte darüber brachten. Auf den Fotos stand sie lächelnd mit Stecklingen und Schaufel in der Hand, daneben der Inhaber der Wohnungsbaugenossenschaft, der ihr aus Dank für die gute Publicity einen Gartenschlauch organisiert sowie eine moderate Summe für neue Stauden übertragen hatte – eine Investition in die Menschlichkeit jenes sich in den Nachwendejahren merklich abkühlenden Wohnmonoliths. Um die Kaninchen abzuhalten, die die ganze Arbeit zunichtemachten und die, nur der Himmel wusste warum, gerade in dieser denaturierten Gegend ihr Unterkommen fanden, warf sie kleine Möhrenstücke vom zehnten Stock in die Landschaft, womit sie die Biester, wie es Großvaters heiteres Kopfschütteln nahelegte, eher wohl noch mehr anlockte. Auch hier noch immer die Losungen vor dem Frühstück, die mich die Jahre zurücklaufen ließen, in denen ich sie im Stillen mal schopenhauerisch, existentialistisch, mal postmodern verworfen hatte. Das tat ihnen nicht viel, während ich mir nach all den Studienjahren sehr weltläufig und ein bisschen wie Magellan vorkam. Wenn Großvater vorlas, wie Paulus an die Galater schrieb: *Da aber die Zeit erfüllet ward, sandte Gott seinen Sohn, geboren von einem Weibe und unter das Gesetz getan, auf daß er die, so unter dem Gesetz waren, erlöste, daß wir die Kindschaft empfingen,* hielt ich mich vornehm zurück.

Doch was immer es mit dem Gott meiner Ahnen auf sich hatte; er stellte meine Füße auf weiten Raum. Während die beiden am Nachmittag ausruhten, fuhr ich mit Großmutters Rad ein paar Stunden hinaus auf die alten Wege, die Saale entlang und am Göschwitzer Bahnhof und an ein paar Schafen vorbei den Mönchsberg hinauf, eigentlich ohne Grund, außer vielleicht der Hoffnung, kurz beim Sublimen vorbeizusehen. Ich glaubte die Gegend gut zu kennen. Ihr schwer vernarbtes Pockengesicht erschien nach der Wende nur wächserner und hatte den Grauschleier für den Plastiküberhang eines sich munter ins Land fressenden Gewerbes eingetauscht. Dennoch durchsauste es mich wie nach einem starken Kaffee. Während ich noch verschnaufte und meine Jacke öffnete, begann das Gelände da oben sich ungefragt zu nähern und mir Lehren zu erteilen, für die andere den Mont Ventoux oder die Montagne Sainte-Victoire besteigen mussten. In meinem Rücken A4 und Neulobedaer Platte, Kräne, Bauschutt, Industrieschlote, auch wenn die Pappeln hier wie toskanische Zypressen im Winde hingen. Zwar schmeichelte die späte Fünfuhrsonne mit sanftem, fast septemberhaftem Licht, und die Saale durchsilberte sehr hübsch die Luft, doch weder Erhabenes noch Beschauliches hätten ausgereicht, den plötzlichen Taumel auszulösen, der mich da in die Sammlung aller irgendwie freien und geahnten Bezüge stellte und damit begann, mir die Gegend erst einzuräumen, der die Kernberge zurechtschob und dem Fluss sein Tal grub. Mir war nie aufgefallen, dass der Ort ein solches Mitteilungsbedürfnis hatte. Als träte eine vierte Zeit hinzu, die Vergangenes und Zukünftiges in einen ungeheuer verdichteten Augenblick zusammenzog, hatte sich der Raum mehrfach potenziert, und alles ging aus ihm auf, was an Stimmungen, Ausflügen, Himmeln und Großmutters Erzählungen darin verborgen war.

Das Land mündete in mir wie ein großer Strom. Am Wegrand offenbarten ein paar wehende Buchen erst jetzt ihre wahren Gehalte; ein heiterer Tag am Meer ging vor mir auf, eine Welt wölbte sich über die andere, und es roch nach Moos, Steilküste, Brandung und auch irgendwie nach Dir. Alles Gegenwärtige kam gar nicht mehr hinterher. Ihm gingen die Dinge aus, die sich vor das Alte schieben ließen, und überall schoss es hindurch. Lange hatte ich geglaubt, dass meine Erinnerungen so fest wie Urspringer Kalkstein übereinandergeschichtet waren, dass man sie daraus immer wieder freiklopfen musste, aber das Ganze war viel fluider und glich, wenn überhaupt, eher der Werra, die sich einen Weg durch den Felsen bahnte. Ich wurde davon überschwemmt und floss wie ein sich in immer neuen Mäandern windender Flusslauf in Richtung einer noch unbekannten Mündung aus. Man kann es schwer sagen, und es zog auch bald wieder ab. Aber überwältigt von der Fülle dessen, was nicht eigentlich da und doch irgendwie anwesend war, radelte ich zu meinen Großeltern zurück, denen ich, obwohl es ihnen mit ihrem Gott ja ähnlich gehen musste, nur schwer erklären konnte, warum ich das Abendbrot für das Abendrot hatte ausfallen lassen.

13

Eine Woche vor Beginn des Michaelmas Terms kehrte ich nach Cambridge zurück, wo der Nachsommer noch eine Weile über einer fast unheimlichen Ruhe lag. Auch Coubertin war schon länger wieder hier, was weder sonderlich praktisch noch billig sein konnte. Nur Promovenden wie Charly saßen weiter an ihren Dissertationen und hatten, bis neue Undergraduates eintreffen würden, alle Bibliotheken monatelang für sich. Am liebsten, so Coubertin, hätte er den ganzen Sommer hier verbracht und wäre nach Grantchester umgezogen, wo er die letzten Wochen mit Charly im *Orchard* Honig in den Tee gerührt und in den Meadows botanisiert habe. *What in all this juice and all this joy!* Auch in *Fafner's Lair* hatte sich herumgesprochen, dass Charly und Coubertin ihre Bekanntschaft über die Sommermonate vertieft hatten. Unter anderem erzählte man sich, dass jemand sie eines Abends nackt in Byron's Pool, einer idyllischen Flussschleife der Cam vor Grantchester, beim Baden beobachtet habe (offenbar in Anlehnung an die Neo-Pagans um Virginia Woolf und Rupert Brooke). Sie ließen sich nichts anmerken, und was ging es uns an? Vielleicht war es Ausdruck einer gewissen Reife, wenn man sich auch so etwas gestatten konnte, ohne dass alles aus dem Gleichgewicht geriet. Kein Zweifel, dass Charly genau wusste, wo sie hingehörte, und dass sie etwas dergleichen zuließ, bestätigte ja nur wieder, wie unangreifbar ihre Ehe war. Und Coubertin tat es sicher auch gut, einmal jemandem auf Augenhöhe zu begegnen. Das waren Mutmaßungen, aber für ein paar Monate hörte ich tatsächlich weniger von den beiden als im Vorjahr, mit Ausnahme einer in der Tat etwas erregten Diskussion nach einem *Tannhäuser* im Covent Garden, in der Bar des Oxford & Cambridge Club in der Londoner Pall Mall und im Beisein einiger Freude. Da dachte ich noch, es sei allein Wagners manchmal schon etwas gewaltsam einnehmende Art gewesen, die die beiden dann die eben gehörten Rollenporträts mit anderen Mitteln fortsetzen ließen. Ich war schon zu müde und in den Chesterfields halb eingenickt, um den genauen Hergang des Gesprächs zu rekonstruieren, aber irgendwer, wahrscheinlich Charly, die in jenen späten Stunden ein wenig wie die keusche Elisabeth erschien, warf die an Coubertin gerichtete Frage auf, ob Nietzsche nicht auch nach Rom gepilgert wäre, wenn ihn seine geistige Umnachtung nicht eher aus dem Verkehr gezogen hätte. Coubertin antwortete mit einem hochtrabenden Schwall großer, sinnlich-verwegener Worte, »Fackel«, »Glut«, »Augenblick«, »Torweg«, »Dionysos« usw., »alle Lust will Ewigkeit«. Aber von Frauen, so wieder Charly nach dem einen oder anderen Gin, sich dabei fortwährend durch die Haare fahrend, habe der verbitterte Pastorensohn doch keine Ahnung gehabt ... So ging es hin und her, man wusste nicht so recht, warum die beiden jetzt so unentspannt an sich und den Dingen herumlavierten.

Die Rosen rankten sich bis in den November hinauf, während ich weiterhin die Trockenpflanzen und Stilblüten meiner Masterarbeit versorgte. Richardson wollte mich für den PhD empfehlen und konnte nicht verstehen, wieso ich den Bewerbungsbogen für das nächste

Jahr leer zurückgab. So genau wusste ich das auch nicht, glaubte aber, hier fürs Erste genug gelernt zu haben. Schon nicht mehr ganz am Ort und bei der Sache, sagte ich der Fakultät ab und umging fürs Erste unbehagliche Perspektivfragen. Wäre ich geblieben, dann meiner Freunde wegen, aber die würden ja auch gehen. Man hatte ohnehin nicht viel Zeit, vielleicht ein, zwei Versuche, um in der allgemeinen Eile im Leben noch auf wirklich außergewöhnliche Bahnen zu geraten, und hier war man einfach zu weit draußen. Auch wir selbst hatten zunehmend etwas Beschränktes. Sogar jemand wie Coubertin hatte zwar Schelling und Klages gelesen (wie viel ihm das wirklich brachte, konnte ich nicht sagen), wollte dagegen von Houellebecq oder Bret Easton Ellis noch nichts gehört haben. Unsere Volten gegen den Zeitgeist, die uns ins *Opus tripartitum*, in die *Scholien* oder auf *Holzwege* geraten ließen, all die subtilen Querschläge gegen den studentischen Hyliker und homo laber, dieser ganze schmalbrüstige Snobismus hatte etwas Rührendes und Hilfloses. Langsam begann ich Heimweh zu bekommen und das Deutsche zu vermissen. Wenn es schon schwerfiel, selbst der eigenen Sprache etwas Gültiges abzuringen, wie viel Erfolg versprach dann diese fremde? Alte Bekanntschaften traten ab, neue folgten und verliefen sich wieder. Den einen oder andern führte ich ein wenig herum, zog mich aber bald zurück. Manches Gerede ging zunehmend über mich hinweg, und auch zu mir selbst fiel mir immer weniger ein. Es wurde Zeit, dass ich von hier wegkam.

Den ganzen Winter und Frühling saß ich an meiner Arbeit über Dante und Petrarca. Man kann in solchen Phasen fast völlig verschwinden, vielleicht liegt gerade darin auch die Absicht und der geheime Trieb eines Schriftstellers oder Künstlers. Man fühlt sich dem Leben selten so nah, durchschaut es selten so genau wie in den Momenten, in denen alle Türen zu sind und man andere Leute nur noch beim Einkaufen trifft. Manchmal wüsste ich dennoch gerne, wie es der Mensch zu dieser Fähigkeit der lustvollen Selbstisolation gebracht hat, sie kann eigentlich nicht sehr gesund für ihn sein. Das Leben muss einem wenige Anreize bieten, wenn man sich mit einer solchen Schattenexistenz begnügt und es auch gerne tut. Es waren nicht die schlechtesten Monate. Die Relevanz des Themas für mich als auch, wie ich glaubte, für unsere Gesellschaft und Zeit trug mich angenehm über die Seiten und löste mich aus den Trivialitäten des Alltags, zeitraubenden Gesprächen und unnützen romantischen Affekten. Das Papier war geduldig, offen und freundlich, ließ mehr Möglichkeiten, mehr Tiefe zu als die sogenannte Wirklichkeit. Ich habe selten öfter an Dich gedacht und Dich selten weniger vermisst. Du warst ja jeden Tag hier, nicht anders als Beatrice für Dante oder Laura für Petrarca. Auf gewisse Weise warst Du das zwar immer, aber hier hatte ich endlich das Gefühl, aktiv zu werden, an meiner Liebe zu arbeiten und aus der reinen Passivität herauszukommen. Wenn doch einmal meine Eltern anriefen oder sich Charly meldete, die ich auch im Verdacht hatte, sich in gedachten Welten sicherer zu fühlen als in realen, war man allseits darüber erfreut, dass es nun endlich auch bei mir gut laufe und ich ganz bei der Sache sei.

Anfang Mai holte mich das Leben wieder ein. Nachdem ich seit einer recht förmlichen Weihnachtskarte nichts mehr von Dir gehört und Dich schon mehr als ein Jahr lang nicht gesehen hatte, dachte ich wieder an Dich, als mir niemand einfiel, mit dem ich gerne zum May Ball gegangen wäre, schrieb Dir eine Einladung und wartete ab. Und dann sagtest Du prompt zu, kamst sogar ein paar Tage früher, so einfach konnte es sein. Damit Du Deine Freiheiten hattest, wollte ich Dir eines der Gästezimmer im College besorgen, die aber alle belegt waren. Schließlich bot mir Coubertin seines an, weil er in jenen Tagen wieder öfter auswärts unterkam, ohne sich darüber weiter zu verbreiten. Ich nahm Dich dann auf die übliche Besichtigungstour mit. Wie gerne hätte ich englische Nachmittage öfter so zugebracht; bei Tea and Biscuits im Stocherkahn nach Grantchester oder in den Gärten, Du vor dem Rittersporn und den Rosen, ich in Wiesen explodierender Vergissmeinnicht. Es dauerte ein wenig, bis wir wieder warm miteinander wurden. Auch abends im *Anchor*, als ich Dich ein paar Freunden vorstellen wollte, wirktest Du noch etwas gläsern, sodass ich Dich dann bald zu King's zurückbegleitet habe. Du erzähltest gleich, dass Du wieder mit dem Lebensmittelkontrolleur zusammen seist (aber nicht, was Du ihm über unseren Ball verraten hattest). Aus der Ferne sah es so aus, als verbinde Euch die heftigste Leidenschaft mit allen Gipfeln und Abstürzen, in der geküsst, geschlagen und sich wieder vertragen wird, und das in der Provinzstadt Meiningen! Mit einem Hang zur Selbstzerstörung, wie bei echten Romantikern. Ich war in diesem Sinne nicht halb so verstiegen, wie Du immer dachtest, denn um das Leben zu verbrennen, hätte man es kennen müssen. Ich kannte das Leben kaum. Hin und wieder blitzte zwar etwas auf, das in diese Richtung ging, doch für das, was Leben hätte werden können, hätte ich Dich öfter sehen müssen.

Ich hatte ursprünglich gar nicht vorgehabt, hier noch einmal groß zu feiern, zumal ich das aus dem letzten Jahr noch zur Genüge kannte. Aber gut, dann würden wir in ein anderes College gehen, jedes organisierte ja seinen eigenen Ball. St. John's und Trinity waren immer sehr angesagt, andere legten sich ein Motto zu, um möglichst viele Gäste anzulocken. Clare hatte einen Bloomsbury Evening vor, in Queens' sollte es eine arabische Nacht geben, drüben in King's war ein »Vienna Congress« geplant, da kamen wir über Coubertin am einfachsten an Karten. Wer weiß, vielleicht hoffte ich auch im Hinblick auf uns beide noch auf eine Restauration im privatpolitischen Sinne? Ganz ehrlich, ich erwartete nicht viel davon. Natürlich geben solche Bälle immer reichlich Anlass für allerlei Verwirrungen, aber ich hatte in den letzten Jahren oft genug erlebt, wie so etwas mit Dir endete. In der heiteren Ausgeglichenheit, in die mich meine Dante-Arbeit versetzt hatte, erschien mir das inzwischen auch einfach zu anstrengend. Man redet sich eine Menge ein.

Und dann fand ich es doch ganz schön. Das 19. Jahrhundert stand Dir ausgesprochen gut, und ich musste mir den ganzen Abend Mühe geben, nur diplomatische Depeschen zu versenden, ohne Territorialansprüche geltend zu machen. Meiningen war mit Kostümen besser versorgt als gedacht; Dein Kleid aus weinrotem Taft ließ meinen Frack, den ich mir von der collegeeigenen Oscar Wilde Society geborgt hatte, ziemlich alt aussehen. Nach Frittatensuppe, Tafelspitz und Kaiserschmarrn ging es dann los, ein Kammerorchester spielte Stücke der Gebrüder Strauss. Die ganze Hall war auf den Beinen, bis es unübersichtlich wurde. Ich tanzte ein paar Runden mit

Dir, was noch immer so gut wie damals ging. Die Jahre waren eine einzige Täuschung, nur die Kostüme eben andere. Dann übernahm Dich Coubertin. Auch der konnte gut tanzen, was sich in Anbetracht des unauffällig von irgendwem initiierten Wettbewerbs als großer Vorteil erwies. Ein paar Kampfrichter gingen nun unter den Kreisenden umher, verabschiedeten laufend Paare von der Tanzfläche, sodass sich die Menge bald lichtete. Während ich meinen dritten Zweigelt trank, drehte die Schönheit des Abends vor meinen Augen ihre mitreißendsten Runden. Lag es an Deiner Schulball-Erfahrung, Coubertins edler Anmut oder einer währenddessen noch hinzugetretenen Innigkeit und Hingabe, die die disziplinierte Haltung ausfüllte und rettete wie ein enges Metrum seinen in Flammen geratenen Dichter? Am Ende hattet ihr die Tanzfläche ganz für euch und wurdet dann nach ein paar letzten Runden auch hochverdient zum Sieger des *2001 King's Waltz Competition* erklärt.

Ich habe Coubertin ein bisschen beneidet, als er da zu »Wiener Blut« unter den Blicken der gemalten Earls und vor zweihundert begeisterten Zuschauern mit der schwindelfreiesten und schönsten Dreivierteltaktlerin der Welt erhabene Zauberkreise drehte. Er gab Dich danach natürlich pflichtschuldig wieder bei mir ab und verschwand früh in die Nacht. Wir gingen noch eine Weile mit einem Glas Wein unter den Lampions entlang und setzten uns ans Wasser. Du wolltest von daheim nicht viel erzählen, es sei alles nicht ganz einfach im Moment und für Außenstehende auch schwer zu verstehen. Immerhin verstand ich, dass Du diesen Abend gerne alleine nach Hause gehen wolltest. Und wer versteht den anderen schon? Gut möglich, dass auch diese Litanei, wenn man es genau nimmt, weniger an Dich als an ein vages Bild einer Liebe adressiert ist, die Dich nur zum Anlass nahm, mich in ihrem Sinne gründlich zu modifizieren. So als nähme ich mich selbst ins Gebet und hörte mal genauer auf die höhere innere Kommandoebene. Natürlich verfehle ich Dich damit einmal mehr, nicht aber die vielleicht von Gottes allumfassender Liebe günstig platzierte Zustellerin von allerhand noch lange nachdonnernden Geistesblitzen und Anregungen zur Metamorphose.

Mit dem Christentum hatte das nicht mehr viel zu tun, was nicht heißt, dass die Evangelien einem Trost-Bedürftigen wie mir damals nicht mit dem einen oder anderen Gedanken aufhelfen konnten. Die ganze Geschichte um das *Noli me tangere* (Johannes 20, 17), zum Beispiel. Warum verlangt der auferstandene Christus, der ja nicht als menschenscheu oder näheempfindlich galt, von Maria Magdalena, ihn nicht zu berühren? Schließlich nimmt man beim Abendmahl, Protestanten mal ausgenommen, sogar seinen Leib und sein Blut zu sich. Weil er wie alle großen Liebenden und erfahrenen Erotiker vom Geheimnis des Abstands weiß. Manche Wahrheit rückt einem gerade dadurch näher, dass sie sich in den Himmel davonmacht oder sich am nächsten Morgen recht wortkarg auf den Rückweg nach Meiningen begibt. Im Schwinden macht sie eher auf sich aufmerksam, als wenn sie ständig im Weg stehen und bald übersehen werden würde. Vielleicht fehlt ihr auch einfach die Lust, sich von jemandem festnageln zu lassen. Die Wahrheit und Du, ihr berührtet, indem ihr nicht berührtet. Coubertin hätte es wohl anders gesehen, aber selbst er hätte zugeben müssen, dass es bei allen Berührungen, die einen wirklich angehen, ob beim Küssen, Tanzen, Lieben oder Klavierspielen, diesen Aufbruchsmoment gibt, diesen Wechsel von Rückzug und Erschütterung. Und so ähnlich war es ja auch bei uns, oder? Du schienst immer schon wieder auf dem Weg und drehtest Dich nur hin und wieder nach mir um, um mich daran zu erinnern, wie weit ich noch von Dir und Deiner Wahrheit entfernt war. Wenn das kein Anlass war, nun endlich selbst den Hintern hochzubekommen (end of sermon)!

Nachdem Du gefahren warst, fühlte ich mich so erfrischt wie die Prüflinge im Talar nach Ende der Klausuren, wenn man sie hier während der üblichen *Trashings* im Old Court mit Wassereimern übergoss. Es muss an unserem hohen Drehmoment in der Hall gelegen haben, dass mich unsere Kreise weit hinausgetragen hatten. Der Wind fegte nun altbekannte, heimatliche Himmel frei; manchmal blieb ich lange vor den weißen Giebeln von Senate House und Gibbs' Building stehen und verfolgte aufmerksam, wie das Blau hinter dem steinernen Weiß alt und älter wurde, ein fliehender Eindruck, der aber fast wie Meereswind in die Nase fuhr und das Entengeschrei auf der Cam zu Möwenrufen verzerrte. Es gibt Tage, die eigentlich nur vom Licht der Erinnerungen beleuchtet werden, das ihnen mehr Tiefe, Dichte und Kontrast gibt. Es waren meine letzten Wochen hier, und irgendwie rundete sich alles, die Linden dufteten schwer und ahnungsvoll, und unter den Ahornbäumen breiteten sich Felder von Blausternen aus. Mir erschien alles voller Bedeutung, nun endlich, gegen Ende.

14

Für ihre Studienarbeiten gingen viele nun auf Forschungsreise, um in Archiven, Bibliotheken und Museen im Ausland weiter zu recherchieren. Solche Ausflüge wurden von allen Seiten ermutigt, und es gab sowohl in den Fakultäten als auch in den Colleges ein größeres Budget dafür. Mancher Kunsthistoriker nahm das gerne wahr, um sich für wenig Geld nach Florenz, Paris oder Venedig abzusetzen. Einer von Richardsons Studenten verschwand monatelang auf den Spuren Nabokovs in St. Petersburg und Wyra, angeblich um dort einen Fachaufsatz über *Maschenka* zu ergänzen. Musikwissenschaftler machten sich nach Wien, Salzburg und Bayreuth auf, die *European Studies*-Leute flogen nach Brüssel oder Straßburg und gönnten sich die Zeit, auch Brügge und Gent kennenzulernen sowie weite Fahrten ins Elsass zu unternehmen. Wissenschaftlich wenig sinnvoll, weil die Abschlussarbeiten, PhDs vielleicht ausgenommen, eine größere Komplexität gar nicht erlaubten, sorgten solche Reisen neben akademischem Prestige auch dafür, auf angenehme Weise dem Studientrott zu entkommen und Kurzurlaube in anregenden Gegenden zu verbringen.

Mir war Cambridge anregend genug, und ich wollte hier entspannt meine Arbeit zu Ende bringen, bevor ich in eine Welt zurückkehren würde, deren Städte keine von hohen Mauern umschlossenen Gärten mehr hatten. Dann aber lud mich Charly zu einer Konferenz in Soglio ein, an der sie jedes Jahr teilnahm, hoch in den Schweizer Bergen. Ob ich nicht Lust auf ein letztes Gipfeltreffen habe, »a summit to end all summits«! Warum also nicht, bevor ich bald im Flachland einer prekären Erwerbsbiographie verschwinden würde? Charly wollte sich auch Muzot und Duino ansehen und in Ruhe die letzten Kapitel ihrer Doktorarbeit über Rilke zu Ende bringen. Wie viel Ruhe sich während einer solchen Tour einstellen konnte, wird nur sie selbst gewusst haben. Auch Coubertin sei eingeladen und werde referieren. Der hatte es fertiggebracht, ausgerechnet von der Faculty of Divinity einen Reisekostenzuschuss für seinen Aufenthalt im Weimarer Nietzsche-Archiv zu erhalten, und wollte dann weiter nach Sils-Maria ins Engadin, wahrscheinlich ohne seinen Stiftern davon zu erzählen. Und auch wenn es kurzfristig sei, es gebe noch Raum für Beiträge, zwei der Referenten hätten abgesagt. Über Dante lasse sich doch einiges zum Thema sagen. *Amor ipse – Konstruktionen abendländischer Liebesordnungen im Kontext inszenierter Subjektlosigkeit.* Dafür brauchte ich nur meine Arbeitsthesen zusammenzufassen. Die Idee gefiel auch Richardson, und so bekam sogar ich eine kleine Zuwendung meiner Fakultät.

Eine Augustwoche fuhr ich mit Coubertin durch Süddeutschland, um mich für die gemeinsamen England-Touren zu revanchieren. Ich zeigte ihm Bamberg, Vierzehnheiligen und ein paar Riemenschneider-Altäre in Rothenburg, Würzburg, Volkach und Creglingen. Über Dinkelsbühl und Schwäbisch Hall ging es dann nach Heidelberg weiter, wo wir Furtwängler ein paar Blumen aufs Grab legten (darauf 1 Kor. 13,13: »Nun aber bleibt Glaube, Liebe, Hoffnung, diese drei; aber die Liebe ist die größte unter ihnen.«). Hohe Sonne, dampfend dunkelgrüne Tage. Noch immer hielten wir uns in eher kollegialer als freundschaftlicher Distanz, auch wenn man uns oft für betuchte Kultur-Schwule gehalten haben wird. Schwierig wurde es nur, wenn er zu lange in den Gotteshäusern blieb. Der Rothenburger Heilig-Blut-Altar schien es ihm so angetan zu haben, dass er mich geschlagene zwei Stunden mit immer neuen japanischen Busladungen vor der St.-Jakobs-Kirche allein ließ. Riemenschneider hatte Judas in die Mitte des letzten Abendmahls gerückt, was Coubertin nicht weiter wunderte. Als er hörte, dass man die Figur, die Jesus der Locken wegen verblüffend ähnelte, herausnehmen konnte, wartete er, bis ein Kirchendiener den Jünger bei einer Führung aus dem Bild hob und der schlummernde Johannes zum Vorschein kam, der sein lastendes Haupt auf den Schoß seines Herrn legte.

Manche Gegend, die wir durchfuhren, las sich wie die Schilderung einer schweren seelischen Zerrüttung. Es fiel mir nur noch selten auf, besonders wenn ich aus England kam, wie traurig das hier alles aussah. Um Mannheim herum verzog sich das Gelände zur technischen Zeichnung, glaubte man den meisten Bauten ansehen zu können, dass sie darunter litten, hier nun unter einem Himmel, im Grünen oder inmitten anderer, ebenso fremdelnder Gebäude gegen ihren Willen ausgesetzt worden zu sein. Als habe man nur mit Schemen Umgang; die blanken Kästen spiegelten sich davon und verschwanden. In ihrer Gleichförmigkeit erweckten die Ballungsraum-Wüsten im Stuttgarter Speckgürtel den Eindruck, dass man bestenfalls noch einer Schädlingskultur angehörte, für die termitenhafte Wohnverhältnisse gerade gut genug waren. Trabantenstädte eilten vorbei, auf deren Dächern oft weiße Schüsseln mit dem Schriftzug *Sat-An* saßen, was Coubertin natürlich ziemlich amüsierte.

Am Ende verbrachten wir ein paar Tage bei Benediktinern in Beuron. Ich dachte, es sei eine gute Idee, ihn einmal mit deutschen Katholiken zusammenzubringen, aber am Ende gefiel es mir dort besser als ihm, nicht unbedingt der Katholiken, sondern der Landschaft wegen. Während wir in langen Schlängelbewegungen das Donautal durchfuhren, lag auf den hellen Kalksteinhängen der Morgen in der Sonne. Beim Mittagessen gab der Gästepater zu verstehen, dass die Winter die Gegend oft verfinsterten, weil das Licht hinter den Felsen und die Nebel im Tal einfach hängen blieben. Davon war mitten im Sommer wenig zu spüren. Wir bezogen unsere Kammern mit Blick auf den Hof, in denen gerade Platz für Tisch, Schrank und Bett war, und gingen gleich auf einen längeren Spaziergang. Der Wald stand leicht und grün, im Klostergarten hingen die ersten Äpfel, wir wanderten zu Knopfmacher-, Peters- und Eichfelsen, kamen an allerlei Kreuzwegstationen und einer Lourdes-Madonna vorbei und fanden auch die junge Donau, die hier immer etwas verborgen durch ihre Auenlandschaft zog. Sie war kaum mehr als ein größerer, melodischer Bach, der Kiesel schliff, Rinder tränkte, in aller Bewegung an manchen Stellen aber ruhte und zum stehenden Spiegel wurde. Manchmal schien es auch Wirbel darin zu geben, die den Strom in die entgegengesetzte Richtung drängten. Ich warf ein paar flache Kiesel über das Wasser, das sich mit dem Vorankommen ähnlich schwertat wie ich (Hölderlin und Heidegger wollen den Fluss hier sogar seiner eigenen Quelle zutreiben sehen, so weit war es mit meinem *Dasein* leider noch nicht).

Wer sich in einer solch verworrenen Donau-Schlaufe niedergelassen hatte, mochte schon eher daran gedacht haben. Bei aller Abgeschiedenheit war das Kloster aber, jedenfalls nach oben hin, auch der offenste Ort. Spiritualität, Sinnsuche und Ähnliches wollten wir jedoch erst einmal anderen überlassen. Die stille Fermate schien vor ihren Toren verkehrsberuhigter als innerhalb ihrer Gemäuer. Zum einen herrschte auf den Gängen immer viel Betrieb. Laufend wurden hier Seminare für Feriengäste, Wirtschaftsleute, Ministerialbeamte und ältere Damen abgehalten, die für ein paar Tage Ruhe und Sammlung suchten und frommer als wir zu allen fünf Gottesdiensten gingen. Ab morgens halb fünf kam auf den Fluren reges Gedränge auf, weil alles zur Morgenhore aufbrach, dann wieder gegen acht (Heilige Messe), elf (Hochamt), zwölf (Mittagessen), zwei (Exerzitien), sechs (Vesper), sieben (Abendessen) und noch einmal Viertel vor neun (Komplet); klösterlichen Frieden muss man sich anders vorstellen.

Es war ein übersichtliches, aber energisches Grüppchen. Na klar, meinte Coubertin, wer nur in den Gegenströmungen seiner Ära echten Auftrieb gewinne, der sei gern bereit, sich an das zu halten, was die Moderne unbeschadet überstanden habe und zum Kritiker der reinen Vernunft zu werden. Eine affirmative Avantgarde mache hier Ernst, an einem der vielleicht letzten Orte, an denen so etwas wie Ernst noch gestattet sei. Alle neueren sozialen Bewegungen von Kommunismus bis Konsumismus mochten wohl etwas für sich gehabt haben, aber es ließe sich eben schwer an ihnen hochwachsen. Mit der munteren Kreatürlichkeit einer austreibenden Ranke, die auch nicht frage, ob das Sonnenlicht nur eine Illusion sei, weil es jede Nacht verschwinde, entdecke man nun ausgerechnet in den vertrackten Aporien und Widersprüchen des Dogmas eine unendliche Herausforderung, die viel Raum nach oben lasse. Ich verstand zu wenig davon und hielt mich heraus. Wenn Religion so etwas wie einen heiligen Instinkt ins Institutionelle übersetzte, war ich wohl auch religiös und dachte dann an jemanden wie Pessoa, der irgendwo schreibt, dass jeder gesunde Geist an Gott, kein gesunder Geist aber an einen klar bestimmten Gott glaube, etwa so, wie jeder wisse, dass er sterben werde, aber sicher fühle, dass er unsterblich sei. Am ehesten geriet ich über die etwas spröde, dunkle Gregorianik der Mönche in einen heiligen Bezug (wobei Entzug es wohl besser trifft), und es reichte mir die Komplet, um davon einen Eindruck zu erhalten. *Wasche mich, und ich werde weißer sein als Schnee ...*

Coubertin, ungewaschen wie ich, hatte aber immerhin als Theologiestudent eine Sondergenehmigung für die Bibliothek bekommen und tauchte nur zu den Mahlzeiten wieder auf, während ich um Berge und lichtgeflutete Uferwiesen ging. Bei einem meiner Spaziergänge kam ich flussaufwärts an der Mauruskapelle vorbei, die von ferne wie eine größere Wanderhütte am Waldrand aussah, sich bei näherer Betrachtung aber als eine Art Tempel mit Treppenaufgang, Vorhalle und Cella erwies und aus jeder Zeit gefallen schien. Ganz aus dem Geist der Beuroner Kunstschule der zweiten Hälfte des 19. Jahrhunderts mutete der Bau mal byzantinisch, altägyptisch oder römisch an. Ich wusste nicht genau, was ich davon halten sollte, sah mir den Altar im Hauptraum aber genauer an; ein marmornes Tabernakel mit einer goldenen Tür, darauf ein großer Vogel, wohl ein Pelikan, der die Flügel über seine Jungen breitete, eingraviert darunter: *Ecce panis angelorum.* Alles andere recht bunt bemalt, ins Ewiggültige, Überzeitliche verrückt, sodass man auch bei den Engeln nicht wusste: Waren das jetzt Jugendstilfiguren, ägyptische Göttervögel oder griechische Daimones? Dieser Pelikan aber erinnerte mich wieder an meine Traumvögel unter der Kirchendecke, im Grunde bildete er mit seinen Flügeln sogar sein eigenes Dach. *Sieh, das Brot der Engel.* Bevor die eigene Vernunft dem plötzlich wieder schwer Schicksalsbewegten mit dem kühlen Einwand kommen konnte, dass man irgendwelche Vögel und Engel ja in fast jedem Gotteshaus finden könne, war ich schon einen Gedanken weiter und wieder aus der Kapelle draußen. Ich dachte nochmal an den Mann im Tweed aus dem zweiten Stock meiner Traumbibliothek, denn hier lag der Knackpunkt, wer war das? Auf den Engeln wollte ich gar nicht weiter herumreiten, das Christliche hat sich alles Mögliche aus Heidentum und Antike einverleibt, aber was hatte es mit den ja überall tradierten göttlichen Laufburschen und himmlischen Funktionären seit dem ebenso gefederten Hermes auf sich? War Hermeneutik am Ende gar weniger schnöde Literaturwissenschaft als Entschlüsselung flügelschlagender Transmissionen? Erlebte ich gerade den staunenswerten Beginn einer vielversprechenden Übersetzertätigkeit, berufs- bzw. berufungsperspektivisch? Vielleicht geht es jedem so, der ein paar merkwürdige Träume, seltsame Zufälle und Synchronizitäten in dichter Drängung erlebt und den Sinn auf großen Schnellstraßen zu sich zurückkehren sieht. Über den einen oder anderen Wink von Moiren, Parzen oder Nornen hinter den Kulissen musste man sich in aller postmodernen Unübersichtlichkeit doch freuen dürfen. Allerdings, um das Ganze gleich wieder etwas einzuschränken, soll selbst das Daimonion des Sokrates diesem nur hin und wieder ab-, und nie zugeraten haben. »Not this way«, wobei er für den großen Denker wahrscheinlich keinen Tweed, sondern nur einen langen modischen Chiton aus Seide trug, während jener sich immer mit dem einfachsten Himation begnügte. Jedenfalls kam ich auf dem heiteren Nachhauseweg durch die Auen auf den Gedanken (oder der Gedanke auf mich, denn wer wusste jetzt nach alldem so genau, wer ihn mir zugetragen hatte), dass ich an Angelika Schmidbauer nicht festzuhalten brauchte, diese auch ihren Teil getan hatte, und Du, Daimonion, Genius und Schutzgeist einer ganz anderen Größenordnung angehörtest.

Coubertin, der das wahrscheinlich albern gefunden hätte, brachte mir später ein paar Predigtfragmente meines angeblich fernen Vorfahren Johannes Korngin von Sterngassens aus der Bibliothek mit, die er dort neben der Arbeit an seiner Dissertation aufgelesen hatte und die ich ihm jetzt übersetzen sollte. *Der künste helfe ist gar kleine; es ist des schult, das ir iuch niut als flisseklich aller dingen lidig, blos vnd abgescheiden hant als ich han.* Dafür aber liebte Coubertin die Dinge zu sehr, für mich dagegen ergab sich schon eine gewisse Nähe zu dem Alten: *Schauen, nießen und leiden Gott*, denn: *Was in Gott ein Wirken ist, soll in mir ein Leiden sein.* Darin hatte ich schon eine gewisse Erfahrung. Aber jemanden leiden können, gab es das im Englischen? Ich blätterte weiter. Es blieb alles ein bisschen düster, und was sollte das bedeuten, die Seele finde ihre Ruhe nur im *Nicht der Gottheit*? Dabei war es vielleicht das Einzige, was Coubertin ganz gut verstand, vor allem hier in Beuron. Er fühlte sich unter diesen

Leuten nicht wohl. Zum einen, und das fand ich immer wieder ganz erfrischend, begründete er seinen Glauben nie auf irgendeiner Moral, sondern gedachte diese im Falle des Falles und im Dienste der höheren Sache, der allgemeinen und besonderen Gottes- und Menschenliebe auch zu sprengen, wenn es nötig werde (wofür er den existenziellen Beweis bislang noch schuldig geblieben war). Zum anderen brachte er für den gelebten Kultus in Beuron, der mir gerade aufgrund seiner unüblichen Strenge fast wieder imponierte, bei allem Respekt eher Mitgefühl auf. Er glaubte, dass die meisten hier an einer Erinnerung hingen, die sie nicht mehr verstanden oder je gelebt hätten. Die Sprache, die Liturgie, der Gesang, natürlich sei das alles bewundernswert, würdig und voller Hinweise für solche, die ein etwas einseitiges Verhältnis zur Wahrheit hätten, aber mit der Liebe Gottes habe diese geistvolle Abstraktion nichts mehr zu tun. *Hoc est corpus meum, dies ist mein Leib.* Wie deutlich könne man denn noch sein? Auferstehung des Fleisches: Man habe Gott immer am eigenen Leib oder gar nicht, so fast übermütig Coubertin. Zwar sei der Geist berüchtigterweise manchmal willig und das Fleisch schwach, umgekehrt aber werde eher ein Schuh draus. Das Fleisch wisse oft ganz gut Bescheid, während der Verstand allein in den entscheidenden Fragen zur Versteppung neige. Selbst die Philosophen hätten ihn gottlob inzwischen abgewickelt; für meinen sinnenfrohen Nachwuchs-Reformator hatte das Christentum also noch gar nicht wirklich begonnen.

15

Ein paar Wochen später flog ich nach Zürich, besorgte im Sprüngli eine Schachtel frischer Luxemburgerli, setzte mich in den Zug nach Chur und stieg dort in die Rhätische Bahn nach St. Moritz um. Charly hatte noch am Morgen angerufen, ihre Ankunft im Palazzo Salis zu Soglio und den Wunsch nach Süßigkeiten durchgegeben. Während der Fahrt versuchte ich zu lesen und hörte viel Bruckner. Wenn man, begleitet von den Berliner Philharmonikern, nach draußen in die weite Landschaft sah, hätte man wirklich kurz auf die Idee kommen können, dass Gott noch guter Dinge war. Er machte hier den gelösten Eindruck von einem, der gerade aus den großen Ferien zurück war. Ich hatte ihn selten so entspannt erlebt; die Zeiten, in denen man in ihm noch den großen Macher hatte sehen wollen, waren vorbei, eine Rolle, in der er sich seit jeher unwohl gefühlt haben muss. Heilen, Fliegen, Wettermachen, über Wasser gehen und kabellose Kommunikation hatten andere übernommen und damit neben weltlichem Komfort auch für die Gewissheit gesorgt, dass man ihn nicht länger mit derlei verwechseln konnte. Möglich, dass niemand anderer als er selbst deshalb die kopernikanische Wende angezettelt hatte. Der Alte verzog sich dann mit dem Adagio langsam alpensüdwärts, nicht ohne jene Himmel zurückzulassen, die er einmal über ostdeutschen Ostseebädern aufgehängt hatte.

In St. Moritz suchte ich eine Weile nach meinem Postauto und fing dabei zu frieren an. Es war erbärmlich kalt, und ich bedauerte, nicht besser auf die Höhenwinde vorbereitet zu sein. Am frühen Nachmittag ging es dann aus dem Engadin Richtung Bergell. Im Postauto wurde es so warm, dass mir fast die Augen zufielen; nur eine lärmende italienische Großfamilie, die neben ein paar Wanderern mit Zipfelmützen und mir die Einzigen waren, die in den Süden wollten, hielt mich eine Stunde lang wach. Vor dem Fenster gewaltige Szenen, kühn zackte es den Himmel hoch. Die Gipfel starrten kühl in die Weite und falteten ein halb feindseliges, halb gleichgültiges Schweigen auf. Hier also hatte der freie Geist einmal leidenschaftlich frösteln, sich entfremden, ernüchtern und erkälten wollen, die große Loslösung gesucht und unter den Gneishörnern trotzig mit den Eisbeulen seiner aufgeklärten Coolness für Furore gesorgt. Sils und Soglio hatten nur noch einen sentimentalen Restwert für verzagte Spätzeitler wie uns, die ihre eigenen Orte nicht mehr fanden und sich stattdessen versunkenen Genies ins Nest setzten. Dahinter steckte auch ein etwas zweifelhaftes Bedürfnis nach Übersicht, die in unserer Ära nicht mehr leicht zu haben war. Auf den Höhen ihrer Werke überthronten unsere Zauberer noch alles nur Zeitgemäße. Das schloss uns vielleicht von jeder echten geistigen Erstrangigkeit aus, aber diesen Ehrgeiz hatten wir längst nicht mehr. Außerdem hatten wir auch an anderer Stelle gelernt, dass nur beschwerliche Bergtouren in die Verzückungsspitzen führten. Alles, was einen in den eigenen Niederungen auflas, taugte nichts; wer sich lieber talwärts verlief, sah den Berg, aber hatte ihn nicht. Während es unsere Generation, den Zeitungen nach, zu einem ganz anderen *Berghain* zog, hielten wir uns noch immer an das windüberkämmte, eisüberzogene Original.

So oder ähnlich dachte ich mich gerade die mächtige Margna empor, unter deren Gipfel noch der Schnee lag, und schweifte über Margnetta, Aela und Piz Salacina zum gewaltigen Piz Lunghin hinüber, da sanken wir plötzlich vom Engadin ins Bergell, noch eben die Gletscherhörner vor Augen, auf schwindelerregenden Serpentinen in die Maloja-Schlucht hinab. Während der fortwährenden Schleifen und Kehren des Busses ermüdete auch das ewige Eis und Gebirge, brach in sich zusammen und ließ sich in seiner ganzen Breite über zwei Höhenkilometer hinab ins Tal fallen. Es war der vielleicht jäheste Sturz in den Süden, den man, ohne sich zu überschlagen, in einem Reisebus erleben konnte. Unten fühlte man noch das Gewicht, den vagen Druck der Höhen im Rücken, die Arven- und Lärchenwälder waren in der alpinen Welt zurückgeblieben, Tannen breiteten sich wieder aus, sogar eine Zeder und ein Maulbeerbaum zogen schon vorbei. Alles Harte wurde samtener und das Wasser der Bäche trüber; es trug nicht mehr das Tiefblau des Silser Sees, sondern einen mineralischen, in der Sonne fast matt-silbernen Glanz. Während meiner Ankunft am Abend war es wärmer als mittags in St. Moritz, und der italienische Höhensommer hatte den Norden längst ins Grüne umgeschmolzen.

Das Licht hatte sich inzwischen wieder auf die Höhen zurückgezogen. Der Palazzo Salis war schnell gefunden und weniger der Palast, den ich erwartet und gefürchtet hatte (für Paläste reichte mein Budget dann doch nicht). Also ein stämmiges Herrenhaus mit urigen Räumen und trutzigem Essenssaal, das ich schnell erkundet hatte. Auf meinem Bett ein Zettel: »Still on the rocks. Welcome to ›la soglia del paradiso‹. See you under the apple-tree …

Bis morgen, Charly.« Ich trat dann noch einmal hinaus, strich durch die Winkel des geduckten Orts (keine Autos, ein kleiner Imbissladen) und überblickte seine schiefergedeckte Schlichtheit von einer Wiese weiter außerhalb. Wie ein Leuchtturm im Hafen der Ruhe ragte der Kirchturm in ein Panorama von ausgewählter Bergwander-Ästhetik. Soglio breitete sich über eine Terrasse, die etwa auf halber Höhe zwischen dem Piz Badile und der Maira, einem kleinen Flüsschen, das weiter unten in Richtung Süden zog, an den nördlichen Abhang des Tales gelagert war. Nach Westen hin Italien; einen Gleitflieger hätte es von hier leicht bis auf die grüne Terrasse von Somasaccia getragen. Nach Südosten schlug ein weiteres Tal den Bondascakessel mit allen granitenen Schroffheiten der Scioragruppe wie ein großes altes Gesangbuch auf. Das Bergell war abschüssiges Grenzland, und Soglio, la soglia, eine Schwelle, vielleicht sogar zum Paradies, wie es alle Werbeprospekte nach Segantini verhießen, sicher aber zum Hochgebirge und etwas anderem noch, das sich später zeigte.

Dann blieb ich mit dem Abend allein. Nur ein einzelner Gast, eine ältere Italienerin in Wandertracht, hatte sich im Hotelrestaurant eingefunden und warf flüchtig mit Blicken und Grüezi. Ich war wohl zu früh, sowohl was das Abendessen als auch die Konferenz betraf, die erst in zwei Tagen beginnen würde. Ich ließ mich ein paar Tische weiter nieder, überflog die Ölporträts der Familie an den Wänden, dann die Karte, in der über dem Menüvorschlag des Tages ein weiterer Segantini, sein Alpentriptychon, abgedruckt war, und bestellte Bergeller Brotknödel und Clävner Wein. *Werden – Sein – Vergehen* (*Werden* bot den Blick von Soglio auf das Gebirge gegenüber, *Sein* fing eine lichtgeflutete Bauernszene und Oberengadiner Abendstimmung ein, *Vergehen* eine Winterlandschaft am Malojapass mit einer über einer Trauergesellschaft im Licht liegenden, sich rundlich über den Bergen ballenden und ausdehnenden, ja wärmenden Wolke, die mich seltsam anrührte, weil sie an einen mächtigen Vogel erinnerte, der gerade im Himmel wasserte). So saß ich und aß, während die andere bald zahlte und lächelnd den Saal verließ.

Zur Dämmerstunde ging ich nochmal aus dem Ort, um ein bisschen einsam zu wandeln und mit den Gipfeln ins Gespräch zu kommen, und ließ mich abseits auf einer Bank an der Lutherwiese nieder. Auf der *Pian Lutèr*, so die Dorfchronik, hatten sich die unverheirateten Männer Soglios 1552 zur Reformation entschlossen, weil ihnen die Zuwendung, die der letzte Messdiener Ulrich den jungen Frauen des Ortes zukommen ließ, katholischer war, als sie zu dulden bereit waren. Im nachlassenden Licht glaubte ich in der Ferne einen mir bekannten roten Zopf wiederzuerkennen, der zu einer Frau gehörte, die weiter unten dem Abhang zu ebenso auf einer Bank saß und mit jemandem zu telefonieren schien. Es war ganz sicher Charly, auch wenn ich bald nur noch ihre Schatten zu erkennen glaubte. Nachdem das Gespräch geendet hatte, saß sie noch eine ganze Weile in die Sterne vertieft. Ich dachte kurz daran, aufzustehen und hinzugehen, aber ich hatte das Gefühl, auch weil sie so lange reglos in den Himmel starrte, dass sie gerne mit den Gestirnen allein bleiben wollte. Also machte ich mich auf den Heimweg zum Palazzo, wo die Dunkelheit wieder gesprächiger wurde. *Nacht ist es: Nun reden lauter alle springenden Brunnen ...* (tatsächlich gab es einen kleinen, scheuen

Brunnen in der Nähe meiner Herberge, der aber aller Nacht zum Trotz recht einsilbig blieb).

Am nächsten Morgen weckte mich das zunehmende Frühstücksgedränge im Garten unter meinem Fenster. Als ich wie verabredet unter den Apfelbäumen erschien, traf ich auf eine adrette Auswahl junger Leute in frischem Hemd und Bügelfaltenhose, wohl erste Konferenz-Teilnehmer. Etwas abseits, vor Phlox und Dahlien, saß in dunkelblauem Kleid und violetter Strickjacke auch Charly an einem Tisch mit einer Vase Alpenrosen. Sie schien noch zu frieren und wirkte auch sonst etwas verhalten, aber ein paar Tassen Kaffee, der örtliche Kastanienhonig und Ziegenkäse ließen uns langsam auftauen, und nachdem auch die letzten Reste Schlaf abgeschüttelt waren, plauderten und plätscherten wir wie die Maira zu Tal. Sie erzählte von ihrer Reise nach Duino und ich, dass ich ein paar Tage mit dem Walzerkönig von King's College im Kloster Beuron meine Seele reingewaschen habe. Darüber schien sie aber schon im Bilde und kündigte Coubertins Ankunft hier für den darauffolgenden Tag, also erst nach Beginn der Veranstaltung an, was mich etwas hätte verwundern können, wenn ich nicht vollends abgelenkt gewesen wäre. Denn hinter ihr und zwischen den eintreffenden Gästen stand plötzlich wieder die Frau, mit der ich gestern im Hotelrestaurant gegessen hatte und die ich nun ohne Wandertracht kaum wiedererkannt hätte, weil sie ein fabelhaft passendes Tweed-Jackett mit rotkariertem Seidenhalstuch trug und hohe dunkelbraune Stiefel, als käme sie von der Jagd oder wäre gerade vom Pferd abgestiegen. Frau Karin Kemper-Stolzing war aber offenbar, wie mir Charly verriet, die vornehme Organisatorin der Veranstaltung, eine Schweizer Kulturwissenschaftlerin aus St. Gallen, von der ich im Lauf der Tage nichts weiter erfuhr, die aber immer im Raum saß, geduldig zuhörte und Hände schüttelte. Ich sah mich nochmal um. Vor dem Hintergrund dieser Kulisse wirkten die Leute in ihren Anzügen und Budapestern wie Zierfische, die man in einem Wildbach ausgesetzt hatte. Sie schienen kaum einmal aufzusehen und waren so in sich gekehrt, dass ihnen weder die Sonne, der Himmel noch die Berge aus sich hinaushelfen konnten. Seltsam, dass ausgerechnet sie sich für ein solches vergleichsweise lebensnahes Thema interessierten. Als ich gehen und Charly den anderen überlassen wollte, hielt sie mich zurück und fragte, ob ich mit ihr die Gegend erkunden wolle, in einer halben Stunde, falls ich feste Wanderschuhe habe.

Wir sind dann wirklich fast einen ganzen Tag unterwegs gewesen. Nachdem wir durch den berühmten Kastanienwald Brentan nach Castasegna abgestiegen waren, ging es weiter nach Savogno und am Nachmittag auf dem Sentiero Panoramico nach Cassachia und ins Val di Cam. Tapfer erstieg ich Maiensäß um Maiensäß und versuchte mir, ungewohnt wach und atmungsaktiv, einen Reim auf die aufrechten Riesen zu machen. Die aber lenkten alle Blicke ab, gaben wenig zurück und verbargen sich, kein Wunder, waren sie doch das Ge-Birge! So recht wollten Charly und ich nicht auf Höhe des Anlasses geraten, wir schwiegen viel und umgaben bis auf weiteres auch die eigenen Gipfel mit Morgendunst. Grat und Granit hielten die Arme verschränkt, lehnten uns streng entgegen. Schon Rilke, der hier ein paar Wochen im Spätsommer 1919 in der Privatbibliothek derer von Salis untergeschlüpft war, hatte sich, so Charly, erstaunlich naturunverbunden gezeigt: *Dumme Gebirge, imposante Hindernisse, aber nicht klüger als irgendeine verrammelte Tür. Und dieses Großthun den ganzen Tag!* Und damit lag er nicht ganz falsch. Jede Aussicht überlud sich schnell mit Geröll, bis man am Ende seiner Augen war. Meine Blicke überstürzten Hügel, brachen sich an Klippe und Riff, versackten in Schluchten, und ich fiel ihnen nach wie einer, der es nicht zu Hause aushielt. Nach einer Weile sorgte der Geist für Schub-Umkehr. Rilke hatte hier oben im *Urgeräusch* auf den *Sprung durch die fünf Gärten in einem Atem* gehofft; wie gut, dass auch ich noch alle fünf Sinne beieinanderhatte und mich ganz der Wahrgebung überlassen konnte. Nach einer Stunde war man im Fluss und trottete ganz von selbst über die Alm, genoss die hohe Luft und eigene Kraft, die spärlichen Farben und sanften Formen schmiegsamer Hänge und Rücken, die Aussicht auf ein üppiges Abendessen und einen tiefen Schlaf.

In unserem vegetativen Behagen unterschieden wir uns nicht wesentlich von den Ziegen auf den Weideterrassen. Castasegna, von der Maira berauscht, in stillster Stille. Alles floss und hörte sich dabei sehr alt an, so als bringe etwas an diesem Ein-Fluss alle Wasser zum Klingen und Strömen, die hier je den Bach heruntergegangen waren. Wir redeten wenig, weil die Tobel alles beruhigten, vielleicht auch, weil wir beide über die je eigenen Schwellen schon ein Stück ins Eigene aufgebrochen waren. Gerieten wir auf Nebenpfade, ging es uns wie auf den Abwegen mancher Überlegungen, die längst bekannten Zusammenhängen neue Seiten abgewinnen. Sie scheinen zunächst so ungewöhnlich, dass nichts mehr an ihren Ursprung erinnert, bis man dann ganz unerwartet wieder auf die alten Hauptwege zurückkommt wie auf eine vertraute Grundidee. So schweiften wir über die Höhen, grüßten die ebenso ortsfremden schottischen Hochlandrinder in den Klüften, während im Schatten mancher Hütte am grünen Hang der Hirt wohnte und die Gipfel schauete (einer stieg auf der anderen Talseite gerade ein paar Ziegen nach und erinnerte in seiner ganzen energischen Gebrechlichkeit an den alten Berger aus Ursprung, der gut hierhergepasst hätte).

Am nächsten Tag begann die Konferenz in einem moderneren Hotel weiter unten im Ort. Auch aus dem Sitzungssaal heraus hatte man hier einen weiten Blick ins Land und konnte in den Pausen auf eine Aussichtsterrasse gehen. Was das Programm selbst betraf, hatte man einem zweifelhaften Hang zur Vollständigkeit nachgegeben und alle üblichen Verdächtigen versammelt: Platon, Lukrez, Ovid, Gottfried von Straßburg, Dante, Shakespeare, de Sade, Bataille, ein Rundumschlag, der auf den ersten Blick wie ein heißgestricktes Unterhaltungsprogramm mit akademischem Anstrich wirkte. Die Kulturstiftung der *Swiss Re* kam dafür auf, auch eine Reihe älterer Schweizer Herren und Versicherungsleute hatte sich eingefunden, und es war noch jemand eingetroffen, den ich außerhalb von Träumen schon länger nicht gesehen hatte, Prof. Wolfgang Glück aus Heidelberg, der einen recht trockenen, aber immerhin mit der Manessischen Handschrift bebilderten Vortrag über den deutschen Minnesang, vor allem über Heinrich von Mohrungen hielt.

Mein Vortrag über Dantes *Vita Nuova* wurde lebhafter aufgenommen. Man merkt einfach, wenn der Redner existenziell mit dem Thema verbunden ist, was unter Wissenschaftlern in diesen Fachbereichen eher die Ausnahme blieb (ich habe nie verstanden, warum). Danach schüttelte Frau Kemper-Stolzing auch mir die Hand, wobei ich nur wieder Augen für ihren wunderbaren Tweed hatte. Auch Charly schien von Dante angetan, Rilke sah die Dinge wohl ähnlich. Allerdings hatte ich den Eindruck, dass es bei ihr eher eine Sympathie für das ganz Andere war und dass sie im eigenen Leben und in der Liebe Realität und Phantasie säuberlich zu trennen wusste. Eine solche in den Himmel hypostasierte Leidenschaft, dachte ich, muss etwas Kindisches für sie gehabt haben, auch wenn es der lyrischen Produktion günstig war und sie sich vielleicht selber hin und wieder danach sehnte. Dann trat ich auf die Sonnenterrasse, in der leichten Aufgedrehtheit nach Vortragsende, trank ein Glas Wein und unterhielt mich kurz mit Professor Glück, der ebenso draußen stand und auf die Berge sah. Wir waren beide ähnlich überrascht, uns hier wiederzusehen, und es war mir ein wenig peinlich, den Kontakt mit ihm nicht gehalten, ja ihm aus England nicht einmal geschrieben zu haben, immerhin hatte mir seine Empfehlung damals sehr geholfen. Von unten schob sich über ein paar letzte Windungen ein Postauto den Berg hinauf und setzte einige Leute vor dem Ortseingang ab. Coubertin konnte ich schon von weitem erkennen; er zog einen riesenhaften Koffer hinter sich her. Daneben, ihn herzend und küssend (ich musste zweimal hinsehen), Charly. Ich ging ein paar Schritte nach vorne, hob den Arm, um ihnen zu winken, aber sie sahen mich nicht.

Kurz danach, Coubertin konnte wohl nur das Hemd wechseln, begann sein Referat, das ich hier nur so genau wiedergebe, damit Du, weitsichtiges Daimonion, auch nochmal etwas davon hast, denn letztlich war es ja nicht so weit von dem entfernt, was Du mir auf Deine ganz eigene Weise glaubtest nahebringen zu müssen. Coubertin war gut aufgelegt, und wie üblich mussten sich die Leute erst an ihn gewöhnen und ergab sich wieder jene verwunderte Stille im Raum, die ich schon ein paar Mal in Cambridge miterlebt hatte. Ich erinnere mich sogar noch recht genau daran, erstaunlich, wenn man bedenkt, dass mich gerade andere Fragen beschäftigten, Charly neben mir Platz genommen hatte und auch die Frau im Tweed immer wieder lächelnd zu mir herübersah. Er begann damit, von seinem Aufenthalt im berühmten Waldhotel in Sils-Maria zu erzählen, von wo er gerade herkam, vom Silser See, von dem Felsen, der Nietzsche zum Gedanken der Ewigen Wiederkehr inspiriert habe. Dessen Zarathustra lasse die letzten Menschen fragen: *Was ist Liebe? Was ist Schöpfung? Was ist Sehnsucht? Was ist Stern?*, womit er unsere Ahnungslosigkeit treffend vorausgesehen habe. Etwa ähnlich weit entfernt wie Nietzsches Silser Einsiedelei, nur in Richtung Süden aber liege Cassiago, das alte Cassiciacum, in das sich Augustinus nach seiner Bekehrung zurückgezogen habe, um Heiratsabsichten, Beruf und Prestige für eine schattige Veranda mit Blick auf die Weinberge aufzugeben und die städtisch-spätantike Intelligenzija gleich mit *Contra Academicos* zu provozieren. Vielleicht könne man in Soglio, wo man die feuchtwarme Luft des Comer Sees schon in der Nase und die letzten rauen Alpendächer noch vor Augen habe, auch was die Liebe beträfe, das Beste beider Welten verbinden, meinte Coubertin mit einer etwas gesuchten Wendung. Mir gingen währenddessen alle möglichen Bilder durch den Kopf, unsere Spaziergänge in den Backs oder wie er zu den großen Holzengeln in Blythburghs Dreieinigkeitskirche und zu Riemenschneiders Altar hochgeschaut hatte.

Nun aber begann er mit einer schwer überprüfbaren, dabei recht eindrucksvollen theologischen Gratwanderung, die von schwerem lateinischen Ballast und einer ganzen Flut von Begriffen und Namen getragen war, dann aber einer für alle halbwegs verständlichen Argumentation folgte. Er machte das sehr geschickt, überhäufte und verwirrte die Zuhörer mit Details und begrifflichen Unschärfen, warf ihnen dann aber Köder hin, damit sie nicht nachließen und seinen am Ende recht einfachen Gedankengang für origineller hielten, als er war. Dreh- und Angelpunkt war eine Sentenz des Zisterziensermönchs Wilhelm von Saint-Thierry aus dem 12. Jahrhundert, die dieser, Mystiker und Erotiker gleichermaßen, in der Einführung seiner Abhandlung über das *Hohe Lied* notiert: »Amor ipse intellectus est«, die Liebe selbst ist ein Verstehen. Das war nicht ganz neu. Papst Gregor hatte ein paar Jahrhunderte früher schon ähnlich formuliert, die Liebe selbst sei ein Wissen, »amor ipse notitia est«. Wenn wir lieben, dann werden wir das Geliebte auch erkennen, so die optimistische Überlegung. Auch Augustinus hatte geglaubt, dass wir in dem Maße wissen, in dem wir lieben (»tantum cognoscitur quantum diligitur«). Wirkliche Bewegung kommt aber erst in den Begriff, als Wilhelm die Liebe fast zu einem Organ des Erkennens macht. Der Heilige Geist fließe in die reine Seele, schmelze dort den Verstand um, und der Gläubige, Betende, Denkende bekomme so etwas wie ein neues Auge. Zu lieben heißt jetzt zu sehen. Mehr noch: Die privilegierte Einheit mit dem Heiligen Geist, unitas spiritus, kleide alle nackte Vernunft in Affekte, sinnliche Erfahrungen. Man glaube nicht mehr an Gott, man schlafe mit ihm.

Man sagt Braut und Bräutigam zu ihnen, um einen menschlichen Begriff von der Anmut und Süße dieser Vereinigung zu bekommen, die nichts anderes ist als die Einheit von Vater und Gottessohn, Kuss, Umarmung, Liebe, Erbarmen und was immer beiden in diesem höchsten, zugleich einfachsten Eins-Sein zukommt. Der Heilige Geist ist alles. Gott, Milde, Schenkender und Geschenk. Im Bett der Zärtlichkeiten beginnt die Braut zu erkennen, wie sie erkannt ist. Und wie bei Liebenden, die dem anderen dabei auch etwas von ihrer Wahrheit mitteilen, schüttet sich der geschaffene Geist völlig in den Geist aus, der ihn für eben jenes Strömen geschaffen hat. Der Schöpfergeist fließt in ihn zurück, wie es ihm gefällt, und Mensch und Gott sind eines Geistes.

Coubertin las das alles mit sichtlichem Genuss, wie ein Eingeweihter, der wissend und zwinkernd in sich hineinlächelte. Da also, so setzte er fort, Glaube und Verstand allein ohne die himmlischen Erregungen trocken blieben, verlange Wilhelm: Credo ut experiar, glaube, um zu erfahren. Erfahre, um zu lieben. Liebe, um zu verstehen. Nicht irgendetwas zu verstehen, sondern um zu erkennen, wie man erkannt ist. Jede echte Selbsterkenntnis komme um die Gotteserkenntnis nicht herum (nach Paulus, 1. Korinther, 13,12). Dann schlug Coubertin noch einen etwas gewaltsamen Bogen zu Nietzsches *amor fati* und dessen Verklärung auch des schicksalhaft Notwendigen und Schmerzhaften (das habe ich nicht mehr ganz verstanden). Jeder habe seine eigene Art, den divino modo der wissenden Liebe für sich selbst zu entdecken, wie man es bei Johannes, Kapitel 11 in der Begegnung von Jesus mit Maria, Martha und Lazarus beispielhaft geschildert finde.

Ich weiß nicht, was aus Coubertin geworden ist, aber als Prediger hatte er ganz gute Voraussetzungen. Blicke ich heute darauf zurück, verstehe ich ihn auch besser. Coubertin hing an seinem Glauben, warum auch immer. Anders als ich hatte er erst spät dazu gefunden, in einem Alter, als ich ihn schon wieder losgeworden war. Nur Idioten gegenüber hätte er so etwas begründen müssen wie eine politische Weltanschauung. Andererseits muss er sich immer wieder gefragt haben, ob er nur einer abstrakten Theologie aufsaß, die zwar von großer Schönheit und Dignität war, aber ihre Begriffe nicht mehr einlöste. Er wusste, dass der Heilige Geist ziemlich handgreiflich werden konnte, wenn man liebevoll mit ihm umging. So rettete er den alten Glauben und seine eher diesseitigen Passionen, während mir inzwischen beides abhandengekommen war.

Am dritten Tag der Veranstaltung sah ich mir am Morgen noch Charlys Vortrag über »*Du allein bist wirklich.* Das Ineinanderleben von R. M. Rilke und Lou Andreas-Salomé« an, eine leicht emphatisch geratene, aber wohltuend unakademische Sicht auf die große Muse, die Coubertins Vortrag um den künstlerischen Schaffensprozess erweiterte. Amor ipse creatio est, wenn man so wollte. Abends war ich mit den beiden in einem der Privat-Crotti in Chiavenna verabredet. Einige dieser Crotti hatten wir schon auf unserer Wanderung bei Savogno und Promotogno passiert, Felskeller, Kneipe und herausgeputzte Gartenlaube in einem, die sich gut zur Lagerung von Bresaola, Wein und Käse eigneten und inzwischen so berühmt wie die Wiener Kaffeehäuser waren. Hier konnte man in aller Frische den kühlen Sorél wehen hören, der durch die Grotten, Schründe und Spalten von Norden her ins Bergell hineinzog.

Über dampfendem Hirschsaltimbocca und Sasella-Risotto waren wir dann sehr freundlich zueinander (und was mich betrifft, auch neugierig aufeinander) und lobten die Vorträge der jeweils anderen in den höchsten Tönen. Coubertin, der meinen nicht mitbekommen hatte, bat sogar darum, ihn wenigstens lesen zu dürfen. Die abendliche Hochstimmung half der heiklen Confessio in Beziehungsfragen etwas auf, ja erübrigte diese fast ganz, nachdem Coubertin und Charly ein paarmal unaufdringlich, aber deutlich ihre Hände ineinandergeschoben hatten. Ich wusste nicht, ob ich anstandshalber nichts sagen sollte oder sagen sollte, dass es mich freue (ich war nicht einmal sicher, ob es mich freute. Es gab mir zu denken). Also redeten wir über das Reden. Charly meinte, sie habe dahingehend seit Jahren alle Begabung eingebüßt, jedenfalls abseits des Fachlichen. Weniger aufgrund Hofmannsthal'scher Sprachkrisen, eher aus Hilflosigkeit. Sie habe immer das Gefühl, dass sich, was noch echte Überzeugung sei, vor anderen geradezu bestürzend naiv anhöre. Ich wusste genau, was sie meinte, mir ging es nicht nur mit dem Reden so. Wie es denn nun bei mir aussehe, was ich vorhätte und ob ich schon ein Thema für die Doktorarbeit habe, fragte darauf, das Ganze endlich etwas entkrampfend, Coubertin. Keine Ahnung, zur Vergrößerung der Bibliotheken hätten sich eigentlich schon andere eingefunden. Besser ein Lebemeister als tausend Lesemeister, sagte ausgerechnet ich. Nur Mut, antwortete Charly, vielleicht gehe es mir ja wie den Halbgöttern Hölderlins, die nicht an ihrer inneren Leere und Erschöpfung verzweifelten, sondern an der Überfülle ihrer Bestimmung. Die seien auch nicht in der Lage gewesen, mit dem Übermaß ihrer Kräfte klarzukommen. Akademikergespräche, wundervoll! Von wegen mangelnde Redebegabung; an der Überfülle irgendeiner Bestimmung aber schien ich weniger zu leiden als sie.

Später am Abend setzten wir uns in Soglio noch einmal zu dritt auf die Bank, auf der ich Charly auch den ersten Abend den Himmel hatte betrachten sehen. Es war schön, die meisten der Konferenz-Teilnehmer waren gegangen, und wir hatten den ganzen Ort, die mächtigen Gebirge und alle Sternrabatten der Nacht für uns allein. Auch bei solchen All-Lektüren hat man es mit einem Text zu tun, der sich selbst vor einem Hölderlingedicht nicht verstecken muss und auch ähnlich tiefgründige semiotische Reflexionen erlaubte. Die Sicht war gut, der Himmel klar und windstill, nur hier und da ein Munggenpfiff. Junge Gestirne trugen opulenten schwarzen Schmuck und schnuppten unablässig, eine auf Dauer beunruhigende Verschwendungssucht, zumal man im Unklaren darüber blieb, was da oben gerade gefeiert wurde. Ansonsten wölbte sich der Nachtraum so gleichmütig über uns, als wollte er uns tatsächlich vor einem verborgenen Überfluss schonen (den Griechen warfen die Götter jede Nacht ein perforiertes Tuch über die Welt, um hier unten mögliche Verblendungen zu vermeiden). Ich weiß nicht, ob es an den zwei Flaschen Boccalino in dem Crotto oder ihrer mangelnden Redebegabung lag, aber Charly sagte dann wieder etwas sehr Bedeutungsvolles, vielleicht kam es mir in der weihevollen Stimmung auch nur so vor. Als der über uns herziehende Lyridenstrom wieder Funken schlug, fragte sie, ob es nicht manchmal etwas sehr Erhebendes habe, jemandem beim Vergehen zuzusehen, der ja beim Verschwinden erst eigentlich sichtbar werde (durch die Ionisationsspuren und seine Aufreibung an der Erdatmosphäre). Sturz in die völlige Auflösung und größte Steigerung zugleich. Ein sonderbarer, glühender Stolz, den sie bewundere, auch wenn ihr selbst der Mut dazu fehle. Mir schien das etwas weit hergeholt, aber immerhin so anregend, dass ich daraufhin von den großen Sternenhimmeln über meinem Dorf erzählte, von den noch größeren, die ich einmal in Griechenland gesehen hatte, von Pascal und Goethe, Einheit in der Mannigfaltigkeit usw. Ich redete mich etwas weit davon, ohne zu bemerken, dass die beiden jetzt eigentlich auch ganz gerne ohne mich in ihrer Himmels- und Selbstbetrachtung fortgefahren wären. Irgendwann fiel es mir endlich auf, und ich zog mich mit Hinweis auf meine aufkommende Müdigkeit ins Hotel zurück. Es musste etwas Großes darin liegen, wirklich verführt zu werden, vielleicht ist die Verführung überhaupt das Letzte, was heute noch einen Rest authentischen Daseins bewahrt hat.

Mit meiner Müdigkeit war es jedoch nicht so weit her wie behauptet. Ich konnte nicht schlafen und ging am nächsten Morgen sehr früh aus dem Hotel, nahm Brot, Käse, Wasser und das erste Postauto und machte mich alleine auf den Weg zum Piz Lunghin. Draußen war es noch sehr frisch, ich dagegen von so großer innerer Hitze, dass ich meine Jacke aufließ, als ich bei Maloja bald mutig einer Bergwanderkarte weiter nach oben folgte. Einige schwere schwarze Wolken hingen schon am fast tagblauen Himmel, sie konnten nicht mehr weit sein. Alle Berge um mich herum lagen noch im Dunkel, nur ihre Spitzen zeichneten sich klar ab. Die ganze Schwere der Umgebung nahm mich auf und zog mich ein Stück in sich hinein, während ich mir wie ein laufender Fels vorkam und mich die ganze Wucht des Gebirges, seine Kühle, Anmaßung und Härte durchpulste, Schwingungen des Grunds im eigenen Grund. Was ich jetzt noch dachte, war doppelt so anstrengend wie sonst und nicht besonders ergiebig, anders als das, was mir quasi durch die entzündete Luft zugetragen wurde. Für einen Moment schien es jetzt da oben dunkler zu werden, hinter den Bergen färbte sich der Himmel violett, und auch die Wolken hatten sich wie Lavalampen angeschaltet. Wäre ich vom Theater gewesen, hätte ich mich gefragt, wie sich eine so aufwendige Inszenierung für so wenige Zuschauer rechnen konnte (wahrscheinlich nur über eine archaischere Zahlungsweise, jene Reinigungsriten und Sühneopfer, die in natur- und götternäheren Zeiten üblicherweise am frühen Morgen und gegen das aufgehende Licht vollzogen wurden).

Dann schwappte die Sonne über den Grat des Munt Arlas. Man sah nicht mehr viel, alles blendete und gleißte, der Silvaplaner Kessel fing an zu kochen, und ich musste mich umdrehen, um den Augen wieder klare Konturen anzubieten. Auch die Höhenzüge von Piz Rosatsch und Surlej waren vorübergehend völlig weg, abgedrängt und überschmolzen von so viel sonniger Entschiedenheit. Vielleicht führten die Götter dies auch nur zur eigenen Lust auf. Ich überlegte kurz, welcher zeitgenössische Dichter diesem Eindruck hätte gerecht werden können (aber ich kannte zu wenige) und ob die Natur wirklich im Menschen ihr Auge aufschlage, um sich an sich selbst zu erfreuen. Um mich herum schien es jedoch, als ob der Himmel das auch ganz gut ohne mich hinbekam, denn wie viel Glanz hätte ich schließlich verarbeiten, wie viel Lux meine solar-poetische Speicherkapazität auffangen können? Zu wenig, um von Belang zu sein. Wahrscheinlich wäre es eher zu Überladungen gekommen, und überspannt war ich schon so genug. Möglicherweise wussten die himmlischen Gewalten über die Grenzen meiner geistigen Gesundheit mehr als ich und verschonten mich mit allzu viel Feuer. Es nahm mich sehr für sie ein, dass mich die erhabene Glut, die mich hier jederzeit und leichthin hätte abräumen können, unter großer Rücksichtnahme als einsamen Betrachter neben sich stehen ließ.

Ich dachte kurz an Angelika, die mir aus ähnlicher Rücksicht dauerhaft fernbleiben wollte, so jedenfalls schrieb sie in einer E-Mail, die ich ein paar Tage vor meiner Prüfung erhielt und in der sie auch und insbesondere Coubertin sehr herzlich grüßte (woraufhin mir dieser zunächst ins eine, dann ins andere Auge sah, kurz nachzudenken schien, lächelte und sehr beherrscht und freundlich zurückgrüßte). Aber sie spielte hier oben eigentlich keine Rolle mehr, die Sonne brachte auch das ans Licht. Mir fielen noch kurz mit ja doch verständlichem Restfrust die beiden Totenkronen in der Urspringer Kirche ein und die trostreichen Sinnsprüche, die man unter ihnen angebracht hatte. Unter dem Meinecke-Epitaph, kurz und etwas salopp: *Wer mag nun den beweinen, der bei den Engeln lacht?* Unter dem anderen, hübsch eingefasst in Lilienmotive: *Fahr wol, o liebe Seele, geneuß der süssen Lust! Im ewgen Lenz, im bessern Licht Dir keines Leids bewusst. Wenn wird doch angelangen desselben Tages Schein, da Du uns wirst umfangen, o möcht er heute seyn.* Ansonsten blieb von der Geschichte nichts weiter als ein ganz ähnliches Drahtgeflecht von Sätzen um eine leere Mitte.

Inzwischen war die Sonne dabei, die Nebel aufzusaugen und die Wolken zu vertreiben. Es wurde wärmer und kam wieder Perspektive in die Landschaft. Alles Schwebende wurde wieder aufgestellt, und was in der Dunkelheit zu einem einzelnen Grau verschwommen war, löste sich voneinander, wurde plastischer und prägnanter. Die Farben kehrten zurück. Ich stieg weiter nach oben, um die berühmte Wasserscheide zu suchen, von der ich im Hotelprospekt gelesen hatte, vorbei an Dörrhäuschen, Hängen mit titanischen Klippen und Felssäulen. Strahlend gelber Löwenzahn stand in ebenso leuchtenden Wiesen. Manchmal stromerte ein kleinerer melodischer Bach nach unten, der ein paar einzelne läutende Rinder tränkte, dann irgendwo versank und wieder auftauchte, wo er in größeren ausgewaschenen Becken zum stehenden Spiegel wurde. Ganz nach oben kam ich dann nicht mehr; es war beschwerlich genug, sich vom Silser See den schiefernen Gratsattel über Gletscherhahnenfuß und Steinbrech hinaufzuquälen.

Weiter oben führte der Trampelpfad über kahle graue Hänge, von denen sich mal ins Bergell, mal auf die Engadiner Seite hinabsehen ließ. Die Averser Berge mit ein paar letzten Eisschilden. Die Tauwinde hatten die Gletscher drüben schon sehr in Mitleidenschaft gezogen. Am Lunghinpass, auf Schieferhalden und zwischen einigen Schneeresten in der Nähe eines breiteren Wassers wusste dann ein Wegweiser weiter. Von dieser Wasserscheide also gingen Flüsse in drei Richtungen; über den Rhein in die Nordsee, über die Donau ins Schwarze Meer und über Maira und Po in die Adria. Das mochte wohl sein, aber so spektakulär sah es nun auch wieder nicht aus, und weil es hier oben wie Hechtsuppe zog, stieg ich eilig über den Septimerpass wieder ab. Vermutlich der langen Wanderei und des aufkommenden Hungers wegen ergaben sich auf der Rückkehr verblüffende endorphine Eindrücke, die mich vorübergehend die Ereignisse weiter unten vergessen ließen. Es war dann ein bisschen, wie ich es schon einmal erlebt hatte, so als flöge mir das Dach weg. Man ist allem so innig zugetan, dass man das Gefühl hat, von seiner Umgebung sukzessive eingemeindet zu werden und wie Äthers Liebling eine Weile in den ewigen Hallen spielen zu dürfen. Als ich der hinter den Bergkuppen aufscheinenden, langsam schwindenden Nachmittagssonne entgegenging, dachte ich nochmal an das Wasserloch und den dreifach erstreckten Fluss.

Manchmal machte mir die Zeit einen ähnlichen Eindruck. Mit ihren drei Richtungen, einer, die nach hinten, einer, die nach vorne lief, und einer, die sich im Jetzt verströmte, schien sie eher ein weitläufiges Feld, über dem die Sonne aufging, weniger dieser schmale Grat punktierter Gegenwarten, der einem auf der Flucht nach vorne immer schon unter den Füßen wegbrach. Vielleicht war es sogar sie, die vorausging, um alles erst freizugeben, sub specie aeternitatis? Das legte jedenfalls das merkwürdige Ausgeliefertsein an Ebbe und Flut meiner auf- und abziehenden Stimmungen nahe. Es gab Spuren im baltischen Blau über den Gipfeln, in den Messingtönen der abendlichen Schleierwolken, die in irgendeine hohe Zukunft vorauswiesen. Dann holten mir die warmen Winde, die durch die Kastanien fuhren, wieder Dich zurück, Daimonion und Daseinsführer, Genius, Dschinn, angelical consultant oder wie auch immer man dieses weitblickende Neben-Ich sonst noch nennen mag, das mir hin und wieder zuraunte: »Jetzt aber los!«, »Jetzt mach mal hin!«, und das mich, ohne dass ich es genauer hätte sagen können, in eine Sache hineintragen wollte, die zehn Nummern zu groß für mich war. Ganz offenbar, und falls ich Dich richtig verstand, sollte ich mir etwas von dem ganzen Zunder holen, den die Götter zu ihrer Selbstfeier da oben auspackten und nach so goldreichen Tagen wie diesem (und goldreichen Nächten, wenn sich der Richtige einfand) wieder mitnahmen und von dannen zogen, weil sie uns im Grunde nichts mehr zutrauten und uns für so schwach und bemitleidenswert hielten, dass sie sich besser aus dem Schlamassel heraushielten und uns in Ruhe ließen. Es steckte einfach noch zu viel Sonne in uns, als dass wir nicht mit ihr hätten mitziehen müssen (und in den Göttern zu viel Eitelkeit und Spielfreude, um auf uns verzichten zu können). Ich erkannte das erst im halben Delirium, das von der untergehenden Sonne ebenso ausgelöst worden war wie von meinem Verzicht auf ein nahrhaftes Mittagessen: Ich sollte da hinterher, alles stand schon bereit. Die Berge, deren schmuck- und schonungslosen Zug nach oben ich langsam zu schätzen begann, hievten mich so hoch sie konnten. Dazu der eine oder andere Wink meiner Freunde, wie die Bahn zu finden sei. Nur die Sonne selbst lachte mich aus und überschwemmte mich mit Untergangsstimmung, mit einem allerdings etwas aufgesetzten Selbstvertrauen, das vielleicht darüber hinwegtäuschen sollte, dass sie Hilfe brauchte.

Ich kehrte nach England zurück, brachte meine Arbeit zu Ende und hatte Ende Juni eine ziemlich verheerende mündliche Prüfung mit drei Literatur-Dons in feierlichem Talar (neben Richardson gab es noch einen zweiten Gutachter aus meiner Fakultät, der sich vor allem mit Schillers Ethik beschäftigte, und einen Brecht-Experten aus Oxford, der nichts sagte, über seine verkniffene Mimik aber andeutete, nicht viel zu verstehen). Ich hatte mich zugegebenermaßen etwas weit hinaustragen lassen, indem ich Rilkes Elegien und Hölderlins *Ister* dank Charlys nützlichen Hinweisen erkenntnistheoretisch gegen Descartes und Kant ausspielte, überhaupt jede neuzeitliche Metaphysik überwältigte und alle Grenzen zwischen Bewusstsein und Welt zur sophistischen Legende erklärte. Alles ist innig. Lasse man die Dinge doch wieder in die Nähe kommen, sich entfernen; *hier ist alles Abstand, und dort wars Atem.* Gegen die allgegenwärtige schlechte Laune des postmodernen Lehrbetriebs bestand ich auf der Würde von Zeit und Sein, in die man eingelassen und geborgen sei wie jeder Untergang in seinen Aufgang. Jede Mondphase verweise auf die volle Sphäre und alle Abendsterne werden uns als Morgensterne wiederbegegnen. Die Dons begnügten sich mit kurzen Zwischenfragen, in denen sie dem blassen, etwas angeschlagenen Prüfling allem Anschein nach die Chance einräumen wollten, durch angelernte Sachkenntnis den Eindruck geistiger Verwirrtheit zu überspielen. Danach bedankten sie sich höflich und erkundigten sich über meine Aussichten und Zukunftspläne. Ich sagte, dass ich erst einmal heimgehen wolle.

Als der Tag meiner Abreise nahte – ein heiterer Johannistag, am Vorabend hatte man überall in der Stadt noch die Böller des Midsummer-Festes hören können –, waren meine Freunde schon alle vorausgegangen. Für mich waren keine Brücken mehr übrig. Das kümmerte nicht weiter; zu oft hält man die Leere für das bloße Nichts und erfährt nicht den Schwung der noch unsichtbaren Brücke, die neue Ufer einander zuweist. Andere nahmen den National Express nach Stansted oder den 9-Uhr-Zug nach Gatwick, als ich längst auf dem Sprung war. Allein wäre ich wohl dennoch nicht hinübergekommen, aber wozu hatte man schließlich die Götter? Sie hatten mich lange geschont, jetzt zeigten sie mir meinen Abgrund, zeigten sich selbst als Abgrund und brachten in mir den Wunsch auf, ein abgründiges Verhältnis mit ihnen zu beginnen. Konnte man Zauberkreise nicht über die ganze Welt aufspannen oder wenigstens den Himmel, und hatte nicht auch die uckermärkische Sabine bei ihrem Sprung über den See und mithilfe ihrer Kraniche Ähnliches vorgehabt wie ich? Sie holten mich also ab, jedenfalls schien es mir so. Ich schmücke es hier nur ein wenig aus; Du weißt, was ich meine. Nachdem ich genügend Anlauf genommen hatte, stieß ich mich mit Sack und Pack kräftig vom Ufer bei King's ab, da hatten sie es nicht weit von der großen Chapel. Und viel Gewicht hatte ich nicht mehr, es war also leichter als gedacht.

Sprung in den Glauben? Ach was! Glaube, oder was man so nennt, hätte nicht gereicht, einen solchen Satz zu machen. Die Cam war kein großer Fluss, aber an allen Stellen breit genug, um jeden Weitsprungweltmeister unschön wassern zu lassen. Das Geheimnis meiner Athletik lag eher in der pneumatischen Gewissheit über himmlische Rechte und Pflichten. Auch für Götter gibt es Asylgesetze. Sie müssen mit einspringen, haben keine Wahl, wenn man sich aus dem Kriegsgebiet, das man selbst ist, bis auf den letzten Mann zurückzieht. Du lässt dich los, sie lassen sich herbei. Sie müssen, das ist ihre Natur … Man hat das früher Demut genannt; in meinem Zustand schien es eine ganz vernünftige Einsicht in die herrschenden Verhältnisse. Und demütig kam es mir nicht vor, waren doch meine Hoffnungen alles andere als bescheiden: *Du siehst, ich will viel. / Vielleicht will ich*

alles: / Das Dunkel jedes unendlichen Falles / Und jedes
Steigens lichtzitterndes Spiel.

Dank aerophiler Gleiteigenschaften und einer bemerkenswerten Windschnittigkeit brachte ich es zu einem
hohen Bogen. Seltsam, dass selbst hier oben noch ständig
Gedanken in mich einfielen. Ich dachte noch einmal an
Dich und (vielleicht hatte das mit der gesteigerten Sensibilität zu tun, die einem während bestimmter Grenz-
erfahrungen eigen ist) dass man auch von Engeln hätte
sagen können, dass sie Räume weniger bewohnten als
überhaupt erst hervorbrachten. Es dauerte nicht länger
als einen Augenblick, bis ich drüben ankam. Statt über
die Ungewissheit, ob der Schwung nun ausreiche und
wer oder was ich da drüben sein würde, allzu sehr in
Unruhe zu geraten, behielt ich während des Flugs sogar
einen gewissen Überblick. Ich sah, wie mir zwei Koffer,
Laptop und Reiserucksack umstandslos gefolgt waren.
Einmal in Bewegung hatten sie kein Gewicht, nur mein
linker Schuh verabschiedete sich und fiel abwärtsdrehend
in die Tiefe. Am Himmel wartete schon frühes Blau, ich
bemerkte die aufsteigende Kühle des Wassers, ein paar
Kühe auf Queen's Green und die wehende Kastanienallee
von Clare. Kurz war mir, als hörte ich sogar die Glöckchen der »Unruhe« im Garten meiner Eltern. Ein neuer
Anfang sah vom anderen Ufer, als es mich über hohe Bahnen wie auf Gleisen trug, ein unerwartetes, nicht minder
angenehmes Entgegenkommen meiner Reisegesellschaft,
das mich doch sehr beruhigte, schließlich machen wir so
etwas alle zum ersten Mal.

Der Autor dankt der Stiftung Preußische Seehandlung,
der Akademie der Künste und dem Literarischen
Colloquium Berlin für die großzügige Förderung und
Begleitung des Manuskripts.

Penguin Random House Verlagsgruppe FSC® N001967

1. Auflage
Genehmigte Taschenbuchausgabe November 2021
by btb Verlag in der Penguin Random House Verlagsgruppe GmbH,
Neumarkter Str. 28, 81673 München
Copyright der Originalausgabe © 2019 Wallstein Verlag, Göttingen
Covergestaltung: semper smile, München
nach einem Entwurf von Stine Wiemann
Covermotiv: Gemälde »Study of clouds with a sunset near Rome« von Simon
Alexandre Clément Denis/Archiv Getty Center
Druck und Einband: GGP Media GmbH, Pößneck
mb · Herstellung: sc
Printed in Germany
ISBN 978-3-442-71999-0

www.btb-verlag.de
www.facebook.com/btbverlag

Anna Baar
Nil
Roman

148 S., geb., Schutzumschlag
ISBN 978-3-8353-3947-7

Ein Roman über die prophetische Kraft des Schreibens.

Eine Geschichtenerfinderin wird beauftragt, ihre
Fortsetzungsstory für ein Frauenmagazin in der
nächsten Ausgabe zu Ende zu bringen. Fieberhaft
entwirft sie ein Endszenario, vernichtet aber die
Notizen – nicht, weil es misslungen wäre, sondern
aus Furcht, es bewahrheitete sich.

*»Lässt man sich ein auf ›Nil‹, wird man getragen – und
überrascht von der Tiefe und Schönheit der Gedanken
und Formulierungen.«*
Carsten Hueck, Deutschlandfunk Kultur

www.wallstein-verlag.de